문학의 이유

오양진

1969년 인천에서 태어났다. 2000년 제1회 중앙신인문학상(『중앙일보』)을 통해 문학평론가로 등단했다. 연구서 『소설의 비인간화』(월인, 2008), 『데카당스』(연세대학교출판부, 2008), 『문학적 서사와 서사적 문화』(한국학술정보, 2013), 『성격과 모더니티』(청동거울, 2018), 평론집 『중심의 옹호』(서정시학, 2008), 『쉰 목소리로』(황금알, 2013), 『물러섬의 비평』(푸른사상, 2018), 『문학의 이유』(파란, 2023) 등을 썼다. 현재 추계예술대학교 문예창작과 교수로 재직 중이다.

ARCADE 0020 CRITICISM 문학의 이유

1판 1쇄 펴낸날 2023년 12월 20일
지은이 오양진
디자인 최선영
인쇄인 (주)두경 정지오
펴낸이 채상우
펴낸곳 (주)함께하는출판그룹파란
등록번호 제2015-000068호
등록일자 2015년 9월 15일
주소 (10387) 경기도 고양시 일산서구 중앙로 1455 대우시티프라자 B1 202-1호
전화 031-919-4288
팩스 031-919-4287
모바일팩스 0504-441-3439
이메일 bookparan2015@hanmail.net

ⓒ오양진, 2023, printed in Seoul, Korea

ISBN 979-11-91897-68-5 03810

값 23,000원

문학의 이유

오양진

조지 손더스의 '똥 무더기 언덕'에 대해 들어 본 적이 있는지 모르 겠다.

미국의 소설가 조지 손더스는 작가 지망생이었을 때, 아니 이미 작가로 이름을 얻은 이후에도, '헤밍웨이라는 높은 산'을 등산하며 열등감으로 괴로워한다. 그리고 거기서는 모방의 시종일 뿐 결코 자 기 자신이 될 수 없다는 깨달음과 함께 그 산을 비틀거리며 내려오 다 어떤 '똥 무더기 언덕'과 마주친다. '손더스 산'이라는 이름이 붙은 그 작은 똥 무더기를 바라보며 조지 손더스는 이렇게 생각한다.

'이거 너무 작은데. 게다가 이건 똥 무더기 언덕이야.'

그렇기는 하지만, 거기에는 내 이름이 있었다.

이것은 어떤 예술가에게나 중대한 순간(승리와 실망이 결합된 순간), 만드는 과정에서 스스로 통제하지 못했다고 인정할 수밖에 없고 마음 에 든다고 완전히 자신할 수도 없는 예술 작품을 받아들일지 말지 결 정해야 하는 순간이다. 이것은 작다. 우리가 원했던 크기보다 작다. 하지만 그 이상이기도 하다. 대가들의 작품과 비교하여 판단하면 작고 약간 한심하지만, 그래도 있는 건 분명하고, 다 우리 거다.

내 생각으로는 그 지점에서 우리가 해야 하는 일은, 수줍게 그러나 대담하게 똥으로 이루어진 우리의 언덕 위에 올라서서 그게 커지길 바라는 것이다.

이미 미심쩍은 이 은유를 더 끌고 가자면 그 똥 언덕을 커지게 하는 것은 우리가 거기에 퍼붓는 노력이다.(조지 손더스, 『작가는 어떻게 읽는가』, 정영목 역, 어크로스, 2023, pp.175-176.)

자학을 자부로 전환하는 조지 손더스의 은유에 기대 내 비평적 재질이 가진 볼품없음과 평범함을 변명하려는 것이 아니다. 손더스의 '똥 무더기 언덕'에 빗대 나의 '똥 더미'를 조지 손더스급으로 격상시키려는 볼썽사나운 책략을 숨기고 있는 것은 더더욱 아니다. 나는 다만 자학이 자부가 되는 그 마법적 전환의 순간이 보편적인 인간 심리와 관련된다는 점에 주목할 뿐이다. 아울러 탁월성에 미치지 못한 채로 낮은 수준의 작업을 계속하는 것은 그저 허영 때문만은 아니라는 점을 떠올리고 싶다. 사실 누군가는 허영을 만족시키기 위해서가 아니라 의미 찾기를 위해서 보잘것없는 작업일지라도 그 실행에 절실하다.

나의 네 번째 '똥 더미'를 내놓는다. 이 '똥 더미'를 커지게 하는 것은 "우리가 거기에 퍼붓는 노력이다"라는 조지 손더스의 말에 용기를 얻어, 또 내 '똥 더미'가 조지 손더스의 '똥 무더기 언덕'에 가까운 무언가가 되길 간절히 바라며.

2023년 12월
오양진

차례

제3부

일러두기

인용문 가운데 일부는 읽기의 편의를 위해 현행 맞춤법 규정에 따라 띄어쓰기를 수정했습니다.

제1부

문학의 이유

문학의 이유

문학은 무엇을 위해 존재하는가? 문학이 존재하는 이유를 묻는 이 질문은 얼핏 형이상학적 분위기를 풍기지만 꽤 현실적인 질문이기도 하다. 삶이 존재하지 않는다면 문학 또한 존재하지 않았을 것이기 때문이다. 따라서 그 질문은 다음과 같이 좀 더 솔직하고 분명하게 바뀌어야만 하지 않을까? 삶에 대해 문학은 무엇을 할 수 있는가? 문학의 현실적 기능과 역할을 묻는 이 물음은 문득 "쓸모없음의 쓸모 있음"이라는 평론가 김현의 문학적 예지를 떠올리는 순간 너무 속된 물음일 수도 있겠다는 생각이 든다. 그러나 무용에서 소용을 찾는 한 모더니스트의 그와 같은 신조는 삶의 어려움과 비극 앞에서는, 가령 '세월호 참사'와 같은 것을 놓고 보면, 궁색할 뿐만 아니라 왠지 허울 좋은 캐치프레이즈처럼 보인다는 것도 어쩔 수 없는 느낌이다. 도대체 문학이 우리에게 필요한 이유는 무엇인가?

우리에게 문학이 필요하다는 것은 누구나 인정하는 진실이다. 그런데 세상의 아픔과 괴로움 앞에 무기력해 보이는 문학의 모습은 우리로 하여금 '문학의 이유'가 무엇인지를 되묻게 하고 자꾸 문학이 헛되고 쓸모없는 것은 아닐까 하는 의구심을 불러일으킨다. 작가 프루스트도 의사였던 아버지를 생각하며 자신의 하녀에게 다음과 같이 한탄한 적이 있다고 한다. "아, 셀레스트, 우리 아버지가 병자들에게 했던 일을 나도 내 책으로 할 수 있다는 것을 확신할 수만 있다면!" 하지만 프루스트는 이러한 한탄과 회의 가운데서도 문학의 일이 자신의 아버지가 병자들에게 했던 일과는 다른 종류의 일이라는 것을 어느 정도는 믿고 있었음에 틀림없다. 그렇지 않고서야 어떻게 그리도 길고 두꺼운 책을 써낼 수 있었겠는가? 문학이 우리에게 필요한 이유 몇 가지를 떠올려 보고자 하는 까닭이 여기에 있다.

치유의 힘

우선 치유의 힘에서 '문학의 이유'를 찾을 수 있을 것 같다. 문학에 세상의 아픔과 괴로움을 낮게 하는 힘이 있다는 것은 그다지 새로운 얘기는 아니다. 가령 소포클레스의 「오이디푸스 왕」은 아버지를 죽이고 어머니와 자게 될 것이라는 신탁의 운명에 저항하다 끝내 그 참담한 운명의 주인공이 되고 마는 오이디푸스 왕의 이야기를 통해 우리를 인생의 비극적 고통 한가운데로 이끌지만, 우리는 이 비극이 형상화한 끔찍한 경험에 속절없이 압도당해 절망과 무기력에 빠지지는 않는다. 왜냐하면 운명의 필연성으로 구조화된 비극적 경험은 인생의 조건에 내재하는 고통의 임의성을 제거할 수 있도록 함으로써 우리가 점차 그 고통으로부터 회복되도록 도와주기 때문이다. 제멋대로인 삶의 횡포가 우연한 것이 아니라는 비극적 이해는 그 횡포로부터 오는 고통을 한결 참을 만한 것으로 만들어 주는 것인데,

아리스토텔레스가 말한 비극의 카타르시스란 무엇보다 비극의 수용자에 미치는 그런 치유의 작용이 아니고서는 이해하기 힘들다.

문학적 치유의 힘이 비극처럼 오래된 장르에만 한정된다고 볼 수는 없다. 근대적 서사 또한 현실의 어려움과 괴로움을 치유하는 힘의 근원과 양상을 보여 준다. 예를 들어 오영수의 「갯마을」이라는 소설은 원양 출어를 나갔던 사내들이 갑작스러운 폭풍우에 돌아올 수없게 된 후 마을에 남아 있던 노인과 아이, 그리고 졸지에 과부가된 여자들의 괴롭고 힘겨운 삶의 이야기를 들려주는데, 여기서 우리는 단지 마을 아낙네들의 어두운 숙명론의 자리를 공유한 채 우울증적 비탄에 잠겨 있게 되는 것만은 아니다. 거대한 자연의 위력은 소설의 독자에게 인간의 조건인 고난이 결코 피할 수 없는 것이었음을 상기시키면서 그 고난을 다른 관점에서 바라볼 수 있는 서사적 위치를 제공한다. 그러니까 우리는 한 마을의 고통스러운 역경이 피할수 없는 것이었음에 기꺼이 고개를 숙이게 되는 순간 마침내 그 운명의 고난과 역경으로부터 회복되는 치유의 경험을 하게 되는데, 실제로 무언의 우울증에서 빠져나와 곧장 재생적 활기를 되찾는 마을사람들의 모습은 거의 그대로 우리의 모습이 된다고 할 수 있다.

「떼과부년들이 모여서 머 시시닥거리노?」

보나 마나 칠성네다. 만이 엄마가,

「과부 아닌 게 저러면 밉지나 안체?」

칠성네도 다리를 뻗고 펄석 앉으면서,

「과부도 과부 나름이지 내사 벌써 사십이 넘었지만…… 이년들 괘니

서방 생각이 나서 자도 않고……」

「말도 마소, 이십 전 과부는 살아도, 사십……」

「시끄럽다, 이년들아, 사내 녀석들 한 두름 몰아다 갈라 줄 테니
……」

「성님이나 실컷 하소.」

모두 딱다그르 웃는다.

마을 사람들이 보여 주는 재생적 활기는 사실 '풍신'과 '용신'에 대한 그들의 주술적 믿음과 무관하지 않다. 「갯마을」에 나오는 사람들에게 그처럼 고통의 수용이 용이했던 것은 무엇보다도 인간을 넘어서는 어떤 힘에 대한 그들의 긍정 덕분이었다고 할 수 있다. 세계에 대한 합리적 이해가 가르쳐 주는 고통의 회피 방법은 아마도 그들이 고통을 받아들이는 것을 훨씬 더 어렵게 했을 것인데, 스스로의 책임을 무겁게 환기시켰을 것이기 때문이다. 이것은 문학적 치유의 힘이 가장 숭고한 힘에 운명을 개방하는 데서 생겨나는 것임을 가리킨다. 그런 의미에서 문학의 기능은 어쩌면 독자가 저마다의 욕망과 자유를 넘어선 자리에서 사건들의 불가피한 전개를 발견하게 하고 운명과 죽음의 수정 불가능성을 받아들이도록 만드는 데 있을지도 모른다. 에세이스트 에밀 시오랑은 다음과 같이 말한 바 있다. "운명의 힘을 경험하는 데서 진정한 시의 세계가 시작된다. 자유로운 것은 저질 시인들뿐이다." 결국 운명에의 느낌을 보존하는 것은 문학적 치유의 핵심적 양상이 된다고 할 수 있다.

문학이 가지는 치유의 힘은 억압에서 생겨난 무의식의 병리를 요령 있게 다루고자 하는 정신분석학의 목표를 통해서도 증명된다. 정신분석학은 고통을 회피하려는 환자의 무의식에 주의를 기울이고 고통의 은폐된 메커니즘을 파악해 설명함으로써 환자가 그 고통을 기꺼이 수용하도록 만들고자 하는데, 이것은 말할 것도 없이 언어로

이루어진 문학 전체가 우리에게 작동하는 방식과 비슷하다. 고통을 명백히 하는 것은 그저 단순히 고통을 경험하는 것과는 다르다. 문학을 통해 고통을 말한다는 것은 너무도 고통스러워 털어놓을 수 없는 현실의 어려움과 괴로움을 언어의 상징적 조작을 통해 명확히 드러냄으로써 그것에 대한 가장 효과적인 치료 방법이 된다. 유아가 말을 배우면 덜 울 뿐만 아니라 잠자는 모습도 더 안정된다는 사실은 그러한 방법의 효용을 암시한다. 잠자기 전 머리맡에서 아이들에게 동화책을 읽어 주는 것도 어두움에서 오는 고통과 두려움의 모호성을 제거함으로써 하룻밤의 평온을 제공하려는 뜻에서 멀지 않을 것이다.

타협의 힘

타협의 힘 또한 '문학의 이유'가 된다고 할 수 있다. 물론 문학은 특별히 자유로운 상상력의 분야일 뿐만 아니라 이 상상력의 자유를 통해 위반과 해체의 해방적 차원을 가지는 영역이라는 것이 오늘날의 상식이다. 세상의 모순과 부조리를 불편하게 만들면서 우리로 하여금 그러한 조건을 거절하게 하고 나아가 변화를 도모하게 하려는 것이 문학의 기본적 기능 가운데 하나라는 것을 부인할 수는 없다. 그러나 문학적 자유는 운명의 조건을 무시하는 오만에 결속됨으로써 우리를 현실의 어려움과 괴로움으로부터 벗어나게 하는 출구이기는커녕 우울증적 상태와 함께 우리를 더 큰 고통과 절망에 가두어 버리는 막다른 골목이 되고 마는 경우가 없지 않다. 자유의 일탈적 흥분이 아닌 일상적 질서의 안정을 위한 문학을 떠올리게 되는 것은 바로 이 순간인데, 이를테면 어떤 문학은 세상의 모순과 부조리를 보여 주며 그 해결책을 말하기보다는 모순과 부조리로 가득한 세상을 말하되 그런 모순이나 부조리와 더불어 사는 타협의 방식을 보여 준다. 어찌 문학뿐이겠는가? 모든 예술은 미적이면서도 조화로운 방식으로 그러한 타협을 말하는 경우가 허다하다.

가령 스페인의 정물화가 후안 산체스 코탄의 회화적 텍스트 「모과, 양배추, 멜론, 오이」를 예로 들 수 있다. 우리는 먼저 현실의 어려움과 괴로움을 암시하는 어둡고 위협적인 사각 창틀을 본다. 그리고 창틀 안쪽에 모과, 양배추, 멜론, 오이 등의 수확물들이 포물선을 그리듯이 아름답게 배치된 어떤 빛나는 장면을 보게 된다. 그것들은 일단 창 바깥의 어둠 속에서 이루어졌을 고통스러운 노동을 떠올리게 하면서도 그 결실의 보잘것없음을 드러내며 우리 삶의 남루함과 고단함을 상기시킨다고 할 수 있다. 하지만 노동의 결실을 드러내는 포물선의 아름다운 배치는 일상적 노동이 수반하는 남루와 고단을 잠시 잊게 할 뿐만 아니라 그러한 노동의 삶이 겸허와 감사의 자세로 찬미되고 승낙되는 순간을 보여 준다. 고통스런 현실의 겸허한 수용의 태도가 아니고서는 그와 같은 배치는 아마도 불가능했을 것이다. 그러니까 코탄은 이 작품을 바라보는 우리에게 삶의 힘겨움과 고통을 알리면서도 일상적 현실을 긍정하고 살아가는 타협의 방식을 제시하고 있는 셈인데, 여기서 우리는 현진건의 「빈처」와 같은 작품에도 주목해 볼 수 있다.

내가 무엇을 생각하고 있는지 저는 모르고 새 신 신은 발을 조금 처들며

「신 모양이 어때요」

「매우 이뻐!」

겉으로는 좋은 듯이 대답을 하였으나 마음은 쓸쓸하였다. 내가 제게

신 켤레를 사 주지 못하여 남에게 얻은 것으로 만족하고 기뻐하는도
다―.

왠일인지 이번에는 그만 불쾌한 생각이 일어나지 아니하였다. 처형
이 동서를 밉다거니 무엇이니 하면서도 기차를 놓치면 남편이 기다릴
까 염려하여 급히 가던 것이 생각난다. 그것을 미루어 아내의 심사도
알 수가 있다. 부득이한 경우라 하릴없이 정신적 행복에만 만족하려고
기를 쓰지마는 기실 부족한 것이다. 다만 참을 따름이다. 그것은 내가
생각해야 한다. 이런 생각을 하니 전날 아내에게 그런 말을 한 것이 후
회가 난다.

〈어느 때라도 제 은공을 갚아 줄 날이 있겠지!〉

나는 마음을 좀 너그럽게 먹고 이런 생각을 하며 아내를 보았다.

나도 어서 출세를 하여 비단 신 한 켤레쯤은 사 주게 되었으면 좋으
련만……

아내가 이런 말을 듣기는 처음이다.

「네에?」

아내는 제 귀를 못 믿어 하는 듯이 의아한 눈으로 나를 보더니 얼굴
에 열기가 살짝 오르며

「얼마 안 되어 그렇게 될 것이어요」라고 힘있게 말하였다.

「정말 그럴 것 같소?」 나도 약간 흥분하여 반문하였다.

「그럼요, 그렇고 말고요」

「빈처」는 경제적 문제 때문에 생겨난 한 작가의 일상적 고뇌를 다
루고 있는 소설이다. 이 소설은 작가의 내조자로서 기꺼이 살아가겠
다는 다짐에도 불구하고 경제적 곤궁으로 인해 원망을 내비치는 아
내에 대해 주인공이 '천사'와 '계집' 운운하는 이중적 태도를 드러내

는 모습 때문에 한때 여성주의자들의 공격 대상이 되었던 작품이다. 그런데 그것은 하나의 이론으로 결혼 생활이라는 구체적 현실의 한 측면만을 도식적으로 해석한 결과로 보이는데, 사실 「빈처」는 결혼 생활에 대한 평범한 진실을 우리에게 말하는지도 모른다. 실제로 이 소설은 놀라울 만큼 성공적인 결혼에 대한 이야기도 아니고 그렇다고 완전히 실패한 결혼에 대한 이야기도 아닌, 다만 빈번한 갈등과 사소한 타협이 날마다 일어나면서도 그런대로 무난하게 유지되는 결혼 생활에 대한 이야기라고 할 수 있다. 물론 이런 이야기는 우리의 영혼을 고뇌에 빠지게 하는 것이 아니라 오히려 그 고뇌에서 우리의 영혼을 구제한다. 누구나 그렇게 사니까라는 자기 위안과 타협을 제공하면서 말이다. 「빈처」는 일상적 삶의 갈등과 다툼에도 불구하고 우리로 하여금 절망과 무기력에 빠지지 않고 그런 조건과 화해하며 살아갈 힘을 불어넣는 작품이라고 할 수 있다.

문학은 격렬한 단절과 변화를 도모하는 위반과 전복의 가치도 중시하지만 문명의 일상적 상태를 보존하려는 화해와 타협의 가치도 소홀히 하지 않는다. 문학이 가지는 타협의 힘을 비평가 프랑코 모레티는 다음과 같이 표현한 바 있다. "문학의 본질적 기능은 동의를 확보하는 것—개인들로 하여금 우연히 살게 된 세계 속에서 '편안하게' 느끼도록 만드는 것, 즐겁고 감지할 수 없는 방식으로 지배적인 문화적 규범들과 화해시키는 것이 그것이다." 다시 말해 모레티는 삶의 모순적 긴장의 해결이나 제거보다는 긴장 완화 영역의 창조를 통해 그것의 인내와 수용의 계기를 마련하는 데서 문학의 효용을 찾고 있는 것처럼 보인다. 조금 극단적으로 말하면, 문학은 세상의 모순과 부조리를 편안하게 여기도록 함으로써 사람들이 죽고 싶다는 생각이 들지 않도록 기능하는 셈인데, 그러고 보면 문학은 자살을 막는 장치라고 할 수 있다. 내가 생각하기에, 아마도 서정주는 죽는 것보다는 사는 것이 낫다는 것을 설득하는 그러한 문학적 기능에 누구보다도 충실했던 시인이 아닌가 싶다.

李東伯이 새타령에
「月明 秋水 찬 모래
한 발 고여 해오리」 있지?

세상이 두루두루 늦가을 찬물이면
두 발 다 시리게스리 적시고 있어서야 쓰는가?

한 발은 치켜들어 덜 시리게 고였다가
물속에 시린 발이 아주 저려 오거던
바꾸어서 물에 넣고 저린 발 또 고여야지

아무렴 아무렴 그렇고 말고
슬기가 별 슬기가 또 어디 있나?

서정주의 「한 발 고여 해오리」라는 시의 전문이다. 그의 명편들 가운데 속하는 작품은 아니지만, 이 시는 문학을 통해 독자들에게 다가가는 서정주 방식이 무엇인지를 그 어떤 시보다 잘 보여 준다. 간단히 말해 세상의 어려움과 괴로움이 참기 어려울 때 '해오리'의 '슬기'를 배울 필요가 있다고 충고하는 시인데, 시인은 "한 발은 치켜들어 덜 시리게 고였다가/물속에 시린 발이 아주 저려 오거던/바꾸어서 물에 넣고 저린 발 또 고여야지"라고 노래한다. 그러고 보면

「한 발 고여 해오리」는 자연의 모방에서 삶의 지혜를 길어 올리는 고전주의의 범례가 되는 작품이라고 할 수 있다. 그러나 별도의 주석이 필요하지 않을 만큼 쉽고 단순한 이 시에서도 간과해서는 안 되는 대목이 있는데, 바로 "두루두루 늦가을 찬물" 같은 세상에서 "두 발"을 모두 빼 버리는 성급한 죽음 충동을 '고이다'의 현실주의를 통해 제어하고 있는 부분이다. 서정주는 어차피 시리고 저리게 될 발을 아예 빼어 버리는 삶에 대한 격렬한 거부가 아니라 두 발을 번갈아 담그며 한 발로는 어떻게든 현실을 지탱하고자 하는 삶에 대한 타협을 말하고 있다. 그리고 이를 통해 독자를 절망과 죽음의 저쪽으로 밀어내는 것이 아니라 삶과 소망의 이쪽으로 당긴다.

정의의 힘

정의의 힘도 '문학의 이유'에서 빼놓을 수 없는 것 같다. 문학은 사적인 삶과만 관계하는 것이 아니라 공적인 삶에도 관여한다. 개별적인 삶의 어려움과 비극을 이해하게 하고 납득하도록 만드는 치유와 타협의 힘은 사실 문학적 역할과 효용의 한 측면에 지나지 않는다. 문학은 현실을 해석해 독자들로 하여금 그 현실의 어려움과 괴로움을 받아들이도록 하는 소극적 작용을 넘어서기도 하는데, 실제로 문학은 종종 세상의 모순과 부조리를 불가피한 인생의 조건으로 받아들이는 것을 거부하게 만들고, 그것들을 영속되어서는 안 되는 것이자 대항해 싸워야 할 필요가 있는 문제로 바꾼다. 그러니까 문학적 정의의 힘은 세상의 모순과 부조리를 깨닫게 하는 데서 멈추지 않고 우리로 하여금 그러한 모순과 부조리를 제거하기 위해 무엇을 할 것인지에 대한 실천적 물음과 대면하게 한다. 여기서 최승호의 「어마어마한 송장」이란 시는 비근한 예에 지나지 않을 것이다.

그는 죽어서도 거만한 풍모로 떠내려왔다. 몸에서는 무지개 빛 기름이 흘러나와 물 위에 번지고 있었고 주위엔 떼죽음당한 물고기들이 그의 명함처럼 널려 있었다. 나는 관리다, 왕조시대로부터 떠내려온 썩은 관리. 건져 내야 할 송장이었지만 죽어서도 거드름을 피우며 그는 부패한 물고기의 왕처럼 쓰레기들을 거느리고 떠내려왔다. 어마어마한 부패물, 누가 이 뻔뻔스러운 송장을 이기겠는가. 그를 보자 무력감과 슬픔이 엄습해 왔다. 그리고 무력감의 부력처럼 내 입에서 분노가 음표 달린 물풀처럼 흘러나오는 것이었다.

이 시에서 오래된 부패의 관행이 끝을 모른다는 듯이 지속되고 있는 부정한 현실은 생태학적 상상력을 배경으로 한 그로테스크한 이미지로써 환기되고 있다. "죽어서도 거드름을 피우며" "물고기의 왕처럼 쓰레기들을 거느리고 떠내려"오는 "썩은 관리"의 '뻔뻔스러움'은 마침내 화자에게 "분노"를 촉발하고 마는데, 이 "분노"가 화자의 것이면서 동시에 독자들의 동조와 실천적 행위를 이끌어 내는 감정적 기반이 된다는 것은 말할 것도 없다. 이 순간 우리는 자연스럽게 최서해의 소설을 떠올릴 수도 있다. 물론 작가는 시인보다 분노라는 감정의 덩어리가 정의로운 삶의 조건을 위한 실천적 행동과 연결되는 순간을 조금 더 구체적으로 보여 준다. 가령 「홍염」이라는 소설은 중국인 지주 인가가 빚과 가난으로 어려운 살림을 이어 가는 소작인 문 서방 내외에게서 열일곱 살 딸을 빼앗아 자기의 욕심을 채우고 횡포를 부리는 이야기를 통해 정의가 부재하는 현실을 극명하게 드러낸다. 피를 토하며 죽어 가는 아내의 마지막 소원이나마 들어주기 위해 문 서방은 인가를 찾아가 딸을 잠시 보내 달라며 애원하지만 결국 쫓겨나고 만다. 그리고는 다음 장면이 펼쳐진다.

시원스럽게 웃고 가슴을 만지면서 한 손으로 꽁무니에 찼던 도끼를 만져 보았다.

일동리 사람들과 인간의 집 일꾼들은 불붙는 데 모여들었으나 모두 어쩔 줄을 모르고 떠들고 덤비면서 달려가고 달려올 뿐이었다.

그러는 사이에 울타리는 물론 울타리 속에 서 있던 큰 집 두 채도 반이나 타서 쓰러졌다.

이런 불 속으로부터 여러 사람이 오고 가는 밭 가운데로 튀어나가는 두 그림자가 있었다. 하나는 커단 장정이요 하나는 작은 여자이다. 뒷산 숲에서 이것을 보던 문 서방은 그 두 그림자를 향하고 내리뛰었다. 그는 천방지방 내리뛰었다. 독살이 잔뜩 올라서 불빛에 번쩍이는 그의 눈에는 이 두 그림자밖에는 아무것도 보이지 않았다.

「으윽 끅」

문 서방이 여러 사람을 헤치고 두 그림자 앞에 가 섰을 때, 앞에 섰던 장정의 그림자는 땅에 거꾸러졌다. 그때는 벌써 문 서방의 손에 쥐였던 도끼가 장정 인가의 머리에 박혔다. 도끼를 놓은 문 서방의 품에는 어린 여자의 그림자가 안겼다. 롱녜가…….

그 바람에 모여 섰던 사람들은 혹은 허둥지둥 뛰어내리고 혹은 뒤로 자빠져서 부르르 떨었다. 롱녜도 거꾸러지는 것을 안았다.

「롱녜야! 놀라지 마라! 나다! 아버지다! 롱녜야!」

문 서방은 딸을 품에 안으니 이때까지 악만 찼던 가슴이 스스르 풀리면서 독살이 올랐던 눈에서 뜨거운 눈물이 떨어졌다. 이렇게 슬픈 중에도 그의 마음은 기쁘고 시원하였다. 하늘과 땅을 주어도 그 기쁨을 바꿀 것 같지 않았다.

그 기쁨! 그 기쁨은 딸을 안은 기쁨만이 아니었다. 작다고 믿었던 자기의 힘이 철통같은 성벽을 무너뜨리고 자기의 요구를 채울 때 사람은 무한한 기쁨과 충동을 받는다.

　불길은—그 붉은 불길은 의연히 모든 것을 태워 버릴 것처럼 하늘하늘 올랐다.

　「홍염」의 이 결말 부분에서 문 서방의 폭력은 비이성적 격분이나 야만적인 본능의 표출로 이해되어서는 안 된다. 폭력의 기쁨과 만족이 새로운 삶의 창조와 연관되는 경우가 존재한다는 삶에 대한 이해가 마르크스주의자의 전유물은 아니다. 사실 분노와 살인을 통해 자기해방을 말하는 최서해의 방식에서 잔혹하고 섬뜩한 테러리스트의 행동을 연상할 수 있는 여지가 아주 없는 것은 아니다. 하지만 피억압자의 그러한 행동이 억압으로부터 오는 분노의 신경증을 제거하고 "무한한 기쁨과 충동"의 상태로 이끄는 일은 충분히 가능한 일이다. 또 이것은 심지어 정의가 법을 넘어선 지점에 위치한다는 사실을 말해 주기도 한다. 모든 법은 정의 안에 있다고 할 수 있지만, 모든 정의가 다 법 안에 있지는 않다. 문학이 다양한 서사와 이미지를 통해 우리의 감정을 재형성하는 일이 어떤 식으로든 세상의 모순과 부조리가 사라져야 한다는 갈망에 연결됨으로써 보다 나은 삶의 조건을 만들기 위한 능동적 기획, 즉 혁명의 토대가 된다는 것만은 분명하다.

성찰의 힘, 그리고 다른 힘들

　문학이 우리에게 필요한 이유는 이밖에도 많다. 기능론적인 관점에서라면, 아리스토텔레스의 정화 작용 말고도 라이오넬 트릴링의 면역 기능, 톨스토이의 감염 이론, 각종 인지 이론 등을 통해 문학의 쓸모와 역할과 효용을 좀 더 상세하게 이야기하는 것이 가능할 것이다. 그러나 내가 '문학의 이유'로 치유의 힘, 타협의 힘, 정의·혁명의 힘만을 거론한 것은 나머지 다른 작용들은 이 세 가지 이유에 대체로 포함될 수 있다고 생각했기 때문이다. 물론 한 가지 이유가 아직 얘기되지 않았다고 지적할 사람이 있을지 모른다. 맞다. 지금까지 말한 문학의 세 가지 주요 기능들을 아마도 모두 포괄하는 문학의 진정 중요한 기능이 여전히 거론되지 않았다. 까닭이 있는데, 그것은 너무도 당연한 문학의 이유이기 때문이기도 하고 또 문학이 가지는 정의·혁명의 힘에 덧붙여서 이야기될 때 그 의미가 잘 드러날 것이라 생각했기 때문이기도 하다.

사실 정의의 힘을 혁명의 힘으로 전환하는 분노와 같은 문학적 감정은 그 기반에 드리워진 어두움으로 인해 현실의 어려움과 괴로움을 타개하는 발판이 되기는커녕 오히려 그러한 난관과 고통을 더욱 가중시키는 함정이 되기 쉽다. 실제로 분노로부터 오는 정의는 자기반성의 움직임을 보여 주지 않을 때 자기 자신이 애초에 극복하고자 했던 모순과 부조리, 그리고 폭력의 현실 그 자체가 되어 버릴 공산이 크다. 따라서 문학적 정의는 언제나 문학적 성찰의 힘을 끌어안고 움직여야 한다. 물론 좋은 문학은 스스로가 현실의 일부가 되어 버리는 것을 제어하는 자기반성이라는 장치를 내장하고 있기 마련이다.

문학적 정의의 힘이 작용하는 방식은 저마다가 보는 세상을 구현하는 일을 통해 저마다가 아는 세상을 개혁하는 일이라고 할 수 있다. 그렇지만 문학적 정의는 혁명적 정의와는 다른 종류의 것이기도 하다. 풍자와 같은 엄정한 비판의 형식이 없는 것은 아니지만, 그것은 대개 법을 포함한 모든 질서의 지배 기획으로부터 소외된 타자성에 대한 공감을 통해 발휘된다. 가령 험버트 험버트라는 이름의 한 소아성애자의 욕망과 그 좌절을 다루고 있는 나보코프의『롤리타』
는 단순히 나이에 합당한 욕망을 가져야 한다는 도덕적 경고의 목소
리를 담은 소설로만 간주되기 어렵다. 소아성애자의 삶은 나쁜 것이
라며 일반화하는 일은 다른 사람의 내면적 삶에 대한 탐색과 상상적
공감을 통해 동일성의 폭력적 현실을 교정하려는 문학적 활동과는
사실 거리가 멀다.

　빅토리아조 영국의 소설가 조지 엘리엇은 다음과 같이 말한 바 있
다. "예술은 경험을 확대하고 동료 인간들과의 접촉을 개인적 운명
의 테두리 너머로 확장하는 방법이다." 그렇다. 이것이 바로 문학이
혁명을 하는 방식이다. 성찰을 내장하지 않은 정의는 의미 있는 변화
와 진정한 혁명을 불러오기 어렵다. 성찰의 힘, 이것은 사실 문학이
우리에게 필요한 또 하나의 이유이자 진정한 이유라고 할 수 있다.

물러섬의 비평
―서재원의『매혹과 공포』에 대하여

　모든 것을 심리화하고 개인화하는 '친밀성의 지배'(한병철)에서 우리의 비평도 자유롭지 못한 것 같다. 실제로 작가와 시인들은 각자의 작품으로 판단받는 것이 아니라 저마다의 개성으로 발견된다. 이는 그들로 하여금 개인적이고 특이한, 소재와 주제, 작법 등에 특별히 신경을 쓰도록 만든다. 여기서 작품에 대한 공적인 비평은 개성에 대한 사적인 해설로 탈바꿈한다. 물론 비평의 장에서 발견하는 일은 판단하는 일 못지않게 중요하지만, 두 작업을 구분하는 일은 훨씬 더 중요하다. 왜냐하면 진정으로 중요한 것은 자세하게 읽는 것이 아니라 그렇게 하면서 무엇을 하려고 하는지에 있기 때문이다.
　"우리에게는 평론가들이 있을 뿐 비평가는 없다. 백만에 이르는 유능하고 청렴한 경찰관은 있지만 판사가 없다." 버지니아 울프의 이 오래전 언급은 그대로 우리 비평의 '친밀한 사정'을 가리킨다. 실은 경찰관조차 드물다. 비평가의 임무는 무엇보다도 어떤 대상을 보면서 무엇이 거칠고 섬세한지, 또 무엇이 유치하고 성숙한 것인지를 판단하는 데 있다. 꼭 엄격한 규범의 적용이 아니더라도, 최소한, 비평의 시작은 '취향'(월터 카우프만)에서 이루어지고, 비평의 중간은 '전투적인 활력'(윌리엄 진서)으로 채워지며, 마침내 비평의 끝에서는 '적'(피터 셸달)이 생겨날 수밖에 없다. 하지만 비평의 그러한 판단적이고 형성적인 임무는 요즘 친밀성에서 비평의 보람을 찾는 평론가들에게는 특히 받아들이기 어려운 의무처럼 보인다. 비평의 솜씨는 아무래도 '매만지는 맛'이 아닌 '베는 맛'에서 나오는 것 아닐까?

그런데 서재원의 문학평론집 『매혹과 공포』(역락, 2013)는 이런 식의 관점이 비평에 관한 좁은 소견에서 나온 것이 아닐까 하는 의문을 떠올리게 만든다. 그녀는 역으로 비평에서 판단하는 일보다 더 중요한 것은 발견하는 일에 있음을 설득하는 것처럼 보이는데, 이 사실은 꼼꼼히 읽기와 같은 신비평적 기율에 충실할 뿐인 것으로 간주할 수도 있다. 하지만 그녀의 비평적 판단 중지는 하나의 특이점을 형성할 정도로 과도한 것도 사실이다. 그녀의 비평적 논의 대상은 김병익, 오탁번, 박정규, 송하춘 등의 원로급 작가들을 비롯해, 이승우, 고종석, 서하진, 김미현, 신수정, 최성실 등의 중견 작가들을 포함할 뿐 아니라, 윤성희, 심진경, 한유주, 박민규, 김애란, 편혜영, 김유진, 김숨, 김이설, 김태용, 김중혁, 손홍규 등의 젊은 작가들까지 망라함으로써 상당히 폭넓게 설정되어 있고, 또 다루고 있는 주제 또한 책과 문학의 위기, 개인의 고립과 불안, 추방, 환상, 디스토피아, 주체, 전위, 공포, 강박, 히스테리, 불확실성 등의 테마들을 실로 다채롭게 다루고 있는데, 여기서 비평가 개인의 척도나 취향에 입각한 문학적 불만을 발견해 내는 일은 놀랍게도 거의 불가능에 가깝다.

비평의 기초는 차별의 부정성 속에 있는 것이 아니었던가? 구분과 선별의 작업이 아니고서야 어찌 문화적 발전과 정신적 고양을 기대할 수 있단 말인가? 순수하고 고급한 커피 맛을 즐기기 위해서조차 사람들은 각종 커피 메이커의 필터링 기능을 이용하고, 심지어 그것도 부족하다고 생각하는 이들은 값비싼 거름종이까지 사용하는데, 수준 높고 세련된 문화의 형성을 견인하려는 비평가가 문화적 여과 장치로서 비평에 부여된 의무를 외면하는 일이 있을 수 있을까? 이런 의문들은 계속 꼬리에 꼬리를 물고 이어진다. 어쨌거나 차별의 부정성은 폐기될 수 없는데, 왜냐하면 그것은 비평의 조건 그 자체이기 때문이다.

물론 서재원 비평에서도 '판단하는 일'이 행해지고 있음을 발견할 수 있다. 하지만 이 경우는 극히 드문데, 내가 아는 한 사실 딱 두 번뿐인 것 같다. "실험적인 작가" 한유주에 관한 비평 「사유와 독백의 글쓰기」 말미에서 한 번, "낯선 모험"의 작가 김유진에 관한 비평 「추방당한 자들의 삶과 최후」 마지막 부분에서 또 한 번 목격된다. 하지만 그녀의 비평문에서 발견되는 판단조차 비평적 판단이라고 부르기엔 너무도 조심스럽고 지극히 유보적인 것이다. 그러니까 '판단 중지'가 '판단 유보'로 바뀌었을 따름인데, 가령 이런 식이다. 한유주론에서 먼저 그녀는 오늘의 우리 사회가 급속한 변화에 휘말린 상태여서 "사색의 시간을 갖기 어려운 상황"임을 전제하고, 이런 속도가 야기한 "망각"의 지배 속에서 한 젊은 작가가 어떻게 서사적 돌파구를 마련하는지에 주목한다. 그리고 "한유주 소설의 육체성"은 그러한 사회적 상황을 반영하는 듯하며, "역사가 없는 글쓰기, 수사학만으로 이루어진 글쓰기, 하나로 환원될 수 없는 화자들의 글쓰기, 유사한 선율과 리듬을 반복하고 모방하는 '푸가적 글쓰기' 등으로 드러난다"고 결론짓는데, 비평가 자신의 판단은 그 마지막에, 그도 신중하게 덧붙여진다. "그녀[한유주]는 지치지 않고 써낼 것이다.

그런데 과연, 독자들은 지치지 않고 읽어 낼 수 있을까? 그리고 이런 형식적 실험이 과연 소설 장르를 위해 긍정적인 시너지 효과를 발휘할 수 있을까? 우리가 한유주의 소설을 좀 더 지켜보아야 하는 이유가 바로 여기에 있다. "지켜보기로 함으로써 작가의 순응성을 긍정하려는 비평가 앞에서 우리는 실로 맥이 빠지게 된다.

작가 한유주가 속도와 망각의 시대를 거절하기는커녕 그 일부가 되려는 듯이 수사학적 반복으로 점철된 자신의 소설에서 그러한 반복에 기초한 '무의미성'(서재원은 이것을 "끊임없이 의미를 지워 가는 작업"의 결과라고 말한다)을 시대와 현실에 '대한 것'이라고 주장함으로써 자기 작품이 무미건조하며 견디기 힘들 정도로 지리멸렬하다는 사실을 정당화하고 있다고, 일갈하며 나아가는 일은 성급한 비평적 처신일까? 김유진론도 크게 다르지 않다. 여기서 서재원의 비평적 판단은 다시 한번 유보감과 함께 나타나는데, 그녀는 다음처럼 마무리하고 있다. "김유진의 소설은 낯설고 새로운 느낌을 풍긴다. 그런데 때로는 지나치게 난삽하고 모호한 느낌을 주는 것도 부인할 수 없는 사실이다. 김유진의 다음 작품들이 기다려지는 이유는, 신예 작가의 신선함이 난삽함이 아닌 진정한 새로움으로 깊어지는 것을 확인하고 싶은 욕망 때문이다." '난삽함'이라는 어휘에 실린 서재원의 비평적 불만은 또다시 기다림 속에 종적 없이 해소되고 만다. 왜 비평가 서재원은 베기 위해 나아가야 할 자리에서 매만지며 물러서고 마는 것일까?

이 맥 빠지는 '물러섬'의 자세에 매우 형성적인 의미가 깃들어 있음을 안 것은 그녀와 같은 일을 하는 비평가들에 대한 논의, 즉 서재원의 메타비평에 주목하고 나서이다. 서재원의 『매혹과 공포』에는 2편의 메타비평이 실려 있다. 하나는 4.19세대 비평가로서 한국 현대문학의 역사와 함께했다고 해도 과언이 아닐 김병익에 대한 논의 「온건한 진보주의자의 부드러운 힘」이고, 다른 하나는 2000년대 이후 두각을 나타낸 젊은 여성 비평가 4인에 대한 논의 「여성 비평가들의 탄생」이다. 그녀는 먼저 김병익 비평의 여정을 개괄하면서 무엇보다도 "변화하는 시대를 껴안으려는 '열림의 유연성'"과 그와 결부된 "작품을 품으려는 '일굼의 성실성'"을 강조한다. 그리고 이와 무관하지 않은 김병익 비평의 '온건함'과 '관대함'을 부각시킨다. 김병익 비평의 중핵은 한마디로 "부드러움의 힘" 속에 있다는 것이다. 그렇다면 서재원이 판단하는 일로부터 물러난 일이 얼마나 필연적이고 자연스러운 일에 속했던가는 이제 어느 정도 자명해진 셈인데, 하지만 "관대하고 아름다운 남자"에 대한 그러한 상상적 동일시의 연원이 "마초들이거나 아니면 기회주의적인 남자들이 설치는 사회에 대한 환멸"에 있다는 서재원의 마지막 고백은 그녀의 '온건함'과 '관대함' 속에 깃들어 있는 부정성을 간과할 수 없도록 만든다. 그런 맥락에서 그녀가 자신과 동일한 성적 신원을 갖는 4명의 여성 비평가들에게로 향해 갈 수밖에 없었던 것은 필연적이었던 것으로 보인다. 서재원은 「여성 비평가들의 탄생」에서 "여성이 비평가가 된다는 것이 어떤 의미에서 더 이상 이상하지 않은 최초의 시기"로부터 특별히 김미현, 신수정, 최성실, 심진경 등 4인의 여성 비평가를 호명하고 있는데, 여기서 그녀들의 비평적 개성을 페미니즘 비평의 일환으로서 순차적으로 규정해 간다. 그녀에 따르면, 김미현은 "여성의 몸"이 "인어공주와 아마조네스"의 이중성 사이에서 훼손되어 버린 "비정상적인 현실"에 주목한 여성 비평가이고, 신수정은 "남성의 상징적 언어 체계"로의 편입을 거부하는 여성적 언어로서의 "비명"을 강조한 여성 비평가이며, 또 최성실은 "여성의 섹슈얼리티 문제"에 천착하며 "낭만적인 사랑"과 "열정적인 사랑"의 가능성과 한계를 함께 사유한 여성 비평가이다. 그런가 하면 심진경은 모성의 문제와 관련해 "사회문화적 모성"과 "생물학적 모성" 양쪽의 한계를 동시에 지적하며 "새로운 모성적 세계에 이르는 길"에 대해 숙고한 여성 비평가라고 한다. 그렇다면 비평가 서재원은? 앞서 고개를 든 부정성은 온데간데없이 사라지고 그 자리는 "다락방을 내려와 펜을 잡은 이 시대의 젊은 여성들"로 채워진다. 자의식적 부정성으로 예리하게 벼려졌어야 할 비평적 판단은 여기서 또다시 '물러남'이라는 자세와 더불어 회피되고 있다. 비평적 이상형 김병익에게로 돌아간 것인가? 이 과도한 판단 중지, 또 이 지나칠 정도의 판단 유보. 어쩌면 이토록 일관할 수 있단 말인가? 하지만 이런 서재원 비평의 과도한 일관성에 대한 해명의 좀 더 명백한 단서는 '김병익'이 아니라 '엘렌 식수'에게서 온다. 그녀는 「여성 비평가들의 탄생」 마지막에 가서 식수를 인용한다. "글쓰기는 타자가 내 속으로 들어오고 머물다 나가는 통로, 입구, 출구, 거주지이다."

'거주지'라니? 아, 이제 알겠다. 서재원에게 글쓰기는 '거주지'와 같은 것으로서 세상의 한 모서리로 물러나 세상의 한가운데로 나아갔다 되돌아오는 '바깥사람들'을 환대하고, 그러면서도 조신하게 자신의 몸을 숨긴 채 그 자아가 다시 세상을 향해 나아갈 수 있도록 내조하는 '안사람'이 거주하는 공간, 바로 가정집과 같은 것인지도 모른다. 그곳에는 아버지도 아들도 딸들도 들어와서 쉬고 먹고 자고 입을 것이다. 다시 말해 한 사람이 개성적인 주체로서 '나아가는' 일은 또 한 사람이 환대와 내조를 위해 '물러서는' 일로써 가능하다고 할 수 있다. 서재원 비평에 그렇게나 다양한 작가들이 거주하고 있었던 것은 다 그러한 '물러섬' 때문이었다는 것을 이젠 알겠다. 그러고 보면 그녀가 김병익의 "일굼의 성실성"에 찬동하였을 때, 사실 그녀의 비평은 그 '일굼'으로부터 피로를 안고 돌아온 이를 다독이는 '살림'의 온기를 지니고 있었던 셈이다. 또한 그런 의미에서 그녀의 비평적 공간에서 호명당하던 여성 비평가들은 모두 그녀의 딸들이었던 셈이다. 물론 '살림'이 없는 '일굼'이 너무 거칠고 냉랭한 것이듯이, '일굼'이 없는 '살림' 또한 너무 여리고 온정적인 것이기는 하다.

따라서 비평의 영역이 온전해지기 위해서는 '바깥사람'의 엄격함도 필요하고 '안사람'의 부드러움도 함께 필요하다고 할 수 있다. 그렇지 않겠는가? 이를테면 아버지의 비평에서는 보다 까다로운 조건에 입각해 작가들이 일정한 문학적 기준에 부합할 때만 인정하고 칭찬해 주는 경향이 강할 것이고, 이와 달리 어머니의 비평에서는 되도록 조건을 걸지 않고 작가들이 어떤 일을 벌이든지 수용하고 격려해 주는 경향이 우세할 것인데, 아마도 그 두 존재가 균형을 이룬 가정에서 아이들이 자라난다면, 그들은 대개 건강하고 균형 잡힌 어른이 되어 줄 것이다. 물론 아버지의 비평이든 어머니의 비평이든, 그것이 자식들에 대한 사랑에 기초한 것임은 두말할 나위도 없다. 신학자 윌리엄 메이라는 사람은 그러한 부모 사랑의 두 가지 측면은 서로 다른 측면의 과도함을 교정해 주는 역할을 한다고 말한 적이 있다던데, 짐작건대 비평가의 문학 사랑도 다른 것은 아닐 것이다. 메이는 덧붙여, 아버지의 사랑이 보여 주는 엄격함에만 치우치면 자녀의 변화를 끌어내기는 하지만 결국 끊임없는 요구 끝에 그 자녀를 '거부'하게 되고, 또 어머니의 사랑이 보여 주는 부드러움에만 치우치면 자녀의 존재를 긍정함으로써 힘이 될 때도 있지만 결국 탐닉으로 미끄러지다가 마지막에 가서 '방치'에 이른다고 말한다. 이것은 '일굼'의 비평가와 '살림'의 비평가 모두 귀담아 두어야 할 말이 아닐 수 없다.

　서재원 비평의 기초가 되어 있는 '물러섬'이라는 모성적 자질의 과잉이 하나의 미덕이 되는 것만은 분명한 사실이다. 하지만 그것은 비평의 부성적 자질에 의해 균형이 잡혀야만 하는 제한적인 것이라는 점 또한 부인하기 어려운 것이 사실이다. 아무래도 영 아쉽다는 생각이 드는데, 특히나 비평의 모양새가 요즘처럼 내부자들이 떠드는 찬양이고 호의적 평가일 뿐인 어지러운 상황에서는 더욱 그렇다. 미학적 선택의 기준이 될 만한 '초월적 어휘'(리처드 로티) 같은 것은 이미 사라져 버린 것이라고, 그래서 이제는 개개의 미학들이 서로 얼굴을 부비고 서로 어깨를 다독이며 '친밀한 대화'로서 혼란과 무질서를 견디는 수밖에 없다는 창작과 비평의 허무주의는 작품이든 비평이든 언제나 그 수준이 그 수준인 문화적 획일성과 심지어 문화의 저속화에까지 이르게 될 수밖에 없는 것이 아닌가 한다. 그렇지만 '나아감'의 비평과 더불어 '물러섬'의 비평도 필요하다는 점을 떠올리게 해 주고 또 그 가치를 생각하도록 만들어 준 '모성 비평가' 서재원에게 감사의 말씀을 전하고 싶다.

전자문화 시대의 글쓰기

코플랜드(Copeland)는 이미 1518년에,
요즘 젊은이들은 카드놀이와 술독에 빠져서 책을 읽지 않으며,
"책의 시대는 이미 지나갔다"고 한탄하고 있다.[1]

'지금-여기'에 사는 모든 이들은 '문자'와 '책'으로부터 멀어져 가
고 있다. 많은 보고서들의 통계 수치가 보여 주듯이, 그러한 상황은
더 이상 먼 풍문에 그치는 것이 아니라 가까운 사실로서 목격된다.
그런데 16세기 초 서양의 한 식자(識者)도 그와 유사한 상황을 감
지하고 있었던 것처럼 보인다. 그는 문자와 책으로부터 멀어져 가
있는 젊은이들의 행태를 걱정스럽게 지적하며 "책의 시대는 이미 지
나갔다"며 벌써부터 우려 섞인 한탄을 하고 있었다. 하지만 그의 걱
정과 우려는 기우에 지나지 않는 것이었다. 왜냐하면 16세기 초는
18세기에 만개하게 될 문자문화의 광휘를 앞두고 있는 시기였기 때
문이다. "16세기 초[는] 중대한 인식론적 전환이 일어나면서 모든

---

1 Raymond Williams, "The Growth of the Reading Public", *The Long
Revolution*: 송승철, 「문화연구의 지형과 문학비평」, 『문학동네』, 2000.겨울, p.351에
서 재인용.

지식이 책을 통해 표명되었으며 또 책 속에 담겨졌다."[2] 그런 의미에서 코플랜드의 근심의 대상이 되었던 것은 단지 어느 시대에나 흔히 있을 수 있는 풍속의 문제에 불과한 것일 뿐이었다. 또한 당시 문자와 책은 타락한 풍속을 교정하고 바르게 인도할 만한 충분한 힘과 위엄을 가지고 있었다.

그러나 1960년대 한국의 한 소설가가 그려 보여 준 장면은 풍속의 문제를 넘어선 '지금-여기'의 상황을 어느 정도 정확하게 예고하고 있다. 문자와 책은 이제 "헌책점" 주인에게조차 무시당할 만큼 힘과 권위를 상실한 애물단지가 된다. 좀 길지만 인용해 보겠다.

"그럼 저게 모두 팔 책이란 말씀이시죠?"

책방 주인은, 상점 밖 길가에 세워 놓은 리어카 위의 상자들을 가리키며 말했다. 냉담한 표정이었다.

"그렇습니다."

"사과 상자로 여섯 개면…… 한 삼백 권 되겠는데…… 대개 무슨 책들이오?"

주인은 의자에서 일어설 생각도 하지 않고 잠바 호주머니에서 '백조'를 한 개비 꺼내 피워 물며 쌀쌀한 음성으로 물었다. 사고 싶은 생각이 없는 모양이었다. 아니면, 살 능력이 없을 게다.

도인은 절망감을 느꼈다.

"이것저것 여러 가집니다. 문학 전집도 있고, 법률 서적도 있고, 하여튼 한번 보시잖겠습니까?"

"저걸 풀어 봤다가 막상 우리가 사들일 만한 게 한 권도 없으면 어

2 닐 포스트먼, 『죽도록 즐기기』, 정탁영·정준영 공역, 참미디어, 1997, p.52.

떻게 합니까?"

"그럼 다시 상자 속에 꾸려 넣죠. 그리고 다른 집으로 가 보겠습니다."

"글쎄요, 그거야 댁의 자유겠지만…… 보나 마나 사 둘 만한 책이 몇 권 안 될 겁니다. 옛날엔 그나마 헌책점을 들러 주는 손님들이 좀 있었습니다만 요즘에야 어디…… 교과서나 참고서를 사러 오는 중학생들밖엔……"

"하여튼 한번 보시기나 하시고……"

"그럼 나중에 날 원망하지는 마십시오."

"그, 그럼요."

도인과 리어카꾼은 무거운 상자들을 상점 안으로 옮겨 놓고 풀기 시작했다.

주인은 책 표지만 슬쩍슬쩍 훑어보며 책들을 한구석으로 던지기 시작했다.

"양서(洋書)들이 많군요."

주인이 이상하다는 눈으로 도인을 쳐다보며 말했다.

"뭘 하십니까?"

"학교 선생이었습니다."

"아아, 목이 잘리셨군요. 그래서……"

"맞았습니다. 쓸 만한 게 좀 있습니까?"

"글쎄요. 옛날하고는 달라서…… 이런 책을 사고 싶어 하는 사람들은 대개 가난뱅이들이니까요. 넉넉한 사람들한테는 이런 책이 필요 없고……"

"한심스러운 세상입니다."

"한심스럽다구요? 천만에요. 사실 말이지 영화나 텔레비도 미처 다

못 보는데 미쳤다고 책을 사겠습니까? 하기야 넉넉한 사람도 책을 사기야 사죠. 그렇지만 이런 책은 아닙니다요. 문화주택의 거실에 진열해 놓은 전집물이죠. 표지들이 예쁘거든요. 시청각 시대란 걸 모르시는 모양이군요. 이건 팔릴지 모르겠습니다."

주인은 책 한 권을 따로 빼놓으며 말했다. 그것은 주리가 지난번 월남 위문공연에서 돌아오던 길에 일본에서 사 온 『원색춘화집(原畵集)』이었다.[3]

이 부분은 문자 매체의 쇠퇴와 시청각 매체의 부상을 단적으로 보여 준다. 김승옥이라는 소설가는 이러한 사태를 "60년대식"이라고 말하고 있다. 하지만 오늘의 상황에 매우 징후적이고 예언적인 국면을 그것은 제시한다. 다시 말해 그러한 "60년대식"은 '지금-여기'에서 보다 첨예화되고 극단화되어 가고 있기는 하지만 완전한 '현대식(contemporary)'에 해당된다. 물론 "책"이라는 문자 매체로부터 "영화"나 "텔레비"와 같은 영상 매체(영상 매체의 전횡은 전자문화로부터 비롯하는 것으로 영상문화와 전자문화는 공모 관계에 있다고 볼 수 있다)로의 이행에 어떤 심각한 문제들이 수반되는지에 대해 그것은 타당하고 설득력 있는 근거를 보여 주고 있지는 못하다. 다만 그 이행이 '한심스러운' 것이라는 감정적이고 직관적인 부정적 판단만을 드러낸다.

문자문화로부터 전자문화로의 이행은 왜 한심스러운 것일까? 이 질문을 던지는 것은 우리가 도인이라는 남자 주인공의 부정적 판단에 대해 전적인 동의를 보내기 때문이다. "지성의 이용에 관한 현대적 아이디어는 대부분 활자에 의해 형성되었다. 교육, 지식, 진실,

---

3 김승옥, 「60년대식」, 『김승옥 소설 전집 3』, 문학동네, 1995, pp.296-297.

정보에 관한 아이디어도 마찬가지다."⁴ 매체가 단순히 사유의 도구가 아니라 사유의 내용을 규정하는 것이라는 '맥루한적' 전제를 수용한다면, 전자 매체나 영상 매체는 문자 매체에 크게 미치지 못하는 매체일 뿐만 아니라 문자 매체의 인식론적 장애물로 기능하는 것이기도 하다. 따라서 전자문화에 의한 문자문화의 대체는 매우 위험하고 해로운 것임에 틀림없다.

그런데 이 점은 문자문화에 의한 구술문화의 대체에 관련해서는 완전히 다르다. '맥루한적' 전제를 계승하는 닐 포스트먼의 얘기를 더 들어 보도록 하자.

학문 세계에서 간행물에 실린 글은 단순한 말보다 더 큰 신뢰성과 확실성을 부여받는다. 일반적으로 말하기는 글쓰기보다 부주의하게 이루어질 것이라고 가정된다. 글은 그 작가가 곰곰이 생각하면서 썼을 뿐더러 교정 작업을 거쳤을 것이며 또한 권위자와 편집자들에 의해 검토되었을 것이라고 가정된다. 그것은 입증하거나 논박하기가 더 쉽다. 그리고 비개인적이며 객관적인 특성을 지니고 있다. 학생이 논문에서 스스로를 지칭할 때 본인의 이름을 쓰지 않고 '연구자'라고 한 것은 바로 그 때문이다. 말하자면 글은 본질적으로 세계를 대상으로 삼는 것이며 한 개인을 대상으로 하는 것이 아니라는 말이다. 또한 글은 남는 것인 반면 말은 사라져 버린다. 그리고 이것이 바로 글이 말보다 진실에 더욱 근접해 있는 이유이다. 게다가 우리는 학생이 이 시험을 통과했다는 사실을(만일 통과한다면) 단순히 말로 통고해 주기보다는 이 위원회 명의의 문서로 만들어서 전해 주고 또 그렇게 남기기를 바랄 것

4 닐 포스트먼, 『죽도록 즐기기』, p.47.

이라고 믿는다. 우리의 문서는 진실을 나타낼 것이지만 우리의 구두 합의는 단지 풍문에 지나지 않게 될 것이다.[5]

닐 포스트먼은 여기서 논문을 지도한 적이 있는 교수로서의 구체적인 체험을 통해 구술문화에 대한 문자문화의 우월성을 설명한다. 구술문화로부터 문자문화로의 이행이 가져다준 이득은 한마디로 인쇄라는 "설명적인 산문의 선형적, 분석적 구조"의 뒷받침으로 "진실에 더욱 근접해" 갈 수 있다는 데 있다.

하지만 포스트먼은 그러한 이득에 기여하지 못하는 것임에도 불구하고 구술문화는 한 시대에 중요한 커뮤니케이션 형식으로 그 소임을 충실히 수행했다는 월터 옹 식의 역사주의적 감각을 보여 준다. "기본적으로 구두문화에 살았던 [이]들은 기억술, 신경(信經) 및 우화를 포함한 스피치의 모든 자원들을 끌어들여 진실을 발견하고 또 드러내는 수단으로 삼았던 것이다. 월터 옹(Walter Ong)이 지적한 바 있듯이 구두문화에서는 금언과 격언이 가끔씩 쓰이는 방책이 아니라 그칠 새 없이 사용되면서 사고 자체의 본질을 형성한다. 어떤 형태의 사고도 그것들 없이는 이루어질 수 없다. 왜냐하면 사고 자체가 그것들 때문에 가능하기 때문이다."[6] 이와 같이 포스트먼은 구술문화가 산출하는 "진실"을 인정함으로써 진실의 개념이 상징적 형식의 편향성과 밀접하게 관련된다는 인식론적 상대주의자로서의 모습을 드러낸다.

그러나 인쇄에 바탕한 문자문화와 텔레비전으로 대표되는 전자문

---

5 닐 포스트먼, 『죽도록 즐기기』, pp.36-37.
6 닐 포스트먼, 『죽도록 즐기기』, p.33.

화를 비교할 때의 포스트먼은 과감하게 이론적 일관성에 생기는 모순을 무릅쓴다. 다시 말해 텔레비전은 진실에 다가가는 또 하나의 매체가 아니라 문자문화의 성취를 와해시킬 수 있는 위험하고 경계해야 할 매체라고 그는 주장한다. 그는 "이 문제에 있어서만은 상대주의자가 아니다."[7] 도대체 텔레비전이 형성한 인식론은 어떤 위험성을 지니는 것일까? 우리가 이 질문을 던지는 것은 역사적 상대주의자로서 비칠 때의 포스트먼이 아닌 문자문화에 끼치는 전자문화의 해악을 분석할 때의 포스트먼에 훨씬 더 공감하기 때문이다. 전신술과 사진술의 발명에 이어 텔레비전과 인터넷에 의해 완성된 '전자적 인식론'이 어떤 문제들을 야기했는지, 포스트먼의 얘기를 좀더 들어 보자.

물론 사진술과 전신술이 인쇄문화의 방대한 체제를 단번에 날려 버리지는 않았다. 내가 보여 주려 한 바 있듯이 진술의 습성은 오랜 역사를 가지고 있으며, 19세기에서 20세기로 바뀌는 무렵에 있던 미국인들의 정신에 강력한 영향력을 미치고 있었다. 실제로 엄청난 양의 빛나는 언어와 문학이 20세기 초반을 장식하고 있었다. 「아메리칸 머큐리」와 「뉴요커」 등의 잡지, 포크너, 피츠제랄드, 스타인 벡, 헤밍웨이의 소설과 이야기들, 그리고 심지어는 거대 신문들―「헤럴드 트리뷴」, 「타임스」까지 산문을 실어 사람들을 감동시키고 그들의 눈과 귀를 즐겁게 해 주었다. 하지만 그것은 설명의 시대가 부른 백조의 노래였다. 죽음의 순간이 가까워졌을 무렵 부르는 가장 뛰어나고 감미로운 노래 말이다. 설명의 시대로서는 새로운 시작이 아니라 종말을 고하는 순간이

7 닐 포스트먼, 「죽도록 즐기기」, p.44.

었다. 그것의 멜로디가 점차 꺼져 가는 것과 함께 그 아래편에서 새로운 가락이 들려오고 있었다. 사진술과 전신술이 그 키를 두드리고 있었다. 사진술과 전신술은 상호 연관성을 부정하고, 탈상황적으로 진행되며, 역사의 무관함을 주장하고, 아무것도 설명하지 않으며, 복잡성과 일관성의 장소에 황홀함을 제공하는 하나의 '언어'였다. 그것의 멜로디는 이미지와 즉물성의 이중주였으며, 그 둘이 화음을 맞춰 미국에서 새로운 공공 담론의 곡조를 연주했다.[8]

닐 포스트먼이 지적하는 전자문화의 폐해는 간단히 말해 "이미지와 즉물성의 이중주"로 "탈상황적(context-free) 정보"라는 아이디어에 합법적 형식을 부여했다는 데 있다. "탈상황적 정보란 사회적·정치적 결정 및 행동과는 전혀 관계없고 신기함, 흥미로움, 진기함 따위만이 의미를 가지는 정보를 말한다."[9] 그러한 "탈상황적 정보"들은 바로 행동이나 문제 해결이나 변화와 무관한, 우리의 실제적 삶과 아무런 관련도 없는 정보로서, 그것의 주된 목적은 오직 죽도록 즐기는 것이다. 이는 결국 부적절, 모순, 무력감이 지배하는 문화를 만들어 내게 된다고 포스트먼은 분석한다.

나아가서 그는 도해 혁명(사진술, 전신술)으로 촉발된 전자문화가 가장 우려스러운 것은 우리가 텔레비전이나 인터넷을 통해 주어진 탈상황적 정보들을 아무런 의심과 회의 없이, 이상스럽다는 느낌 없이 아주 자연스럽게 받아들이는 데 있다고 덧붙인다. "우리 문화는 이제 거의 완전히 텔레비전의 인식론에 순응한 지경에 이르렀다. 즉

---

8 닐 포스트먼, 『죽도록 즐기기』, p.106.
9 닐 포스트먼, 『죽도록 즐기기』, p.92.

우리가 텔레비전이 정의하는 진실과 지식, 그리고 사실의 개념을 너무나 철저하게 받아들이고 있어서, 결과적으로 엉뚱한 것들로 이루어진 것을 중대한 것들로 채워진 듯 착각하게 되고 모순된 것을 정상인 듯 여기게 되었다는 말이다."[10] 전자문화 시대에 문학을 포함한 모든 글쓰기가 회의적으로 개입하고 비판적으로 관여해야 할 지점이 바로 여기가 아닌가 싶다. 왜냐하면 우리가 순응해 가고 있는 텔레비전은 기본적으로 선형적 언어의 분절적 반성을 수행하지 못하는 매체이기에, 바깥에서, 즉 외장(外裝)의 형식으로 반성 장치를 마련할 수밖에 없기 때문이다. 그 바깥을 이루는 것이 바로 문자문화의 소산인 '글쓰기'라고 할 수 있다. 그것은 '왜'의 자리이기도 하다.

텔레비전보다 더 강력하게 전자문화를 주도하게 될지 모르는 컴퓨터 인터넷을 두고 한 어떤 비평가의 언급에 귀를 기울여 보자. 그의 말이 텔레비전에 대해서도 마찬가지로 적용될 수 있는 말임은 물론이다.

새로운 문명의 세계에 들어가는 법을 재래의 문화 방식으로 가르쳐 주는 서점의 컴퓨터 서적 코너에도 별의별 사용법 지침서들로 가득 차 있다. 통신망 내에서도 온갖 'Q & A'가 범람한다. 컴퓨터 세상의 곳곳에서 우리는 '어떻게'를 연발한다. 『피터팬』 속의 인디언들처럼 우리는 '하우'를 외치며 겅중거린다. 그러나, 이 '어떻게'는 끝이 없다. 끊임없이 신기술 제품이 나타난다. 그때마다 사용법을 다시 익혀야 한다. 똑같은 용도로 쓰이는 제품들이 저마다 키 정의가 다르고 메뉴 전개 방식이 다르며, 결정적으로 제품의 포맷이 달라서, 호환시키려면 여간

---

10 닐 포스트먼, 『죽도록 즐기기』, p.110.

애를 먹지 않는다. 궁극적인 벽 뚫기 기술은 없다. 벽은 시나브로 두꺼워져 가고 있기 때문이다. 우리는 매 순간 벽에 갇혀 버릴지도 모르는 위기에서 아슬아슬하게 산다./(중략)/이 미궁을 빠져나갈 길은 없는 것인가? (중략)/논리철학자들이 증명해 보였듯이, 한 명제의 진위는 그 자체 안에서는 판별되지 않는다. 오직, 그보다 한 단계 높은 범주의 진술을 통해서만 판별된다. 마찬가지로, '어떻게'의 미궁의 투시도는 '어떻게'라는 붓으로는 그릴 수 없고 다른 방식의 질문을 통해서만 판별된다. 그 다른 방식, 그것을 바로 '왜'라고 나는 쓴다. 왜 그렇게 사용법들은 천차만별인지, 왜 규격들은 하나로 일치하지 않으며, 승리한 규격과 패배한 규격은 왜 그렇게 되었는지, 좀 더 구체적으로, 왜 한글윈도 95에서는 유럽어 문자들을 읽을 수 없으며, 왜 '아래아 한글'과 '한메 한글 포 윈도우'와 '이야기 7.3'은 한영 변환 키를 똑같이 지정하고 있어서 충돌을 일으켜야만 하는지, 우리는 끊임없이 묻고 그 답을 요구해야만 한다. 누구에게? 바로, '어떻게'라는 숙제를 우리에게 강요하는 컴퓨터 세계의 관리자들에게. 또한 우리 자신에게도 그 '왜'를 물어야 한다.[11]

그런데 아직 문제가 있다. 글쓰기의 개입과 비판의 행위가 어느 누구에게도 호소력을 갖지 못하는 것일 때 그런 작업들이 도대체 무슨 소용과 쓸모를 갖겠는가?

글쓰기와 문학은 더 이상 문화의 중심이 아니라 문화의 한 가지, 그것도 별로 영향력을 갖지 못한, 인기 없는 문화적 지류에 불과해졌다. 글쓰기와 문학을 한다는 것은 실존적 결단의 문제가 되었을

---

11 정과리, 「How PC 속의 Why PC」, 『문명의 배꼽』, 문학과지성사, 1998, pp.134-135.

만큼 절박한 사명을 필요로 하는 것이 되었다. 물론 과거에도 그것은 사명을 동반해야 하는 실존적 결단의 문제이기는 했다. 그러나 지금과는 차원이 다른 것이었다. 그땐 문화적 중심의 위엄이 그 결단에 보상으로 주어졌지만 지금 그런 것은 기대하기 어려워진 것이다. 이제 그러한 결단에는 모멸과 오욕의 형벌이 주어진다. 황순원과 서태지, 이 두 사람은 그런 정황을 설명하는 하나의 상징적인 예이다. 황순원의 죽음은 그것이 죽음이었는데도 불구하고 신문 저 귀퉁이의 작은 부고란처럼 초라하게 다가왔고, 서태지의 컴백은 한 대중 스타의 재등장일 뿐인데도 대중적 각광을 받으며 신문의 일 면 머리기사를 차지했다.

여기서 그냥 비관주의에 굴복하고 말 것인가? 우리는 로맹 롤랑이 만들어 냈고 안토니오 그람시에 의해 유명해진 다음의 문구를 기억해야 한다. '지성의 비관주의, 의지의 낙관주의.' 지성은 비관주의일지라도 의지는 낙관주의이어야 한다는 이 문구의 진정한 의미는 아마도 어떤 '환상'도 절대화되어서는 안 된다는 '사물'의 요구를 받아들이는 데 있을 것이다. 사물의 요구에 일치하려는 노력을 중단시키고 좌절시킬 수 있는 것은 사실 죽음밖에는 없다. 죽기 전까지는 사물에 대한 '환상 만들기'는 지속되어야 한다. 그러나 그 지속의 힘은 바로 사물과 환상의 영원한 불일치에서 온다. 이 불일치의 진행은 낙관주의와 비관주의가 언제나 함께 가는 길이다. 그람시가 동생 카를로에게 보내는 감옥 속에서의 한 육성을 마지막으로 들어 보자.

내가 보기에는, 비슷한 상황에서 사람은 자기 자신의 도덕적 힘들의 근원이 자기 안에 있다—자기 자신의 활력과 의지, 목적과 수단의 긴밀한 결합—는 확신을 갖고 결코 좌절하지 말고, 결코 통속적이고 진부한 기분이나 비관주의와 낙관주의에 빠져들지 말아야 한다. 나 자신의 마음 상태는 이 두 가지 감정을 모두 종합하고 그것들을 넘어서고 있지. 나의 지성은 비관주의적이지만 나의 의지는 낙관주의적이란다. 어떤 상황이건 나는 모든 장애물들을 극복하는 데 내가 비축해 놓은 의지력을 이끌어 내기 위해 최악의 경우를 염두에 두고 있단다. 나는 절대로 환상을 가지지 않기 때문에 실망하는 일도 없어. 나는 언제나 끝없는 인내심으로 무장되어 왔단다. 그건 수동적이고 활력 없는 인내심이 아니라 끈기 있는 노력과 결합된 참을성이야. 오늘날 극도로 심각한 도덕적 위기가 있지만, 과거에는 또 다른 보다 심각한 위기들이 있었어. 그리고 이번 것과 이전의 것 사이에는 차이가 있지.[12]

그람시는 여기서 "환상을 가지지 않기 때문에 실망하는 일도 없어"라고 말하고 있다. 아마도 그 말은 사물의 요구를 충족시키는 일은 숙명적으로 불가능한 일이기 때문에 실망의 비관주의는 삶의 요소로서 전혀 무의미한 것이라는 의미를 담고 있을 것이다. 사물과 환상이 일치하리라는, 그리하여 문학의 존엄이 마침내 승인받게 되리라는 글쓰기와 문학에 대한 '무의미한' 환상을 버리면 무엇보다도 실망의 비관주의는 없으리라는 말이다. 글쓰기와 문학은 언제나 '의지'의 문제였지 '지성'의 문제는 아니었다. 그러므로 글쓰기와 문학의 낙관주의는 여전히 힘이 있다. 그래서 우리는 또 쓴다. 다시 한번 말해 보자. '지성의 비관주의, 의지의 낙관주의.'

---

12 안토니오 그람시, 『감옥에서 보낸 편지』, 양희정 역, 민음사, 2000, pp.219-220.

한국문학의 범주

문학사 서술

문학사 서술은 무엇보다도 읽을 만한 작품들의 의미 있는 연결이 되어야 한다. 그래서 읽을 만한 작품들을 '선택'하고 선택된 작품들을 의미 있는 연결이 되도록 '배열'하는 것은 문학사가의 임무가 된다. 일반적인 역사 서술이 그렇듯이 문학사 서술은 기본적으로 선택과 배열의 작업이라고 할 수 있다. 문학사 서술은 또한 그 선택과 배열의 작업에 있어 역사 서술과 마찬가지로 객관적인 서술에 입각한다는 측면도 아울러 가진다. 그런데 사실과의 합치로부터 오는 역사 서술의 객관성과 다르게 문학사 서술의 객관성은 선택된 가치가 보편적인 동의를 얻는 데서 생겨난다. 문학적 가치의 객관성을 높이기 위해 요구되는 것이 사실의 보증이 아니라 사실의 점증이 되어야 하는 것은 그 때문이다. 선택과 배열의 작업이 보다 많은 문학적 자료들을 대상으로 진행되면 문학사 서술은 그만큼 객관성을 위협하는 반증 가능성으로부터 자유로워진다. 그런 의미에서 문학사 서술이 수행하는 선택과 배열의 작업은 그 대상이 되는 문학적 자료들을 광범위하게 확보하면 할수록 좋다.

그러나 문학사 서술은 그 서술 대상의 한정을 불가피하게 요청한다. 자료의 더미들 속에서 대상을 제한하지 않는 서술은 그 자료들이 문학사가의 개념적 사유 능력을 능가하는 지점에서 오히려 균형 감각이 손상되어 원근법 없는 문학사를 만들기 쉽다. 문학사가는 무질서한 자료들의 문학사를 경계하기 위해 일단 서술 대상을 축소하는 방향으로 움직인다. 그런데 문학사는 문학적 자산의 풍요로운 축적이 되어야 한다는 거부할 수 없는 또 하나의 요청이 있다. 서술 대상의 확충에 대한 압력은 여기서 문학사가가 받아들이지 않으면 안되는 의무가 된다. 문학사가는 자료들이 풍성한 문학사를 지향하기 위해 다시 서술 대상을 확대하는 방향으로 발걸음을 옮긴다. 문학사가의 고민은 바로 그 두 가지 상반된 요청 사이에 놓인다. '배제의 논리'를 작동시켜 서술 대상을 축소하는 문학사 서술은 균형 감각을 획득하는 대신 빈약한 문학사를 감수해야 하고 '포괄의 논리'를 가동시켜 서술 대상을 확대하는 문학사 서술은 풍부한 문학사를 장만하는 대신 균형 감각의 희생을 대가로 지불할 수밖에 없다. 두 논리의 적절한 조화를 모색하는 문학사 서술도 한편으로 있을 것인데, 바람직한 경우이기는 하지만 그것의 성취가 수월한 것은 아니다.

서술 대상의 축소와 확대라는 두 가지 상반된 요청 사이에 놓인 문학사가의 고민은 최근의 한 문학사 서술에서 구체적으로 확인되고 있다.[1] 이 문학사의 편자는 '한국문학사'의 전체상을 복원하겠다

---

1 최동호 편, 『남북한 현대문학사』, 나남출판사, 1996. 이 문학사는 많은 연구자가 서술에 참여하는 편저라는 한계로 인해 편자 스스로도 인정하고 있듯이 "높낮이가 서

는 목적으로 포괄의 논리를 가동시켜 북한의 문학작품까지 서술 대상에 포함시킨다. 남한의 문학사가 지닌 절반의 빈곤을 넘어서기 위한 그러한 '통합문학사'는 실제로 통일이라는 이념적 당위에 의해 지원되는 것이어서 서술 대상을 확대하려는 문학사가의 태도는 정당한 것이면서 또한 적절한 것이 된다. 그런데 해외 교포들이 제작한 문학작품들을 어떤 전제도 없이 임의로 제외함으로써 문학사의 편자는 서술의 균형 감각에 대한 고려도 그 나름대로 보여 준다. '반쪽 문학사'를 풍요롭게 하는 데서 그치지 않고 서술 대상의 맹목적인 확대를 자제하려는 태도로써 이번에는 균형 감각마저 포기하지 않으려 한다. 그러나 대상 확대에서 오는 문학사의 풍요로움과 대상 축소에서 오는 서술의 균형 감각을 동시에 안고 가려는 의도가 결국 포괄의 논리를 헐겁게 적용하는 논리의 훼손을 담보로 이루어진다는 것은 문학사가가 그 두 가지 상반된 요청을 조화시킨다는 것이 얼마나 어려운 과제인가 하는 것을 다시 한번 상기시켜 준다.

문학사의 서술 대상을 축소하거나 확대하는 문제는 분명 문학사가들의 오래된 고민들 가운데 하나이다. 그러나 서술 대상으로 지목되는 문학적 자료들은 끊임없는 탄생과 사멸 속에서 유동적인 규모와 크기를 갖기 때문에 서술 대상의 축소와 확대라는 자의적이고 막연한 태도만으로는 사실 그러한 문제의 해결은 성과 없이 공전할 수 있다. 이성적 사유의 기본 특성인 개념화의 능력을 활용해서 서술 대상의 유동성을 일정한 개념적 범주로 고정시킬 필요는 거기에서

로 다른 미완의 문학사"가 되었고 따라서 문학사 서술이 기본적으로 갖추어야 하는 일관된 체계를 보여 주지 못하고 있다. 다만 서술 대상의 축소와 확대 사이에 놓인 문학사가의 고민을 드러내고 있는 예로써 거론 대상이 된 것이다.

생긴다. 그러니까 범주가 고안되고 확정되면 그 범주에 속하는 문학적 자료들이 의미 있는 문학사적 가치로 기록될 수 있는지만을 검토하면 되기 때문에 경계 지워지고 범주화된 서술 대상에 있어 배제나 포괄의 논리에 의한 축소나 확대의 문제는 더 이상 큰 의미가 없게 된다. 결국 '서술 대상의 범주화'는 그 대상의 축소나 확대라는 문제를 비껴가면서 풍부한 문학사와 균형 감각의 문학사를 함께 껴안을 수 있는 일종의 새로운 문제틀로 기능한다. 여기서 대상의 축소와 확대라는 차원이 인식론상의 이행을 통해서 옮겨 간 범주 설정이라는 차원은 문학사가가 해결을 강구해야 하는 새로운 이론적 조건으로 떠오른다.

한국문학의 범주

문학사가는 서술 대상을 범주화하는 작업에서 그 대상의 성격에 따라 다양한 범주들을 설정할 수 있다. 가령 시간적 영역과 공간적 영역과 장르의 영역 등은 모두 다 범주화의 대상이 될 수 있는 표준적인 영역들이다. 선사시대로부터 현재에 이르는 모든 시간대, 또 지구상에 존재하는 모든 민족국가의 영토들과 더불어 문학적 장르 논의의 대상이 되는 모든 글쓰기를 포함해서 문학사 서술의 범주화 대상은 실로 광막하다. 그러나 범주 논의의 대상이 되는 영역들이 엄두가 나지 않을 정도로 우주적(?)이라고 해서 지레 움츠러들 필요는 없다. 이 글은 한 개별 민족의 문학을 다루는 자리이기 때문에, 여기서는 공간적 영역과 관련하여 '한국'이라는 민족국가의 문학적 자료만을 다룬다. 한국문학사 안에서 시간적 영역과 장르적 영역을 아울러 범주화 작업의 대상으로 삼는 일은 이 글의 능력에 닿지 않는 일이기 때문에 또한 부득이 기존의 연구들을 참조하면서 범주 설정의 문제에 접근하게 된다. 논의의 답보가 아니라 논의의 진전을 위해 실제로 필요한 일은 살짝 편의와 계약을 맺는 일이라고 생각한다.

한국문학사의 서술 대상을 범주화한 것은 먼저 고전문학계의 종사자들이었다. 그런데 범주적으로 서술 대상을 고정하는 문제는 고전문학 연구자들에게 처음부터 범주화 자체가 문제되어 주목된 것은 아니다. 한문을 표현 수단으로 하는 의심스러운 국적의 문학과 구술로 전승되어 온 모순형용의 문학을 과연 한국문학이 용납할 수 있을 것인가 하는 논제에 대한 옥신각신이 '한문문학'과 '구비문학'이라는 범주를 다소 우연하게 빚어내었다. 한문으로 쓰여진 문학적 자료의 경우는 무엇보다도 한문이라는 표현 수단으로 인해 한국문학사로의 귀속 문제가 심각하게 논의된다. 한문문학 배제론으로부터 시작하여 지나친 명분주의적 자세를 수정하면서 절충적인 입장을 거치고 마침내 한문문학 포용론이 지지되는 시점에까지 이르렀다.[2] 구술로 전승된 문학적 자료의 경우는 약간 뒤늦게 쟁점으로 떠오른다. 한국문학의 소중한 자산들인데도 불구하고 문자 형태로 존재하지 않는다는 특수한 사정이 한국문학사로의 편입을 상당 기간 가로막는다. 그러나 문학은 문자 예술이기 이전에 언어예술이라는 점에 착안함으로써 구비 전승의 문학적 자료를 한국문학사가 수용해야 한다는 견해가 강한 설득력을 얻었다.[3] '구비문학'과 '한문문학'과 '국문문학'이라는 세 가지 범주는 바로 그렇게 하여 성립한다.

문학사 서술을 목표로 하는 현대문학 연구자들에게 서술 대상을 범주적으로 고정시키는 문제는 고전문학 연구자들의 경우와는 양상

---

2 김흥규, 「한국문학의 영역」, 『한국문학의 이해』, 민음사, 1986, pp.17-22 참조.
3 조동일, 「국문학의 개념과 범위」, 『한국문학사의 쟁점』, 집문당, 1986, pp.18-19 참조.

이 조금 다르다. 문학적 자료가 계속 생겨나는 현재와 관련됨으로
해서 서술 대상이 한층 유동적이고 또 그로 인해 범주화에 관한 논
의는 지난한 문제로 인식된다. 그러나 분단 상황이라는 특수한 국면
을 내재한 한국문학사는 최근에 절반의 문학사라는 오명을 씻어 버
리고자 하는 의욕을 보여 주고 있어서 현대문학계도 범주 설정의 논
의에서 어려운 대로 어떤 방향을 얻고 있다. 통일문학사에 대한 요
구가 자연스럽게 '남한문학'과 '북한문학'이라는 범주를 설정하도록
한 것이다.

그런데 문학의 영역은 단순히 지리적인 한계로 구획되는 것이 아
니라 문화적인 경제로써 구획된다고 할 때 한국사의 신산한 체험이
야기한 결과는 다른 한 범주의 추가 설정을 정당하게 강요한다. 19
세기 후반 제국주의 열강들의 침탈과 국내 지배계층의 실정 등은 한
국인의 해외 이주를 대거 초래했을 뿐만 아니라 무시할 수 없는 숫
자의 한국어 사용자가 현재까지도 이 땅을 벗어나서 살도록 만들었
다. 『외교백서』(1994년판)는 현재 재외 한국인의 수가 523만 명을 초
과하게 되었다고 알린다.[4] 그런 의미에서 '교포문학'이라는 나라 밖
의 문학적 성취를 한국문학사가 포섭해야 하는 것은 당연한 것으로
보인다.

그러나 동포들이 나라를 떠나서 쓴 문학작품들이라는 범주는 보
다 복잡한 사정을 안고 있다. 이 범주를 한국문학이 수용할 수 있는
가 하는 문제는 우선 수용해야 한다는 쪽으로 대체적인 합의가 이루
어지면서 해결된다. '재외 한국인'이면서 '한국어 사용자'이어야 한다

---

4 홍기삼, 「재외 한국인 문학 개관」, 『한국 현대문학 50년』, 민음사, 1995, p.509에서
재인용.

는 교포문학 주체의 요건은 문제의 단순성으로 인해 그러한 손쉬운 동의를 가능하게 한 것 같다. 그런데 한국인이 외국어로 쓴 작품이나 한국어를 가지고 외국인이 쓴 작품 등도 한국문학사의 서술 대상으로 다루어질 수 있는 가능성이 어느 정도 존재한다는 측면에서 실질적인 문학사 서술은 여러 가지 난점에 부딪힌다. '교포문학'이라는 범주를 규범적인 차원에서 명확히 하려는 논의가 이어지게 되는 것은 그러한 이유에서인데, 그 논의들 속에서 다양한 견해가 제출되고 또 서로 상충하게 된다. 너무 단순한 대조라는 위험을 무릅쓰고 말한다면, 그 논의들은 크게 두 갈래의 대립되는 견해로 나누어진다. 하나는 '한국어'라는 언어적 조건을 강조하면서 작품 중심의 교포'문학'을 내세우는 논자들의 견해이고, 다른 하나는 '한국인'이라는 종족적 요소에 무게중심을 실으면서 작가 중심의 '교포'문학을 내세우는 논자들의 견해이다.

먼저 '한국어'를 중심 조건으로 취급하면서 교포문학에 접근하는 논자들은 언어가 문학의 본질적 조건이라는 원칙론을 고수하고 한국어를 사용한다는 조건만 충족된다면 종족적 동일성 같은 것은 하등 문제될 것이 없다고 본다. 교포'문학'의 이른바 '언어 귀속주의'는 극단적으로 다른 나라 사람이 한국어를 가지고 문학 행위를 하는 경우도 한국문학이 수용할 수 있다는 주장을 편다.[5] 그러나 교포문학의 외연이 넓게 확장된다는 이점에도 불구하고 그러한 견해를 제기

---

5 '언어 귀속주의'를 대표하는 논자로는 김윤식 교수가 있다. 그러나 한국 사람이 쓴 외국어 작품을 일방적으로 배제하기 어렵다는 견해를 피력함으로써 극단적인 언어 귀속주의에 대해서는 신중한 태도를 보인다. 사실 김윤식 교수의 언어 귀속주의는 제한적인 의미의 언어 귀속주의인 셈이다. 김윤식, 「한·중 근대문학의 역사성과 전망」, 『설렘과 황홀의 순간—김윤식 예술기행』, 솔, 1994 참조.

하는 논자들은 종족적 혈통의 기준을 그냥 지나쳐 감으로써 교포문학이라는 범주 자체를 무화시키게 된다. 한국문학이 외국인의 한국어 창작물을 수용해야 한다는 주장은 또한 상이한 지리적 환경이 부여한 그들 고유의 사회성과 역사성이 한국어를 이질적인 것으로 만들지 모른다는 점에 무지하기 때문에 문제는 더욱 심각하다.

반면에 '한국인'이라는 것을 핵심 요건으로 간주하고 교포문학에 접근하는 논자들은 언어보다 더 근본적인 것은 동질적 정서를 공유하는 민족 구성원으로서의 정체성이라는 주장을 펴서 언어적인 조건을 무시한다. '교포'문학의 소위 '종족 제일주의'는 심지어 한국 사람이 쓴 것이라면 외국어 창작물이라고 하더라도 한국문학이 편입해 들이는 것이 가능하다는 성급한 주장을 제기한다.[6] 이들의 견해는 마찬가지로 교포문학의 외연을 크게 확대하면서도 언어적 기준을 만족시켜야 한다는 조건을 모른 척함으로써 교포문학이라는 범주의 효력을 약화시킨다. 동일한 언어일지라도 상이한 사회역사적 환경 속에서 구사되면 이질적인 것이 되어 버리는데, 더욱이 전혀 다른 언어를 구사하여 문학작품을 생산한다고 했을 때는 자국인이 창작의 주체가 되었다고 해도 문화적 정수로서 언어가 갖는 자격으로 인해 그 작품은 한국문학에는 완전히 낯선 것이 될 수밖에 없다.

재외 한국인 문학이라는 범주를 둘러싼 논쟁이 그 우열을 가늠할 수 없는 지점에서 어쩌면 '절충론'이라는 또 하나의 접근 방식을 떠올려 볼 수 있을지도 모른다. 사실 언어 귀속주의와 종족 제일주의

---

6 '종족 제일주의'를 대표하는 논자로는 홍기삼 교수가 있다. 그러나 종족적 혈통의 순수성을 주장하면서도 아나톨리 김과 같은 한인 1세대가 아닌 3세대 작가를 취급하고 있는 것을 보면 홍기삼 교수의 종족 제일주의도 제한적인 의미의 종족 제일주의라는 것을 알 수 있다. 홍기삼, 「재외 한국인 문학 개관」 참조.

를 절충하는 방식은 현대문학 연구자들이 손쉬운 합의를 볼 가능성이 많은 입장이기도 하다. '한국어'라는 문학적 조건과 '한국인'이라는 혈통적 조건을 둘 다 만족시키는 해외동포의 문학만을 '교포문학'이라는 범주의 최종 경계로 확정하면 된다고, 그런 입장을 가진 논자들은 주장할 것이다. 그러나 두 가지 조건을 다 충족시킬 수 있다 해도 이질적인 사회성과 역사성을 수반하는 별개의 지리적 환경은 언어와 종족의 한국적 속성을 충분히 변질시키고 굴절시키게 된다. 한국어를 사용한다고 하더라도 교포들이 접하는 다른 환경은 그들이 사용하는 한국어의 질을 점차 바꾸어 버릴 것이고 한국인의 피가 흐른다고 할지라도 교포 사회의 세대교체가 진행되면서 그들의 몸에 흐르는 피의 순도는 점점 떨어져 버릴 것이다. 교포문학이라는 범주를 규정하는 기준은 무엇인가 하고 우리는 여기서 또다시 물을 수밖에 없다.

지금까지 살펴본 것처럼 규범적 분할의 논리는 끝없이 예외적인 구체성에 직면하고 좌절하는 것이어서 추상적인 규범에 매달리는 일은 이제 멈추어야만 한다. 그럴 경우 형식논리적인 명료성을 취득하고 있는 선행 논의들을 규준으로 삼되, 나아가서 개별 작품들을 구체적으로 분석하는 실천적인 작업이 훨씬 중요하게 다가온다.

교포문학의 문제

한국문학사의 서술이 '교포문학'을 포괄해야 한다는 것은 이제는 하나의 정언적 명령이 되어 있다. 그러한 당위는 나라 밖이 아니라 나라 안에서 이루어진 문학만이 한국문학이 되어야 한다는 지역주의의 편협한 논리를 극복한다는 의미에서 명백히 타당하다. 정치적으로도 옹졸한 지역주의의 폐해를 경험한 바 있는 한국문학이 여전히 그 알량한 연고권에 집착하여 소모적인 배타성을 보여 주는 일은 그만 지양되어야 할 것이다. 그러나 소모적인 배타성이 문제되는 만큼 문학사에 풍요를 가져온다는 정당한 이유로 서술 대상을 무작정 확장시키는 것도 사실은 민족문학의 언어를 민족주의 이데올로기와 혼동하고 있는 것이 아니냐는 부당한 오해를 사기 쉽다. 이것도 우리의 문학 저것도 우리의 문학이라는 문학사의 탐욕은 제국주의적 영토 탐식과 근본적으로 다른 것이 아니다.

교포문학을 포섭하는 데 있어 한국문학사가 탐욕의 혐의로부터 자유롭기 위해서는, 다른 문맥 속에서도 언급한 바 있지만, 천박한 민족주의 이데올로기와 무관한 자리에서 진실한 민족문학의 언어들에 대해 구체적인 분석 작업을 실천해야 한다. 한 논의가 보여 주는 연변 조선족들의 소설적 성취에 대한 성실한 탐색이 소중하게 여겨지는 것은 그런 이유에서이다.[7]

송하춘 교수는 한국소설사에서 '연변소설'이 위치해야 할 자리를 측정하는 첫 단계의 시도임을 전제하는 것으로부터 자신의 논의를 시작한다. 연변소설을 취급하는 작업이 "한국문학의 범주"를 결정하는 문제와 긴밀하게 관련된다는 것을 정확히 인식하고 있는 그는, 당연한 것이지만, 연변의 소설들이 '조선족'에 의해 '한글'로 창작된 작품들임을 일차적으로 확인하고 있다. 일단 이것은 교포문학이라는 범주의 규범적 기준이라고 할 수 있는 종족적 동일성과 언어적 동일성이라는 조건을 그도 역시 존중하고 있다는 것을 보여 준다. 그러나 기왕의 논의에서 살펴본 것처럼 사회역사적 환경이 다른 이

---

7 송하춘, 「연변의 소설」, 『탐구로서의 소설 독법』, 고려대학교출판부, 1996. 이후 이 글을 인용할 때는 쪽수만을 표시하기로 한다.

질적 공간이 종족적·언어적 동일성을 훼손시킬 수도 있다는 가능성은 여러 가지 형태와 국면을 가진 교포문학에 대해 개별적이고 구체적인 분석과 검토를 요구하게 된다. 송하춘 교수는 바로 그러한 요구에 대한 하나의 응답으로 자신의 논의를 전개함으로써 한층 진일보한 논의의 수준을 보여 준다.

우선 서두에서 연변소설은 두 부류로 구분되고 있다. 하나는 1930년대 항일투쟁과 같은 한민족의 역사적 현실과 관계가 있는 소설들이고 다른 하나는 비교적 당대의 연변 지역이 갖는 사회정치적 특수성을 배경으로 하고 있는 소설들이다. 김학철의 장편소설 『격정시대』와 여타의 연변 작가들이 쓴 18편의 단편소설이 각각 그 두 부류의 대표적인 예로 거론되는 것은 그다음에 이어진다. 이러한 분류에서 이미 송하춘 교수의 논지는 충분히 나타나는데 그 논지의 선명한 파악을 위해 다음의 인용문을 읽어 보기로 한다.

한국 현대소설사의 한 가닥으로서 연변소설을 처음 발견했을 때, 우리에게 다가오는 문제는 (중략) 언어와 사회와 역사와의 상관관계를 어떻게 이해하고 극복할 것인가의 문제다. 그것은 궁극적으로 한국문학의 범주를 결정짓는 문제와도 직결되는데, 연변문학의 지역적 사회적 특수성이 우리에게 그런 문제를 던져 준다. 가령, 연변소설 가운데는 앞서 언급한 30년대 민족독립운동과 같은 우리의 민족적 역사적 현실과 관계없이 연변의 지역적 사회적 특수성을 배경으로 하여 나온 소설 또한 적지 않다. 말하자면 우리의 역사적 현실과는 약간 동떨어진 당대의 연변 문제를 주로 다룬 소설들이다. 그것들은 분명 한글로 쓰여진 우리 민족의 소설임에 틀림없다. 그러나 다루어진 내용을 보면 자칫 우리와는 꽤 이질적인 정치와 사회가 작용한 것들이어서 과연 어떻게 그것들을 포괄하고 재배열할 것인지 의문이었다. 이런 문제는 어차피 우리의 문화유산이 전 세계적으로 다양해지고 그만큼 문학사의 영역이 확대됨에 따라 파생되는 자연스런 현상일지 모르지만, 연변문학의 경우 조금은 다르다고 생각한다. 역사 혹은 시대적 조건에 의해 그것들은 한동안 우리 앞에 닫혀 있었고, 또 뒤늦게나마 열린 이 시점에서는 일단 그것들을 우리 문학의 연장선상에 올려놓기에 충분한 문제의 동질성을 갖고 있기 때문이다.(pp.244-245)

중국의 '연변소설'은 무엇보다 조선족이 한글로 쓴 창작물이어서 예외 없이 "우리 민족의 소설"로 다루어질 수 있다고 했다. 그런데 연변의 소설들 가운데 일부는 "연변의 지역적 사회적 특수성을 배경으로 하여 나온 소설"들이라는 데서 조심스럽게 "의문"이 제기된다. 김창대의 「기자의 양심」을 비롯해 연변의 현존 작가들이 제작한 단편소설들은 "비교적 당대의 연변 사회가 낳은 특수성"(p.245)을 반영하고 "꽤 이질적인 정치와 사회가 작용한 것들이어서" 송하춘 교수는 우리 민족의 역사적 현실과 동떨어진 그런 소설들이 조건 없는 수용의 대상이 될 수는 없다고 본다. 중국 문화대혁명 기간 동안의 조선족의 수난 체험이나 그 이후 중국 산업화 단계를 통과하면서 겪은 조선족의 근대화 체험 등 당대 연변 사회의 특수한 정치경제적 체험들을 형상화하고 있기 때문에 그 소설들만큼은 한국문학이 무조건적으로 포괄할 수 없다는 것이다.
　그러나 송하춘 교수는 당대의 연변 사회가 겪는 간난신고의 체험이 근원적으로는 일제시대의 핍박 체험과 이주의 역사 속에서 등장하는 만주 체험의 연장선상에 놓인다는 분석을 통해 관점을 뒤집는다.(pp.257-259 참조) 연변의 소설은 결국 "우리 문학의 연장선상에 올려놓기에 충분한 문제의 동질성을 갖고" 있는 것으로 판단됨으로써 예의 "의문"은 일단 해소되는 것처럼 보인다. 그렇지만 송하춘 교수는 연변의 단편소설들이 보여 주는 "주제와 성격"(p.263)이 한국문학에게는 어쩔 수 없이 생소해서 한국문학에서의 "소설사적 의의를 보류"(p.263)할 수밖에 없다는 진술을 말미에 부기함으로써 균형 감각을 잃지 않은 결론을 내린다. 송하춘 교수는 "역사의 동질성"(p.244)이라는 새로운 기준을 까다롭게 적용하여 '문제의 동질성'이라는 감정적인 매개와 연관에 현혹되지 않는다고 할 수 있다.

이와 달리 김학철의 『격정 시대』와 같은 작품은 동질적인 역사를 공유하고 있다는 점에서 한국문학사가 말의 바른 의미에서의 '교포 문학'으로 수용해 마땅한 작품으로 인식된다. 말하자면 송하춘 교수는 이 작품만큼은 한민족의 역사적 현실과 직접적인 관련을 갖는 것이고 특히 "1930년대 항일 유격대원들의 행동적인 민족독립운동을 기술한 것"(p.245)이란 측면에서 한국문학의 가치 있는 자산으로 평가한다. 송하춘 교수에 의하면 『격정 시대』는 1930년대의 어떤 문제를 구조적으로 파헤치고 그것을 주제로 삼아 하나의 완결된 구조를 갖고자 하는 리얼리즘 소설은 아니다. 다만 서선장이라는 한 주인공의 경험과 관찰을 통해 시대의 위기를 파악하고 행동하는 일종의 성장소설이라는 것이다. 주인공이 성장하는 과정에 따라 어떻게 민족의식이 싹트고 또한 항일 전선에 투신하는가를 행동으로 그리는 소설이라는 것이다.

송하춘 교수는 기존의 한국소설사에서 1930년대 소설들이 대부분 지적인 작업으로 허구적인 소설을 많이 창작한 것에 비추어 본다면 김학철의 『격정 시대』와 같은 연변소설은 "행동적 항일문학"(p.244)으로서 한국문학사의 부족한 구석을 메꾸어 주기에 넉넉한 작품임에 틀림없다고 본다. 어쨌든 그는 문학사의 제국주의적 탐욕이라는 이데올로기의 혐의를 까다로움이라는 균형 감각을 통해 피해 가면서 개별 작품에 대한 구체적인 분석을 보여 주고 그 결과로 김학철의 한 작품을 '한국문학사' 안에 정당하게 등재한다.

성찰로서의 비평
―김우창의『궁핍한 시대의 시인』에 대하여

철학적 비평

'궁핍한 시대의 시인'은 김우창의 첫 평론집 표제이다. 그 표제
는 한용운 시에 대한 한 평론의 제목이기도 하다. 목차의 여러 제목
들 가운데 하나가 어떤 저작의 표제로 선택되는 경우, 그 제목에 저
작의 무게중심이 가 있기 마련이다. 여기서 잠시 시인 한용운에 대
한 김우창의 관심 정도를 엿볼 수가 있다. 게다가 그 제목은 원래 하
이데거의 횔덜린론의 제목이었던 것으로, 그 제목을 기꺼이 한용운
을 위해 헌사한 데서 그에 대한 김우창의 관심이 매우 특별한 것임
을 감지하게도 된다. 이를테면 하이데거가 횔덜린의 시에 부여한 철
학적인 무게를 김우창은 한용운의 시에 부여하고 있는 것이다. 그
제목은 이따금 '가난한 시대의 시인'으로 번역되기도 하는데, 그러나
굳이 '궁핍한 시대의 시인'을 제목으로 삼은 것은 김우창이 하이데거
와의 사이에 깊은 심연을 두고 있음을 또 말해 준다. 우리에게 '가난'
이라는 단어는 '궁핍'이라는 단어만큼 실감을 지니지 못한다. 우리에

게 '가난'이 아직 추상의 옷을 벗지 못한 단어라면, '궁핍'은 그 옷을 벗어 육체적 구체성을 획득한 단어인 까닭이다. 김우창의 한용운은 하이데거의 횔덜린과는 명백히 다를 수밖에 없다. 아마도 하이데거에게는 '가난한 시대의 시인'만이 있을 테고, 김우창에게는 '궁핍한 시대의 시인'만이 있을 터이다. 김우창의 『궁핍한 시대의 시인』(민음사, 1977)을 읽을 이유는 이로써 충분해진다.

『궁핍한 시대의 시인』에는 "현대문학과 사회에 관한 에세이"라는 부제가 달려 있다. 그 부제는 김우창의 평론집을 단순한 문학평론집으로 읽어서는 안 된다는 암시를 함축한다. 그의 비평적 사유가 우리 삶의 여러 면면들로까지 확대되고 있는 대목들에서 우리는 곧장 그 암시를 확인하게 된다. 이 점 김우창의 비평에는, 부제에서 명명된 대로, '평론'보다는 '에세이'라는 형식 명칭이 더 어울린다. '에세이'란, 김현이 지적하듯이, '수필'이라는 의미가 아니고 '성찰'이라는 의미인 까닭이다. 그 부제를 '현대문학과 사회에 관한 수필'로 읽지 않고 '현대문학과 사회에 관한 성찰'로 읽을 때, 우리는 책에서 지속적으로 접하게 되는 진중한 사변적 통찰들에 거부감이나 당혹감을 느끼지 않을 수 있다. 어떻게 보면 분명 김우창은 문학 책보다 철학 책을 더 많이 읽을 것같이 보인다. 그의 글들을 읽어 가다 자주 부딪히게 되는 철학 용어들은 그런 인상을 더욱 가중시킨다. 아닌 게 아니라 그의 글들에 등장하는 상당수의 어휘들은 철학 책에서 온 것이 많다. 김우창 비평이 갖는 '철학적' 성격이 철학 용어의 잦은 사용에서 이루어진 것이라는 관찰은 그러므로 어느 정도 옳은 관찰이다. 그러나 그런 성격의 상당 부분은 오히려 비평적 사유의 대상에 대한 신중과 사려에 크게 빚지고 있다고 해야 한다. 왜냐하면 철학 용어들은 비평적 사유의 대상에 대해 신중과 사려를 발휘하기 위해 불가피하게 선택되었다는 것이 그 사정의 정확한 반영일 것이기 때문이다. 그런 맥락에서 김흥규가 김우창 비평을 '철학적 비평'이라 이름한 것은 자못 적절한 바가 있다.

부분과 전체의 변증법

『궁핍한 시대의 시인』은 모두 24편의 평론들을 4부로 구분해 싣고있다. 각각 다른 기회에 쓰여졌던 평론들을 묶은 것인데도 불구하고, 모든 글들에서 예외 없이 저자의 비평적 주관은 일관되게 관철된다. 이 점에서 그 평론집은 조직적이라는 느낌을 갖게 할 뿐만 아니라, 저자의 비평적 주관이 매우 확고한 것임을 아울러 보여 준다.

우선 1부에는 「일제 하의 작가의 상황」을 포함하여 6편의 비중 있는 평론들이 실려 있는데, 모두 식민지 시대의 문학에 관한 글들이다. 말하자면 1부에서 비평적 주목의 대상이 된 작가는 대부분 식민지 치하의 작가들인 셈이다. 이어 2부에는 시집이나 소설집에 대한 서평이나 발문들이 7편 실려 있고, 3부에는 평론집에 대한 서평들이 4편 실려 있다. 2부와 3부에 실린 글들은 현장 비평의 성격을 강하게 지닌 글들로, 당대의 작가들과 호흡을 같이하려 한 저자의 성실성의 궤적에 다름 아니다. 물론 1부의 평론들에 비해 조금 가벼워 보이는 글들이기는 하지만, 그러나 저자의 비평적 주관이 여전히 일관된 것임을 드러낸다. 마지막의 4부는 저자의 비평적 전제라고 할 수 있는 인식론적 성찰을 7편의 주목할 만한 평론들에 담는다. '문학평론'이라고 하기보다는 차라리 '철학 에세이'라고 하는 것이 그 글들에 대한 보다 정확한 규정일 터인데, 어쨌건 그 글들 가운데 「주체의 형식으로서의 문학」과 「물음에 대하여」는 저자의 비평적 전제를 가장 잘 압축해서 제시하고 있는 글들로 판단된다. 김우창의 비평적 전제를 추출하기 위해서, 그렇다면 먼저 그 글들을 검토하는 것이 좋을 듯싶다. 지름길을 택하는 것은 나태 때문이 아니라 효과 때문이다.

「주체의 형식으로서의 문학」이라는 글은 문학작품의 해석 가능성에 대한 물음으로부터 시작한다. 그 물음은 물론 해석의 가능성에 대한 회의에서 제기된 것이 아니라, 그 가능성의 조건들을 탐사하기 위해 마련된 것이다. 글에서 해석의 가능성에 대한 물음은 어느 순간 이해의 가능성에 대한 물음으로 바뀌어지는데, 이때부터 이 글 「주체의 형식으로서의 문학」은 철학적이고 인식론적인 성격을 띠게 된다. 논의의 범주를 이원화하는 것 같지만, 그러나 작품 해석의 전제에 대한 성찰을 이해의 조건에 대한 인식론적 통찰로 풀어 보려는 의도로 파악해야 한다. 해석의 가능성이든 이해의 가능성이든, 그것들은 '나'의 이해(해석)와 '너'의 이해(해석), 혹은 '나'의 이해(해석)와 '우리'의 이해(해석)가 어떻게 만나 소통할 수 있는가를 묻는다는 점에서 동질적인 물음인 까닭이다.

단적으로 「주체의 형식으로서의 문학」에서는 개별적인 이해(해석)들의 만남과 소통이 가능한 것은 그 이해(해석)들이 모두 "구체적 전체성에의 모험"에 참여하고 있기 때문이라고 말해진다. "구체적 전체성"이란, "부분과 전체의 변증법"이라는 명제와 평행선상에 놓이는 개념으로, 개별적인 이해(해석)들이 전체의 이해(해석)를 형성하고 전체의 이해(해석)는 개별적인 이해(해석)들의 기율로 작용하면서 이루어 내는 "개연성의 테두리"라고 한다. 그 테두리 안에서만 개별적인 이해(해석)들은 "전형성의 관점"에서 만나고 소통할 수 있다는 것이다. 개연성이 붕괴하고, 그리하여 전형성이 성립할 수 없는 곳에서는, 이해(해석)들은 만나 소통하지 못하고 상대주의의 미로를 헤매게 될 뿐이라는 것이다. 「주체의 형식으로서의 문학」이 작품 해석의 전제 조건들을 추출하는 것은 바로 이 지점에서이다.

「물음에 대하여」라는 글은 "구체적 전체성에의 모험" 자체가 아닌 그 모험의 끝 간 자리를 보여 준다는 점에서, 「주체의 형식으로서의 문학」과는 약간 다르다. 그러나 "구체적 전체성에의 모험"이 궁극적으로 도달하게 되는 최종 지점을 드러낸다는 것은, 한편으로 「물음에 대하여」가 「주체의 형식으로서의 문학」에 대해 보완적인 관계에 있음을 말해 주는 것이기도 하다. 글에서 "부분과 전체의 변증법"은 다시 "문제와 상황의 변증법"으로 치환되어 문제와 상황의 삼투 작용과 그 작용의 결과가 설명되는데, 이를테면 위기를 동반하는 '상황'은 문제를 일으키고 문제의 선택을 불가피하게 하는 것이라면, 선택된 '문제'는 상황을 검토하고 그 상황이 초래한 위기의 해결을 도모하는 거점으로 활용된다는 것이다. 그리고 그러한 변증법적 과정의 지속적인 수행은 점차 "상황에 대한 의식"을 높여 가고, 그리하여 이상적으로는 "총체적인 세계 이해"에 이르도록 한다는 것이다. 아울러 문학의 이해, 나아가 삶의 참다운 이해를 포함하는 '총체적 세계 이해'를 획득할 때까지 '문제와 상황의 변증법'을 밀고 가는 경우에만, 궁극적인 인간 해방의 차원에 도달할 수 있다고도 말한다. 여기서 물음을 그치지 않는 인식에의 의지는 결국 "인간 해방의 관심"에로 연결되고 있다. 그러나 김우창은 엄밀히 말해 "인간 해방의 관심"에 관심이 없다. 인간 해방의 차원은 궁극적으로 달성되어야 하는 이상적인 것일 뿐, 우리의 관심은 어디까지나 그 달성의 과정으로 향해져야 하는 것이라고 말한다. 이를테면 김우창 비평의 과제는 인간 해방의 차원에 도달하는 데 있는 것이 아니라, "물음과 물음이 열어 놓는 허무의 차원"에 성실하게 임해야 한다는 데에 있다. 김우창에게 해방의 차원은 허무의 차원 이후에야 오는 것이다.

'부분과 전체의 변증법'이라는 명제에 익숙해질 때, 김우창의 실제 비평들은 좀 더 수월하게 읽혀진다. 문학은 어떻게 하여 우리의 개체적인 의식과 삶을 사회적이고 역사적인 연속체 속으로 매개하는가라는 물음은, 모든 글에서 빈번히 던져지고 대답된다. 그 물음 속에는 말할 것도 없이 '부분'에 경사하여 빠지기 쉬운 차가운 분석주의에 대한 경계와 '전체'에 대한 맹목적 신념 때문에 비켜 갈 수 없는 뜨거운 교조주의에 대한 경계가 함께 들어 있다. 김우창에게 문학은 언제나 "삶의 부분과 전체 사이의 균열"을 메우기 위한 형상적 노력이자, "구체적인 부분을 전체에로 지양하는 방법"에 다름 아닌 것이다. 가령 「일제 하의 작가의 상황」이라는 글에서 김우창은 20세기 전반기의 한국 현대문학을 움직인 가장 중요한 내적 동력으로 "개인적인 행복과 개인적인 자기완성에 대한 충동"을 거론하면서도, 아울러 그것이 어떤 상황의 제약과의 교섭의 소산이라는 사실을 도외시하지 않는다.

김우창에 따르면, 현대 한국문학의 발생과 전개를 이야기할 때, 삶의 가장 큰 테두리가 되는 것은 식민지라는 상황이다. 우리는 이 테두리를, 일제 하에 쓰인 문학을 평가하는 데 있어서 늘 기억해야 한다. 식민지적 상황을 언급하지 않는 평가는 거의 틀림없이 부정확하거나 잘못된 것이 될 것이다. 식민지라는 전체적 테두리에 미치지 못하는 작품은 식민지의 삶에 대한 진실을 있는 그대로 이야기하지 못한다. 이렇게 말하는 것은 모든 문학이 반드시 정치성을 띠어야 한다는 말이 아니라, 식민지의 문학은 불가피하게 정치적이 될 수밖에 없다는 말이다. 식민지 지배는 사회생활의 전체를 철저하게 규정하는 체제인 까닭에 식민지에서의 삶의 어느 부분도, 제국주의가 식민지의 현상과 미래에 내리 씌우는 철쇄(鐵鎖)에서 제외되지 않는다고 해야 한다.

성찰로서의 비평

김우창의 비평은 중후하다. 몸이나 마음, 혹은 생각을 함부로 놀리는 것을 두고 우리는 중후하다는 표현을 쓰지 않는다. 그만큼 김우창의 비평은 신중하고 조심스럽다. 물론 그 신중함과 조심스러움이 입장의 포기를 뜻하는 것은 아니다. 그가 어떤 비평적 판단의 대상 앞에서 망설이고 머뭇거리는 것은 판단의 섣부름이 사유의 중단과 다르지 않은 것임을 잘 알고 있는 까닭이다. 김우창의 비평적 사유는 망설이거나 머뭇거리되 절대로 주저앉는 법은 없다. 그의 비평적 사유는 멈춤을 모른다. 그런 이유에서 김우창의 비평을 '움직임의 방법'이라고 말해 볼 수도 있다. 말하자면 김우창에게 비평이란 '중단 없는 사유'의 다른 이름인 셈인데, 우리는 그 '중단 없는 사유'를 종종 '성찰[1]이라는 이름으로 부르기도 한다. '성찰로서의 비평.' 이것은 아마도 변증법적 상상력으로 충전된 김우창 비평에 대한 최상의 요약일 듯싶다. 여기서 잠시 저 유전(流轉)의 사상가, 헤라클레이토스를 떠올리는 것도 무익한 일은 아니다. 흐르는 것은 깊어진다고 했던가. 김우창 비평이 지닌 '깊이'는 바로 그 중단 없는 '흐름'에서 온 것일 터이다.

---

1 '성찰(reflexion)'은 본래 인식 과정의 무한성을 가리키는 말로 독일 낭만주의 철학에 의해 신봉된 개념인데, 그것은 '정착'이라는 단계를 거쳐 '사고'가 된다고 한다. 또한 '성찰'을 매개하는 것은 흔히 '절대성'이라는 말로 표현되는 것으로, 그 '절대성'에 도달할 때까지 인식 과정은 멈추지 않고 무한하게 지속된다고 한다. 여기서 독일 낭만주의 철학의 한 극점인 헤겔 변증법의 원시적 형태를 엿볼 수도 있다. 보다 자세한 내용은 발터 벤야민, 「독일 낭만주의에서의 예술비평의 개념」, 『베를린의 유년 시절』, 박설호 역, 솔출판사, 1992 참고.

그러나 김우창 비평은 재미가 없다. 솔직히 말해 그의 비평들은 잘 읽히지 않는다. 그의 비평은 '중단 없는 사유'에 매진한다는데, 그것을 읽는 우리는 수없이 생각의 흐름을 중단하고 읽기의 호흡을 가다듬어야 한다. 이 말은 그의 비평이 지닌 중후함이 한편으로는 어떤 딱딱함과 무관한 것이 아니라는 것을 가리킨다. 철학 논문을 방불케 하는 엄숙한 글쓰기 앞에서 이따금 어떤 불만이 터져 나오는 것을 어쩌지 못한다.

물론 문제는 끊임없는 물음으로 인식에의 의지를 포기하지 않는 한 인문주의자의 엄숙한 글쓰기 속에 있지 않고, 이미 경박한 감각들과 얕은 생각들에 길들여져 버린, 그 글을 읽는 우리의 쩨쩨한 무지 속에 있는지도 모른다. 하지만 김우창이 철학자가 아닌 비평가라고 할 때, 우리는 다시 그의 비평이 지닌 어떤 딱딱함에 의문을 던질 수밖에 없다. 비평은 논리적인 글쓰기이기도 하고 수사적인 글쓰기이기도 하다. 전자가 이성과 결부된 글쓰기라면 후자는 감(수)성과 결부된 글쓰기인데, 그 두 개의 글쓰기 사이에서 균형을 잡아야만 비평은 배태되고 탄생되는 어떤 것이다. 그렇지 못하고 어느 한쪽으로 경사하게 되면 비평은 일종의 불구가 된다. 아마도 논문이 쓰여지거나 시가 쓰여질 것이다.

'이성과 감성의 변증법.' 이것은 그런 맥락에서 비평의 기원과 관련하여 제안될 수 있는 명제라고 생각된다. 김우창 비평의 딱딱함은 바로 그의 감(수)성이 이성에 의해 압도당하는 데서 오는 것이다. 김우창의 비평은 감(수)성의 노출을 극도로 억제함으로써 중후한 무게를 얻는 동시에, 논리적 이성의 지나친 개입으로 딱딱함이라는 불편한 무게까지를 덤으로 얻고 만다. 하지만 그럼에도 불구하고 조금 전까지도 우리는 계속 '김우창 비평'이라고 말했다. 그것은 그의 감(수)성의 편린들이 혹독한 이성의 검열에도 불구하고 이 책『궁핍한 시대의 시인』전반에 걸쳐 나타나고 있는 까닭이다. 기묘하게도 평론집 전반에 걸쳐 한 개의 사투리가 지속적으로 쓰이고 있는데, 약간의 비약을 무릅쓸 때, 사투리란 감(수)성의 영역과 맞닿고 있는 대표적인 언어 형태가 아니던가. '-만치'의 사용을 곽광수는 김우창 비평의 옥에 티라고 장난스럽게 지적하고 있지만, 우리는 그 사투리의 무의식적인 사용에서 김우창의 글이 여전히 '비평'이라는 것을 확인하고자 한다. 그 '-만치'는 김우창 글쓰기의 태생을 확인할 수 있는 언어적 실마리에 다름 아니다.

새와 운명, 그리고 형식
─근대성에 대한 어떤 감각

파리는 들어온 곳을 찾지 못하고 끔찍한 비행을 계속한다
그가 들어온 문은 미지의 공간으로 뛰어드는 큰 문이었으나
이제는 흔한 수수께끼에 지나지 않는다
(중략)
어색하지, 파리는 미친 듯이 날뛴다
우리에게 죽음은 가장 흔한 정거장이었다.
그는 그중 하나를 찾아갔을 뿐이다[1]

하늘은 잔뜩 찌푸려 있었고 금방이라도 비를 뿌릴 것 같았다. 아니 비는 이미 우리의 눈을 피해 보이지 않게 뿌려지고 있었는지도 모르겠다. 그때까지만 해도 우리는 별 시답지 않은 몽상에 발목을 붙들려, 사무실 이곳저곳에 흩어져서는 고개들을 처박고 무언가에 골똘해 있었다. 게다가 난 지리한 몽상에 넌덜머리가 날 대로 나서는 애꿎은 시간들만 "톡!톡!" 털어 내고 있었다. 텁텁한 입안에선 쓴물만 고이고 있었다. 상황이 이쯤 되고 보니, 늘 변함없는 소재들로 구성되어서는 벽면 한켠에 무심히 걸려 있던 그까짓 창밖 풍경이 안중(眼中)에 있었을 리는 만무했다.

그런데 사무실 여기저기에 엉망으로 널브러져 있던 매캐한 시간의 잔해 위로, 문득 '푸드득' 하는 소리와 함께 새 한 마리가 갑작스

---

1 성석제, 「파리는…찾아다닌다」, 『낯선 길에 묻다』, 민음사, 1991.

럽게 날아들었다. 그리고 곧이어 아홉 평의 낯선 풍경이 무척이나 당혹스러웠던지 경황 중에도 출구(出口)를 찾기 위함인 듯 정신없이 푸드득거리며 동분서주했다.

정신을 차리고 보니 조그마한 참새였는데, 그가 비집고 들어선 문 틈 맞은 편에는 벽면 전체를 한가득이나 채우고 있는, 꽤나 큰 유리창이 나 있었다. 물론 그 창문은 닫힌 채였다. 그런데 그 유리창을 통해 바깥 풍경을 보았던지 참새는 일말의 주저도 없이 그것을 향해 달려들었다. 그리고는 '툭' 하는 소리와 함께, 가을 나무 마른 잎 떨구듯, 입을 꽉 다문 잿빛 유리창은 매정하게 그 작은 몸을 회색빛 찬 바닥에 떨구었다. 잠시 후 몇 번이고 회생(回生)의 기미를 보이며 뒤척이는 듯하더니만, 그 새는 싸늘하게 식어 버리고 말았다. 이상하게도(?) 두 눈이 곱게 감겨진 채로.

새는 회색 공간―아홉 평의 비좁은 공간을 만들고 있던 사면의 벽들은 흰색 페인트로 칠해졌을 것이 분명했지만 오랫동안 개칠을 하지 않아 빛이 바래 있었고, 더구나 날이 흐려 있어서 사무실은 회색빛으로 연출되고 있었다―에 자신의 몸이 빨려 드는 순간, 막연하게 어떤 신변의 위협을 느꼈을 테고, 본능적으로 그 위협에 대처하기 위한 손쉬운 방편으로써의 출구 찾기에 열중했을 것이며, 운 좋게도(?) 아주 쉽게 커다란 유리창이 비추어 준 낯익은 풍경을 발견했을 것이다. 그때 새는 그 풍경을 만드신 신(神)께 감사했을 것이고, 망설일 것 없이 이제는 그리로 향하리라 작정했을 것이다.

그렇지만 그 유리창은 새를 푸른 창공으로 인도하는 비상구(非常口)가 아니라 음습한 바닥에 눕히려는 매혹적인 덫이었다. 새들에게는 비상구가 없었다. 그래서 끊임없이 세상을 뜨는(飛翔) 것일 게다. 그 몸짓 자체가 그들에게는 유일한 비상구(飛翔口)이기에.

아무튼 참새는 그렇게 갑작스럽게 와서는 또 어이없이 가 버렸다. 너무도 순식간에 벌어진 일이었다. 우리는 몹시도 추워했고, 사각의 공간은 텅 빈 공동(空洞)이 되어 우리의 멍한 시선들로 가득 채워졌다. 언제나 죽음은 사각형의 기억을 갖고 있었다.

그 광경을 목격한 직후, 멍한 시선들 위에 가득 고인 텅 빔, 혹은 말 없음이 두려웠는지 다들 말들이 많아졌다. 그리곤 그 작은 생명의 짧고 가는 마지막 떨림으로부터 죽음이라는 것을 떠올리고는 모두들 보이지 않게 웃었다. 그 흔해 빠진 수수께끼가 어처구니없어서였을까.

어쨌든 결국에 가서는, 자신들의 수다스러움과 경망스러운 웃음이 영 어색했던지 자못 숙연해졌고, 동의라도 있었다는 듯이, 약간씩 몸가짐을 진중하게 만들었다. 그렇다고 이것이 죽음에서 건져 올려진 살아남은 자들이 반드시 거쳐야 하는 궁색한 감정의 거추장스런 통과제의로서의 그것만은 아니었다.

무(無), 혹은 말 없음이 두려워 말들이 많아지기도 했던 것은 여전히 꼴깍대며 숨 쉬고 있는 자들이 부담해야 하는 존재론적 불안(angst)의 인과적 행동 양태였을 것이다. 또 실없이 히죽거렸던 것은 생명의 원리를 지탱하고 있던 영혼이 힘없이 무너졌을 때 드러나는 그 흔한 물질의 원리, 즉 죽음 앞에서, "생명적인 것에 덧붙여진 기계적인 것, 혹은 물질적인 것"이 '웃음'의 본래적인 영역이라 인식했던 베르그송쯤을 모두들 상기하고 있었는지도 모르겠다. 어색함을 감추기 위한 가장된 숙연과 엄숙은 결국 문화적 위선의 세련된 형식인 우리 시대의 마지막 남은 도덕이었다.

어쨌거나 참새의 운명은 삽시간에 그 향방을 달리했는데, 그 교활한 운명의 장난에 모두들 섬뜩한 한기로 진저리를 쳐야 했다. 새는

20세기가 부여한 자의성의 장벽에 맞닥뜨리고는 삶과 죽음의 경계를 가로질러야 하는 실존적 상황으로부터 비켜서지 못하고 운명을 저주하며 죽어 가야 했다. 아니 어쩌면 새는 그 자의성의 장벽에 부딪힌 것은 다름 아닌 '나'였다고 강변하며, 교묘한 위안에 사로잡혀 편안하게 눈을 감았을지도 모른다.

하지만 그 자의성의 장벽은 여전히 운명이라는 더 큰 장벽을 비춰 보여 줄 뿐 아닌가. 이를테면 그 참새는 스스로가 결단을 통해 살아남기를 원했지만 재수 없게 그만 저승사자에게 덜미를 잡혀 버렸고, 그래서 또 그것에 책임을 져야만 하는 실존의 퍼스낼리티(personality)가 아니었고, 오히려 애초부터 운명의 매혹적인 미소에 이끌려 저주받은 자의성을 충실히 수행해야 했던 비극적 운명의 캐릭터(character)였던 것으로 보인다. 그렇기 때문에 그의 연기(演技)가 얄밉지 않은 것인지도.

운명 운운하다 보니, 속류 유아론자들과 그 아류들이 짓궂게 나올 것이 예상된다. 그것 또한 너의 자의성이 결과한 사유의 편린들이라고 반박하며 말이다. 그럼에도 불구하고 그 미화된 자의성은 확고한 알리바이를 가지고 있지 못하다. 그것의 미화가 '존재론적 총체성'의 요구에서 발원된 것이 아니라, 한 세기 전 계몽적 이성이 횡행할 적에 그 이성의 강박적 편집증에 시달리던 자의성이라는 담론(談論) 체계가 마침내 그것에 편입된 결과가 빚은 것이기 때문이다. 그 미화 덕택에 20세기는 자의성 찬양자들이 거리를 활보하는 어지간히 골 빈 얼치기들의 시대이어야 했고, 여태까지도 우리는 얼치기 에피고넨(epigonen)들이 떳떳할 수 있는 X같은 20세기, 21세기에 살아야만 한다.

아직도 19세기 계몽적 이성이 기획한 전체 담론 체계의 전략이 미심쩍고, 여전히 그 냄새 나는 자유, 부패한 자의성 주위를 '킁킁'거리며 배회하는 '속물'들의 몰각성이 염려스러워서라도, 운명의 덫은 필요하다. 우선 허술하나마 모양 갖춘 덫이 필요했고, 이제 그 덫이 제공되었다. 그래서 이번에는 그 운명의 덫이 갖는 유인력을 극대화하기 위해 그 덫을 견고히 하는 일이 주어진다.

"자, 유리창을 닦자!"

때 낀 유리창은 훌륭한 덫이 될 수 없다. 사무실 한켠 벽면 전체를 차지하고 있던 투명한 유리창, 그것은 다름 아닌 운명의 견고한 형식이었는데, 그 유리창이 반들반들할수록 운명의 품은 넓어지고 각성의 계기는 많아진다. 그때서야 비로소 운명은 완전한 덫이 될 수 있다. 그들 스스로가 세계 개조를 위해 운명의 큰 장벽에 유비된 투명한 자의성의 장벽이 안전한 닻이 아니라 음흉한 덫이 되어 그들의 자의성을 산산이 부수어 버리리라는 것을 인식하는 순간, 그들은 절망할 것이다. 결과적으로 운명은 유인 살해라는 혐의로부터도 어느 정도 자유롭게 놓여날 것이다.

에트나 화산에 몸을 던진 엠페도클레스(empedocles)의 해프닝을 기억하는가. 그것은 운명의 알리바이가 신뢰할 만한 것인지에 대한 아주 적절한 예화가 되어 줄 법도 한데, 화산 분화구 한쪽에 가지런히 놓여 있던 한 짝의 신발은 운명의 알리바이가 한 점 흠잡을 데 없는 완벽한 것이었음을 자랑하듯 가지런했었다.

기꺼이 자청하여서, 세계 살해에 동조하기로 한 운명의 형식으로서의 유리창은 언젠가는 창공의 별빛이 되어 우리가 가야 할 길과 가야만 하는 길의 지도(地圖)를 밝히 드러내어 보여 줄 날이 있을 것이다.

제2부

사랑의 위기
―김미월의 『일주일의 세계』에 대하여

우리는 혼자가 아니라는 사실을 알기 위해 소설을 읽는다. 소설의
서사적 경험에 참여하게 되면 동일한 경험의 공유만이 허락하는 공
생의 기분을 선물로 받는다. 소설은 범속한 일상 속 평범한 개인에
대한 탐구를 통해 고통과 슬픔으로 괴로워하고 눈물짓는 사람이 나
만은 아니라는 연결의 느낌을 제공한다. 경험의 공동화는 무엇보다
도 위안의 경험이 되는 것인데, 이것은 나와 이웃 사이의 경계를 허
물고 유대감을 자라나게 해 우리는 함께 살 수밖에 없는 존재라는
깨달음을 견인한다. 공생과 연결의 기술을 통해 옹졸한 마음을 밀어
내고 친절한 감정을 자아내어 소설은 결국 타인에 대한 연민과 사랑
의 체계가 된다. 소설은 우리가 외롭지 않고 서로 결속되어 있다는
것을 환기하면서 타자의 환대를 위한 너그러운 마음을 배양한다고
할 수 있다. 소설은 신의 은총을 기대할 수 없는 세상에서 우리가 구
원받을 수 있는 거의 유일한 방법이자 희망이다.

소설은 사실 태생부터 '사랑의 형식'이었다. 근대 이래 초월성의

퇴조와 더불어 태양계 내 한 작은 행성의 외로운 승객이 되었다는 실존적 자각은 사람들의 근본적 기분을 불안으로 물들였다. 신이 있다면 그가 우리를 구원하겠지만 그가 없다면 우리가 뮌히하우젠 식 자기 구제의 방법을 동원하지 않으면 안 되었는데, 이러한 휴머니즘의 심란한 비전은 인류의 우주적 고립무원에 대한 서사적 응전을 긴급히 요청하였다. 소설은 바로 선험적 고향을 상실한 그때로부터 시작된 우리의 불안을 감당하기 위해 우주 속 홀로됨을 자각한 사람들이 신의 은총을 대신할 인간적 구원의 가능성을 서로 연민하고 사랑하는 일에서 찾은 서사적 해결책이었다. 구원을 신성이 아니라 인간성에서 찾을 수밖에 없다면 우리는 너그럽고 친절한 마음을 함양함으로써 서로를 도울 수밖에 없었는데, 여기서 서술의 스케일과 묘사의 디테일을 결합한 소설 형식은 실존적 불안으로 교착된 허무한 삶의 거의 유일한 대안으로 간주되었던 것이다. 우리가 서로 연결되어 있음을 가리키는 서술과 나보다 타인에게 관심을 집중하도록 이끄는 묘사는 실제로 연민과 사랑의 마법을 가능하게 만들었다. 연민의 감정을 진작하고 사랑의 태도를 고양시키는 데서 자기 형식의 의무를 발견했던 소설은 그렇게 현재의 우리 앞에 놓이게 된다.

최근 한국소설은 사랑의 고양을 목표로 하는 자기 형식 내부에 이른바 '타자의 윤리학'을 장착함으로써 역사적 요청에 부응하는 서사적 임무를 더욱 적극적으로 실행하고 있다. 착한 사람, 좋은 사람, 친절한 사람, 무해한 사람 등 각별한 호명 속에서 타인의 존재에 주목하는 문학적 경향이 특히 젊은 작가들의 소설 사이에서 두드러지는 것은 그와 무관하지 않다. 나의 자기동일성 바깥에서 해맑은 얼굴로 다가오는 타자적 현존을 통해 누군가의 적대적 위협이 아니라 어떤 누구와도 공존 가능한 친절한 호의와 무해한 선성을 보여 주려는 것은 자아의 경계심과 그 완강한 높이를 낮추기 위한 윤리적 시도로서 그 의미가 작지 않다. 그러나 현재의 서사적 흐름 안에서 산견되는 어떤 타자성의 출현은 역설적이게도 견고한 정체성의 성벽을 더욱 뚜렷이 확인시켜 줄 뿐인 것으로 보인다. 왜냐하면 친절하고 무해한 이웃의 형상은 사람들이 현실 속에서 마주치는 실제의 인물이라기보다는 현실 안에서 만나기 어렵기에 간절히 바라게 되는 소망적 투영물인 듯하기 때문이다. 요즘 한국문학에 나타나는 착하고 무해한 타자들은 실제로 이질적 존재의 침입으로 자아의 동일성이 훼손되는 것을 두려워하는 마음을 드러내는 이데올로기적 캐릭터에 가깝다. 젊은 작가들이 그리는 그런 타자성은 이웃의 악마적 돌변을 근심하는 자아의 두려움과 공포의 결과이지 이웃의 선량함을 오해한 자아의 부끄러움과 수치의 소산이 아니라고 할 수 있다. '사랑의 형식'이 내장한 '타자의 윤리학'은 여기서 좌절되고 만다.

이 윤리학의 좌절은 물론 우리 형식의 실패라고 말하기에 앞서서 우리 현실의 실패라고 해야 맞다. 소설은 결코 윤리적 실천을 멈춘 적이 없다. 하지만 현실은 항상 그 실천의 장애물이었다. 지구적 현실을 돌이켜 볼 때 동일성과 타자성 사이에 가로놓인 경계선은 쉽게 넘을 수 있는 것이 아니었다. 전체주의적 야만에 대한 끔찍한 20세기적 경험에도 불구하고, 아니 오히려 그 때문에 인류는 '차별'이라는 단어를 지우고 그 자리에 '차이'라는 낱말을 정성 들여 기입하는 정치적 진보를 이룩했지만, 넓은 마음을 가져야 한다는 당위의 목소리는 자아 주변에 이기주의의 해자를 실치해 온 좁은 마음의 존재론 앞에 언제나 쉬어 버리고는 하였다. 사람들은 타인을 자아의 어두운 그림자로만 간주하는 윤리적 맹목에서 계속 벗어나지 못했던 것인데, 21세기 이후 이러한 상황은 호전되기는커녕 악화일로에 있다. 새로운 세기와 함께 들이닥친 테러리즘은 인간의 마음이 얼마나 자만, 증오심, 적대감, 공격성 등으로 가득 차 있는지를 그 어느 때보다 선명하게 부각함으로써 소설이 자임해 온 사랑의 서사적 실천에 절망의 암운을 드리웠다. 그러나 진짜 절망은 코로나 팬데믹과 더불어 도래하고 있다. 국제정치의 역학 차원에서 선악 대립의 정체성 지옥을 축성한 테러리즘에 더해, 팬데믹은 생체 권력의 지배 하에 타자성을 억압하는 자아의 감옥을 요새화함으로써 이 고독한 행성을 돌이킬 수 없는 혐오의 감정으로 뒤덮은 것처럼 보인다. 가뜩이나 성별 갈등과 세대별 반목의 확산으로 서로가 '벌레'가 되어 버린 우리 사회의 경우는 특히나 코로나 상황을 통해 공동체의 파탄을 암시하는 신호들을 곳곳에서 목격하게 된다.

한국 사회는 이제 '충(蟲), 균(菌), 아(我)'로 들끓는 '동일성의 감옥' 그 자체라고 해도 지나친 말은 아니다. 그리고 이것은 사실상 우리의 소설에서 사랑의 고양이라는 서사적 소임이 더욱더 막중해졌음과 동시에 더욱더 어려워졌음을 가리킨다. 해결이 어려운 갈등과 반목을 소거해 속 좁은 자아 심리를 넓은 대양의 감정 윤리로 지양해 가는 사랑의 서사적 실천에서 이전의 문학적 실패를 다시 반복하지 않으려면 '타자의 윤리학'을 내장한 '사랑의 형식'으로서의 소설이 무엇이 되어야 하는지 그 방향성을 진지하게 묻지 않을 수 없다. 사랑의 심각한 위기 국면에서 서사적 대응은 어떤 것이 되어야 할까? 무엇보다 『일주일의 세계』라는 소설을 눈여겨보아야 하는 것은 바로 그 질문의 순간이다.

김미월의 『일주일의 세계』(현대문학, 2021)는 서른한 살의 직장 여성 정은소의 어느 '일주일'에 관한 이야기를 들려준다. 그러나 그녀가 인물이자 화자로 등장해 직접 들려주는 자신의 이야기는 월요일부터 일요일까지 한 주일의 시간 단위가 지시하는 것과 다르게 일상적이지도 평범하지도 않다. '세계'라는 어휘의 공간적 확장성은 이미 그 점을 암시하고 있는 것처럼 보인다. 이 직장 여성의 한 주간은 '사랑의 형식'으로서 소설이 새롭게 추구해야 할 어떤 방향성을 함축한다는 점에서 특별하기도 하고 예외적이기도 하다.『일주일의 세계』는 우리에게 친근하고 범속한 요소들로 사랑의 서사적 실천에서 일어난 '오래된 미래'의 서사가 되고 있는 것인데, 여기서 김미월 소설의 주요 모티프와 에피소드들은 불가피하게 상징적 성격을 띠게된다. 여주인공이 월요일 출근길을 서두르며 종로 한복판 어느 횡단보도에 서 있다가 경험하는 느닷없는 사건은 그 첫 번째 예라고 할수 있다. 그녀는 정체불명의 여자에게 자신의 뒤통수를 두 번이나가격당하는 돌연하고도 황당한 일을 겪게 되는데, 이것은 말할 나위없이 '타자의 윤리학'을 구축하고자 하는 소설들이 종종 서사적 출발점으로 애용하는 낯선 타자의 갑작스러운 침입을 보여 준다. 그 소설들은 타자와의 조우를 반성의 기회로 삼는 서사적 구조화를 통해그러한 시작의 윤리적 결과를 보여 주는 일도 허다하다. 아닌 게 아니라 그 여자 때문에 강박적 불안과 공포에 빠져들던 정은소는 수요일 밤 악몽까지 꾸게 된 뒤 문득 오원화라는 어린 시절 단짝 친구를기억해 내고 그 아이 이야기를 털어놓는다. 그리고 자신의 죄를.

　일단 '경찰'과 'CCTV'는 사법적 감시의 질서로 대변되는 동일성의 어두운 감옥을 상징한다는 점에서, 또한 오원화라는 타자적 현존의 상기는 그 감옥의 동일성으로부터 벗어나는 일의 윤리적 필요를암시한다는 점에서,『일주일의 세계』는 흔한 '사랑의 형식'으로 쉽사리 예단될 수 있다. 실제로 정은소는 과거 초등학교 시절 자신의 단짝 친구에게 저질렀던 못된 짓에 대해 죗값을 치르려는 듯 현재 타자성의 또 다른 형상인 봉수 선배에 대해 연민 섞인 애정을 갖고 있을 뿐만 아니라 그것의 완성을 위해 그와 결혼까지 할 심산도 있는 듯하다. 대학 시절 "나잇값도 못 하고 킷값도 못 한다는 뜻"의 "나이키"로 불리고 또 직장 생활 중엔 "고문관"으로 불리며 놀림감이 되곤 했던 봉수 선배에게서 안쓰러움을 느낀 여주인공은 "그저 저만이라도 선배의 편이 되어 주어야겠다"는 선의를 가지고 그와 목하 연애 중이다. 그런가 하면 그녀가 일하는 어느 학원의 원장이 이 사설 교육기관의 박물관 탐방 프로그램에 대한 설명회에서 참가 아동의 학부모들에게 뻔한 일장 연설을 공식처럼 늘어놓는 장면은, 그 프로그램 실무자로서 초등학생들의 탐방을 안내하는 여주인공이 '널리 알되 정밀하게 알지 못한다'는 뜻의 "박이부정(博而不精)의 미학"에 대해 자조하는 대목과 상징적으로 대비됨으로써, 동일성에서 타자성을 빼내어 구제할 수 있는 진정한 환대의 가능성을 시사하기도 한다. 이웃과의 관계에서 자신이 상처받을 수 있다는 것을 알면서도 그 위험에 자신을 스스럼없이 위치시키는 '정이부박(精而不博)'의 서사적 행로는 사실 '타자의 윤리학'을 실현하고자 하는 '사랑의 형식'에 특징적인 것이라 해서 크게 틀린 말은 아니다.

그러나 '좋은 사람'이라는 표상과 결합한 소설의 윤리학을 자신 있게 포착해 냈다는 독후감은 『일주일의 세계』의 중반부에서부터 서서히 무너진다. 화요일 봉수 선배의 프러포즈를 받은 후 토요일에 엄마와 저녁 약속을 잡아 상견례 자리를 갖기까지, 정은소가 기억의 형식에 담아 들려준 오원화의 이야기는 감동적인 미담이 아닌 것으로 판명된다. 여주인공의 이야기는 20년 전 초등학교 교사였던 엄마가 어떤 산촌으로 근무지를 옮기면서 시골 초등학교로 전학을 가게 된 자신이 거기서 제 "엄마가 또라이라는 악담"으로 따돌림을 당하던 오원화에게 안타까움 섞인 연민의 감정을 느끼고 그녀를 단짝 친구로 삼게 되는 사연에서 그치지 않는다. "되게 착한 어린이"로서의 윤리적 모습을 보여 주던 정은소는 오원화와의 특별한 우정에도 불구하고 그 시골 학교를 떠나가던 즈음의 시간에는 완전히 다른 사람으로 다가온다. 그녀가 "세상에서 오직 저만 아는 진실"이라며 오원화에게 반강제로 오염된 개천의 물을 마시게 했고 또 "또라이 박복석 딸 주제에!"라는 고약한 말을 던지고 떠나왔던 그때의 잘못과 죄에 대한 어두운 회고적 삽화를 발설하는 순간 '타자의 윤리학'은 그만 종적을 감춘다. 『일주일의 세계』라는 '사랑의 형식'에서 "소외된 친구에게 스스럼없이 다가갔던 이야기"는 일종의 심리학적 전환을 통해 친절한 선의 안에 도사리고 있던 "견고한 악의"를 마침내 드러낸다.

도대체 무슨 일이 있었던 것일까? 사실 오원화에 대한 정은소의 선의는 처음부터 악의로의 변이 가능성을 품은 것이었다. 상대에 비해 우월한 자기라는 것을 항상 확인하고자 하는 자아의 기본 욕구를 타인의 환대 요청에 부응해야 한다는 윤리적 의무감에 내어주는 일은 우선 양심에서 오는 죄책감을 벗어던지게 하며 시혜적 우쭐함이라는 심리적 보상을 제공해 주고 일정하게 정체성의 보존을 가능케 하는 동안은 어느 정도 기꺼운 것일 수 있다. 실제로 오원화에 대한 정은소의 선의와 우정이 훼손되지 않는 것은 그 둘 사이의 가족적 유사성, 즉 누군가의 인정을 받기 위해 최선을 다하고 있다는 동질성과 편모슬하라는 동종성이 그녀에게서 빈번히 상기될 때이다. 하지만 정은소가 오원화와의 친밀한 유사성에서 자아 정체성이 아니라 피아간 무차별성을 감지하는 순간은 그녀로 하여금 "마음이 미묘하게 달라진 것"이 되게 한다. "뚜껑 달린 조그만 철제 상자"에 얽힌 그 시절의 한 에피소드는 그런 미묘한 변화의 순간을 특히 흥미롭게 보여 준다. 개천가에서 주운 돌멩이 하나를 "우리의 공동 소유물"이라면서 그 철제 상자에 넣으려는 친구의 행위가 그걸 가지라고 말하는 여주인공의 선심을 무색하게 하는 그 장면은 나와 너를 구분 짓고자 했으나 그걸 거절당하는 모욕적 경험을 통해 그녀의 자존심을 곧추세우도록 만드는 것이다. 여주인공이 자기 확인 과정에서 길어 올리던 친구에 대한 안쓰러움의 감정은 여기서 그 무차별성 속에 억압되어 있던 자기 자신에 대한 안쓰러움의 감정으로 바뀐다. 책과 준비물, 심지어 엄마의 관심과 애정조차 공동화해 버린 친구는 이제 여주인공에게 신경에 거슬리고 참을 수 없는 짜증과 분노를 불러일으키며 못된 짓을 촉발하기까지 하는 대결 상대가 되는데, 이것은 무엇보다 모욕당하고 자존심을 다친 자아의 복수이자 억압된 자기의 방출이라는 의미를 띤다.『일주일의 세계』는 결국 윤리적 의무감의 비대화가 자아 감각의 과잉 억압으로부터 자존 욕구의 내압 상승을 야기함으로써 자아의 괴물스런 맨얼굴이 고개를 내밀도록 하는 '서사적 아이러니'로 우리를 안내한다.

김미월의 서사는 그런 점에서 "'그건 그렇고' 한마디로 넘겨 버릴 수 있는 사소한 옛날이야기"가 분명 아니다. 그렇다고 선의와 우정의 이야기도 아니며 죄와 잘못의 재발 방지를 바라는 속죄의 이야기는 더더욱 아니다.『일주일의 세계』는 선의와 우정이 적대감과 악의의 온상이 될 수도 있다는 아이러니를 '타자의 윤리학'이라는 이상형으로 덮어 버리지 않고, 심란하지만 정직한 응시를 통해 우리를 인간 심리의 실상과 존재의 진실이 거느리는 복잡성으로 이끄는 소설이다. 그런데『일주일의 세계』의 '서사적 아이러니'는 여기서 멈추지 않는다. 이 소설의 아이러니는 결말에 가서 다시 한번 등장하는데, 정은소의 또 다른 변심을 다루는 그 부분은『일주일의 세계』에서 가장 빛나는 대목이자 작가적 솜씨가 크게 돋보이는 순간이라고 할 수 있다. 김미월의 소설은 여주인공이 과거 한 친구에게 범한 죄를 떠올리고 자성을 통해 윤리적 자아의 복원을 모색하며 현재의 애인에 대한 안쓰러운 연민을 온전한 사랑으로 발전시키는 그런 희망의 서사로 종결되지 않는다. 상견례 다음 날 정은소와 봉수 선배의 일요일 데이트는 어이없게도 여자의 돌연한 결별 선언으로 마감된다. 그녀의 마음에서 일어난 심리적 반전의 이유를 짐작할 길 없는 남자는 그 부당함에 울컥해서 "씨발"이라는 욕설을 입에 올리게 되고, 거부당했으며 따라서 모욕받았다고 생각하는 자아의 분노한 "뒷모습"을 남김으로써, 회복할 길 없는 절망과 파국을 보여 준다. 한 커플에게 도래한 사랑의 위기는 그 욕설에 얹힌 아이러니의 무게감으로 우리의 마음을 다시금 어지럽게 짓누른다.

사실 정은소의 변심에 따른 봉수 선배와의 결별은 악의가 선의로부터 자라날 수 있다는 이야기를 거의 동일하게 들려준다고 할 때 오원화에 대한 정은소의 변심으로부터 이미 확인한 바 있는 '서사적 아이러니'의 발생반복처럼 보인다. 그러나 이 사랑(과 그 좌절) 이야기는 그 우정(과 그 좌절) 이야기와 같으면서도 다르다. 한 친구에 대한 기억을 더듬고 난 후 여주인공은 자신의 마음속에 자리 잡게 된 한 남자에 대한 사랑이 그를 무시하고 조롱하는 사람들에 대한 도덕적 분노에서 발원한 관성적 측은지심 이상은 아니었음을 깨닫는다. 윤리적 의무감이 지나치게 억압한 자아 감각이 어느 순간 고개를 쳐들지 모른다는 두려움 때문이었겠지만, 이어서 그녀는 "모진 말로 상처 줄 만큼 저의 감정이 악화되기 전에 우리 관계를 그만 정리하고 싶다는 말"을 곱씹게 된다. 그런데 친구에 대한 변심에서 억눌린 자아의 방출이라는 반대급부의 심리학을 도출하듯이 애인에 대한 변심을 이해한다면 인간 심리에 잠재된 악마적 모멘트를 놓칠 공산이 크다. 친구에 대한 기억 이전에 애인에 대한 변심이 시작되고 있었다는 사실에 주목해야 하는 것은 바로 그 때문인데, 아닌 게 아니라 정은소는 오원화를 떠올리기 이전부터 봉수 선배에 대한 애정의 미묘한 변화를 노정한다. 화요일에 애인이 건넨 청혼 반지를 받아 끼고 "반지가 조금 작아서 뺄 때 애먹을 것 같았지만 티 내지 않았"다는 대목에서부터 감지된 그녀의 변심은 토요일 상견례 자리에서 실로 뚜렷해진다. 애인이 장모가 될 사람에게 늘어놓는 즐거웠던 데이트 이야기는 자신의 기억과는 다른 것이어서 그녀에게 황당한 느낌과 함께 어떤 반발심마저 촉발한다. 이별하겠다는 마음은 아마도 한참 된 것이었겠지만 그쯤 견고하게 굳어졌던 것으로 짐작된다. 마음에 들지 않는 애인과 헤어지고자 하는 욕망은 바야흐로 윤리적 의무감 위에 쌓아 올린 애정과 충돌하지 않을 수 없게 되는데, 정은소는 놀랍게도 그런 충돌의 불편한 긴장을 해소하기 위해 "자기반성"이라는 서사의 도입을 필요로 했던 것으로 보인다. 그러니까 잘못과 죄를 운운하며 친구를 떠올리는 자성의 서사는 애인을 향한 이별 통보에 윤리적 알리바이를 부여해 결과적으로 여주인공에게 자기 욕구와 도덕 감정 모두를 만족시키는 아주 교활한 심리적 책략으로 작용하는 것이다. 여주인공의 변심이 이번에 드러내고 만 자성의 위험한 이용은 더 복잡하고 그래서 더 심란한 '서사적 아이러니'를 보여 줌으로써 사랑의 위기를 넘어 사랑의 불가능성조차 환기하고 만다.

우리는 현실에서 심화하고 있는 사랑의 위기에 대한 서사적 응전으로서 '타자의 윤리학'이 나아가야 할 온당한 방향에 대해 물은 바 있다. 그 대답을 찾기 위해서 우리는 『일주일의 세계』에 대한 주목을 요청했고 그렇게 해서 지금까지 그 소설을 함께 읽어 왔다. 그런데 김미월의 소설이 들려준 그 이야기에서 역설적이게도 또 다른 사랑의 위기, 아니 사랑의 파탄을 조우하게 된 일은 대부분의 독자들에게 어떤 의문을 불러일으킬 것이다. 어쩌면 배신감을 느끼는 독자가 있을지도 모르겠다. 인간의 괴물스런 악마성을 확인하는 것이 중요한 문제라며 동문서답하듯이 만약 『일주일의 세계』에서 박물관 탐방 프로그램을 진행하던 날 있었던 두 초등학생의 싸움 이야기, 요컨대 형제처럼 끔찍이도 따르며 친하게 지내던 두 아이가 모욕적 조롱으로 서로 등 돌리고 만 또 하나의 '서사적 아이러니'를 꺼내 들고, 아빠의 부재 이유를 정확히 말하지 않는 엄마는 가감 없는 정은소의 미래이고, 우리는 모두 언제나 "혼자"가 되고 만다는 식으로 이웃 사랑의 21세기적 불가능성이라는 메시지를 계속 발신하려 한다면, 아마 몇몇 독자들은 한 도덕적 냉소주의자의 악취미에 더 이상 끌려다니지 않겠다며 책을 덮어 버릴지도 모른다. 그러나 우리는 소설의 윤리적 비전을 버리지 않았다. 우리가 버리고자 하는 것은 사실 어떤 당위의 목소리인데, 당위는 이러지 말고 저래야 한다고 주장함으로써 대개 흑백논리의 유혹에 빠지는 경우가 많다. 겉치레의 위선에 흡족해하는 우리가 이런 자기기만적 심성을 거점 삼아 괴물과 악마를 퇴치한다면서 스스로 괴물과 악마가 되어 버리는 것은 바로 이 대목에서이다. 소설의 윤리학이 자라날 비옥한 토양은 무엇보다도 이럴 수도 있고 저럴 수도 있다는 것을 포용하는 회색의 영토에서 찾지 않으면 안 된다. 인간의 마음에는 선의도 있고 악의도 있다는 이중적 복잡성을 이해할 때 비로소 우리는 연민과 사랑의 현실을 기대해 볼 수 있다. 그렇다면 『일주일의 세계』의 '서사적 아이러니'가 거듭 보여 주는 선과 악의 오우로보로스적 형상들은 그 진실성을 통해 우리의 주목에 부응하고 있다고 해야 옳을 것이다.

소설이라는 '사랑의 형식'은 '아이러니의 서사' 위에 자신의 윤리학을 구축한다. 이웃들 간에 이해와 관용의 가교를 놓고 연민과 사랑을 확장해야 한다며 윤리학적 당위의 목소리를 낼 경우 오히려 소설은 아무것도 아닌 것이 된다. 소설은 자신에게 고유한 아이러니의 형식을 통해 '도덕적 순수주의(moral purism)'가 계산하지 못하는 존재의 사실성과 그 도덕적 복잡성에 주의를 기울일 경우에만 역설적으로 '도덕적 사실주의(moral realism)'라는 형태의 '타자의 윤리학'을 이룩한다. 타인들의 삶과 현실 속으로 들어가 보는 서사적 경험이 인간에게 주는 사랑의 선물은 우리가 서로를 공감하고 이해할 수 있는 착한 존재라는 윤리적 허상 속에서 자족할 때가 아니고 우리가 그다지 사랑스러운 존재가 아니라는 존재론의 진실을 겸허히 수용할 때 주어진다. 소설의 윤리적 가치는 한마디로 착해지는 데서가 아니라 아이러니해지는 데서 생겨난다. 따라서 이것이 저것이 될 수 있고 저것이 이것이 될 수 있다는 아이러니의 고양을 통해 편협한 마음을 관대한 마음으로 바꾸는 일은 사랑의 에토스를 달성하는 데 중요한 서사적 경험이 된다고 할 수 있다. 과감하게 말해서, 소설의 유일한 도덕은 아이러니다. 우리에게는 신이 없지만 대신 이렇게 소설이 있다. 특히 김미월의 『일주일의 세계』라는 소설이.

아이러니라는 이름의 감옥

— 정이현의 『낭만적 사랑과 사회』에 대하여

#1

정이현의 소설집 『낭만적 사랑과 사회』(문학과지성사, 2003)에 실린 표제작 「낭만적 사랑과 사회」부터 살펴보자. 정이현의 「낭만적 사랑과 사회」는 무엇보다도 한 여성의 희극적 수난에 관한 이야기를 들려준다고 할 수 있다. 이 작품에서 1980년생인 '나'는 현재 대학교 3학년이지만 아무런 생각이 없다는 점에서 전형적인 속물로서 나온다. 그녀에게 생각이라는 것이 있다면 기껏해야 '고진감래'라는 통속철학이전부다. 이것도 실은 그녀에게 생사를 건 모험과도 같은 이성 교제에나 약삭빠르게 적용되는 계산적 원칙에 지나지 않는다. 그녀는 자신을 공주로 대해 줄 완벽한 남자와의 사랑과 연애와 결혼을 꿈꾸는 낭만적 공상 속에서 여러 남자애들과의 교제에 전략적으로 임한다.

그런 만큼 그녀에겐 이른바 백마 탄 왕자가 나타날 때까지 순결을 지켜 내야 하는 것이 절체절명의 과제이기도 하다. 전략적 교제의 대상이 되어 있는 남자애들에게 그녀는 입술과 가슴은 허용해도 절대로 허리 아래는 허용하지 않는다. 그런가 하면 그녀는 대학 입학 이후로 물 빠진 낡은 면 팬티를 하루도 거르지 않고 착용해 오고 있을 뿐만 아니라 레이스가 달린 야한 팬티는 순결해 보이지 않는다는 이유에서 금기로 삼는다. 그녀의 고진감래 철학은 사실 그러한 철저한 다짐과 실천에서 유래했다고 보는 것이 옳은데, 야하지 않으면서 고급스러운 민무늬 실크 팬티는 언젠가 나타날 "완벽한 남자애"에게 순결의 상징으로서 바쳐져야 하기 때문이다.

순결을 이만큼 중시하게 된 데에는 실제로는 그녀의 엄마가 일종의 반면교사가 되어 있다. 허울만 좋은 중소기업 임원의 아내로 백화점 문화센터에 다니는 걸 생활의 여유라 생각하는 쉰 살 다 된 여자인 엄마는 딸들에게 여자 몸을 "유리, 같은 것"에 비유한다는 점에서 역시 속물이긴 마찬가지다. 오죽하면 맏딸 '나'의 이름을 유리라고 지었을까. 그러나 딸들에게 순결을 훼손당한 여자는 끝장이라는 처세의 지혜를 강조하는 엄마야말로 무엇보다도 깨진 유리잔으로 여기까지 온 사람이라는 것을 그녀는 잘 안다. 그래서 그녀는 그 지혜에 마음속 깊이 공감하게 되는 것이고 또 그러면 그럴수록 그것이 사무치고 절실한 무엇이 된다.

그러던 어느 날 마침내 그녀는 미래에 안락한 가정을 보장할 만한, 그리하여 자신의 낭만적 공상을 충족시켜 줄 만한 완벽한 '그'를 만난다. 그녀는 '그'에게 순결을 바칠 작정으로 스스로가 "유리의 성"으로 부른 한 호텔로 향하는데, 그 화려한 호텔은 자신의 성이 되지 못하고 유리, 그녀는 불안한 예감과 함께 그곳으로부터 멀어져 간다. 그녀는 자신의 순결을 증명할 한 점의 핏자국도 순백의 시트 위에서 발견할 수 없었던 것이다. 게다가 완벽한 '그'가 그때까지 보여 준 세련된 인상은 "너 되게 뻑뻑하더라"라는 상스러운 욕정의 언어 속에서 한순간에 무너진다. 그녀는 그럼에도 불구하고 어쨌든 순결을 바친 사람이니만큼 '그'를 사랑하기로 마음먹는다.

이처럼 「낭만적 사랑과 사회」는 한 여대생의 말과 행동을 통해 속물적인 현실을 희화화하고 있는 작품이다. 이 소설에서 속물적인 현실은 여대생인 '나'의 남자 친구들(상우, 민석이, 승재 오빠)과 그녀의 부모, 그리고 작품의 마지막에 등장하는 "부유한 집 막내아들"(p.27)인 '그'로 대변된다. 이 속물적 현실이란 간단히 말하면 "피가 한곳으로 몰려 갑갑한 느낌을 해소하고 싶은 몸의 욕망"(p.16)과 "경호원을 가볍게 따돌리고 궁전을 빠져나와 나이트클럽에 가는 천방지축 막내공주"(p.13)가 되고 싶은 욕망으로 구성된 공간이다.

그런데 흥미로운 것은, 희화화의 주체인 '나'는 희화화의 대상들과 도덕적인 차별성을 갖고 있지 못하다는 사실이다. 말하자면 '나'는 속물적인 현실에 속물적으로 순응한다는 점에서 그러한 속물적인 현실의 일부가 되어 있다. 이처럼 희화화의 주체와 희화화의 대상 사이에서 도덕적 우열을 가늠하기 어렵다면, 이 소설의 희화화에 대해 기존의 논의들이 정식화한 "로맨스의 정치학"(이광호)에 대해서는 이견이 있을 수밖에 없다. 알다시피, 희화화는 대체로 도덕적 마비 상태에 관심을 갖고 선의지에 이반하는 악을 교정하고 치료하려는 일에 목적을 둔다. 그것을 이루는 주된 방책은 물론 '웃음의 처벌'이고, 희화화하려는 사람은 특별히 경멸받을 만한, 인간다움을 잃은 인간을 그 처벌의 핵심적인 표적으로 삼는다. 따라서 희화화에서는 희화화의 주체가 희화화의 대상을 장악할 수 있도록 도덕적으로 우월한 위치를 부여받게 된다.

그런데 정이현의 소설에서 희화화의 주체와 대상 사이에 존재해야 하는 도덕적인 차별성은 발견되지 않는다. 그러니까 정이현 소설

의 풍자적 교의가 실행하려는 것이 과연 인간다움의 이상인지 아니
면 경멸 그 자체인지를 결정할 수 있는 근거가 희박하기 때문에, 작
품의 등장인물들을 포함한 독자 모두는 어쩔 수 없이 '아이러니의
감옥' 안에 갇히게 된다.

물론 '타락한 사회에서 타락한 양식으로 진정한 가치를 추구한
다'(루시앙 골드만)는 근대소설은 아이러니라는 개념을 통해 타락한 양
식의 알리바이를 고안해 냈다고 생각했다. 그러나 타락한 양식이 타
락한 사회의 일부인지 진정한 가치의 구현인지를 결정하는 문제는
그렇게 손쉬운 문제가 아니다. 「낭만적 사랑과 사회」는 우리 삶의 왜
곡된 양상에 대한 비판을 재현하는가, 아니면 그런 삶의 단순한 첨
가물인가?

#2

「트렁크」는 「낭만적 사랑과 사회」처럼 희화화라는 풍자적 교의를
실현하려는 작품과 달리 살인이라는 극단적 행동을 통해서라도 성공
을 이루려는 한 "커리어 우먼"(p.42)의 삶을 보여 줌으로써 도시적 욕
망의 잔혹한 양상을 보여 주는 일종의 '세태소설'처럼 보인다. 그런
점에서 「낭만적 사랑과 사회」의 아이러니가 수반했던 도덕적 곤경의
문제가 여기서는 생겨나지 않는 것처럼 보인다. 이 소설의 주인공인
'그녀'는 "N 화장품 한국 지사"(p.43)에 근무하며 지금까지 "앞만 보
고"(pp.39-40) 달려왔다. '그녀'는 "주간 스케줄"을 "촘촘히"(p.41) 조직
하며 "군더더기 없이 심플하게"(p.41) 살아온 결과, 한 달 전 "2002년
형 진주색 EF 소나타 골드"(p.42)의 오너가 되기도 하였다.

물론 지금까지 이룬 '그녀'의 "세속적 출세"(p.43)가 처음부터 순탄
한 것은 아니었다. '그녀'는 "성형외과 병원"(p.47)에서 "고객들이 원

하는 부위의 시술 금액과 할인 혜택을 알려 주는 일"(p.47)로 팔 개월을 고생했고, 지금의 화장품 회사에 입사해서는 진급을 위해 '권'이라는 상사와의 관계를 이용하기도 했다. 그런가 하면 "웨이스트 사이즈 26"(p.49)을 유지하기 위해 먹은 음식을 토하는 습관을 가졌는가 하면, 또 지사장으로 새로 부임한 '브랜든'의 눈에 들기 위해 현재 '그녀'는 무척 긴장하고 있기도 하다.

그러던 어느 토요일, '그녀'는 자신의 새 차 트렁크에서 회사 아르바이트생인 '선미'의 시체를 발견하게 된다. 다음 주에 본사의 수석 부사장을 영접해야 하는 중요한 행사가 있다. "현실적인 사람"(p.51)인 '그녀'는 "세상을 납득시킬 만한 알리바이"(p.52)를 가지고 있지 않다고 생각하고, "이민 가방"(p.53)을 사고 '권'을 불러내어서는 시체 암매장을 부탁한다. 그러나 '권'은 '그녀'의 부탁을 들어주기는커녕 "그녀 인생 최초의 강간"(p.59)을 선사한다. '그녀'는 '권'이 방심한 틈을 타 그마저 살해하고 '이민용 가방' 속에 끌어다 담는다. "규칙적인 생활인"(p.56)인 '그녀'는 늘 하던 대로 일요일에는 교회에서 예배를 드린다. 그리고 다음 날 월요일, '그녀'는 본사의 수석 부사장을 영접하기 위해서 사무실을 나선다. 그녀의 뒷모습은 "우아하고 완벽했다."(p.62) "아직 갈 길이 멀었다."(p.62)

이처럼 이 소설은 '트렁크'라는 상징적 공간을 통해 한 '커리어 우먼'이 지닌 이른바 '도시적 욕망'의 실체를 잘 보여 준다. 즉 한 여자의 성공과 출세에 대한 욕망은 구질구질하고 복잡하기만 한 일상을 '트렁크'에 끌어다 담아 놓고서 겉으로는 매끈하고 우아하며 "로맨틱한"(p.50) 삶을 성취하려는 도시적 욕망의 가식과 허위를 집약해서 보여 주는 것이다.

그러나 이 세태소설이 단순한 세태소설로 그치지 않는다는 데 흥미로운 국면이 있다. 이 소설의 내포 화자는 단지 주인공을 비난의 대상으로만 그리고 있지 않기 때문인데, 이것은 다시 한번 우리 독자로 하여금 「낭만적 사랑과 사회」에서와 같은 도덕적 곤경 속으로 이끈다. 물론 평론가 이광호는 주인공의 패륜이 "여성의 사회적 생존에 관한 정치적 의미"(p.230)를 포함하며, 또 "남성 중심적인 현실을 돌파하기 위한 일종의 전략적 선택"(p.233)이라고 말함으로써 그러한 곤경을 무마시킨다. 그러나 과연 그런가?

#3

「소녀시대」도 「낭만적 사랑과 사회」와 마찬가지의 문제를 가진다. 즉 「소녀시대」는 우리 삶의 왜곡된 양상에 대한 비판을 재현하는가, 아니면 그런 삶의 단순한 첨가물인가? 이 소설도 역시 한 여중생의 말과 행동을 통해 속물적인 현실을 희화화하고 있는 작품인데, 이 현실은 여중생인 '나'의 부모와 그녀의 친구들(민지, 용이 오빠), 그리고 '황봉구 아저씨'와 '깜찍이' 등으로 대변되는 속악한 현실이다. 간단히 말하면, 여기서 속악한 현실은 원정 출산, 교육열과 입시, 명품 소비, 강남 신화, 인터넷 채팅, 원조 교제, 길거리 캐스팅 등으로 대변되는 현실이라고 할 수 있다.

그러나 「낭만적 사랑과 사회」처럼 여기서도 희화화의 주체인 '나'는 희화화의 대상들과 도덕적인 차별성을 갖고 있지 못하다. 즉 '나'는 속물적인 현실에 속물적으로 순응한다는 점에서 그러한 속물적인 현실의 일부가 되어 있다. 다만 차이가 있다면, 이 소설은 앞선 「낭만적 사랑과 사회」보다 훨씬 더 노골적인 순응을 보여 준다는 점이다. 아무튼 이러한 작품에서 특징적으로 나타나는 문제는 희화화의 근거가 되는 에이론형 인물이 희화화의 대상인 알라존형 인물들과 특별히 도덕적 차별성을 지니는 것으로 보기 어렵다는 것이다. 다시 말해 정이현 소설에서 에이론형 인물은 스스로가 희화화의 대상으로 떨어져 버리고 마는 것이다.

물론 알라존형 인물과 에이론형 인물 사이에서 희박해진 우열 관계는 '믿을 수 없는 화자(unreliable narrator)'를 내세운 작품 바깥의 서술 관점을 희화화의 주체로 가정함으로써 일정하게 도덕적인 곤경을 벗어나는 것으로 파악할 수 있을지 모른다. 그러나 희화화의 구도는 여기서도 위태롭다. 즉 '나는 고귀하다. 고로 너는 비천하다'라는 명제로 정상적인 희화화의 구도가 설명될 수 있다면, 정이현 소설 특유의 희화화의 구도는 '너는 비천하다. 고로 나는 고귀하다'라는 반대 명제로 풀이될 수 있다. 말하자면 서술 관점이 되는 '나'의 도덕적 우위는 대상의 비천함으로부터 귀납적으로 가정된 불확정적이고 상대적인 것일 뿐, 주체의 고귀함이라는 연역적 토대에서 확인된 확실하고 절대적인 것이 아니기 때문이다. 더구나 비천함이 총체화된 세상에서는 상대적으로나마 도덕적 고귀함을 지닌 서술 관점조차도 사실상 어떤 좌표를 갖기 어렵다. 독자들은 아마도 속악한 세상에서 개인적인 욕망의 전략을 관철시키려는 정이현 소설의 주인공들을 더 이상 비난할 수 없다고 생각할 것이다.

이와 같이 정이현 소설의 기저에 깔려 있는 이러한 '아이러니의 도덕적 곤경'을 이해하게 되면, 그녀의 작품에서 잠재적으로나마 도덕적 기준으로 작용할 만한 긍정적인 인물을 발견하기 어려운 것은 별반 이상한 일도 아니다. 실제로 이 소설에서는 자신을 포함해 부모, 조부모, 외조부모, 친구들 등 거의 모든 인물이 경멸과 멸시의 대상이 된다. 그리고 이러한 '경멸과 멸시의 난장판'에서 들려오는 오는 것은 무엇보다도 '욕설'과 '냉소'이다.

#4

「순수」는 「트렁크」와 마찬가지로 희화화라는 풍자적 교의를 실현하려는 작품이 아니라 한 여자가 보여 주는 세 번의 결혼 생활과 그에 따른 부유하고 안락한 삶의 실현을 통해 우리 삶의 욕망이 지닌 잔혹성을 질타하는 일종의 세태소설이다. 그런 점에서 「낭만적 사랑과 사회」의 아이러니가 수반했던 도덕적 곤경의 문제는 여기서도 생겨나지 않는 듯하다.

그러나 이 세태소설이 단순한 세태소설로 그치지 않는다는 데 흥미로운 국면이 있다. 이 소설의 내포 화자는 단지 주인공을 비난의 대상으로만 그리고 있지 않기 때문인데(가령 앞서 「트렁크」는 "스스로의 손으로 하지 못할 일이란 세상에 아무것도 없었다"(p.60)는 여주인공의 각성을 통해서, 또 이 소설은 "강철은 어떻게 단련되는가"(p.112)라는 여주인공의 읊조림을 통해서, 각각 '여성의 자각'이라는 토포스에 귀속된다), 이것은 오히려 우리 독자로 하여금 「낭만적 사랑과 사회」 혹은 「소녀시대」에서와 같은 도덕적 곤경 속으로 다시 이끈다. 물론 평론가 이광호는, 이미 언급한 바 있는 것처럼, 주인공의 패륜이 "여성의 사회적 생존에 관한 정치적 의미"(p.230)를 포함하며, 또 "남성 중심적인 현실을 돌파하기 위한 일종의 전략적 선택"(p.233)이라고 말함으로써 그러한 곤경을 무마시킨다. 그러나 과연 그럴까?

그녀들이 모두 독립된 미학적 공간 속에서 살아가는 허구적 인물이라는 가정을 받아들인다면 혹시 그런 판단이 가능할지도 모르겠다. 거기서 그녀들의 패륜은 분명 여성들의 사회적 생존을 어렵게 하는 남성 중심적 사회의 폭력성을 환기하는 미학적 장치일 것이기 때문이다. 그러나 사회적 맥락을 갖고 남성 중심적 사회에 간섭하려는 비판적 의도를 갖는 현실 연관적 소설이라면 그녀들이 단순히 미학적 공간에 한정된 허구적 인물이라는 가정을 계속 유지하기 어렵다. 여기서 그녀들의 패륜성은 그런 현실적인 연관 속에서 도덕적인 판단의 대상이 되지 않을 수 없기 때문이다. 그런데 만일 이 곤경을 모면하려고 다시 독립된 미학적 공간 속으로 후퇴하려 한다면, 이번에는 그녀들이 여성들의 사회적 생존을 어렵게 하는 남성 중심적 사회의 폭력성을 환기하고, 나아가 그런 사회에 비판적으로 개입할 수 있다는 현실적인 맥락을 스스로 포기하지 않으면 안 된다.

다시 한번 이런 질문이 가능하다. 이 소설은 우리 삶의 왜곡된 양상에 대한 비판을 재현하는가, 아니면 그런 삶의 단순한 첨가물인가?

#5

「무궁화」에는 두 여자가 나온다. '너'라는 젊은 독신녀와 '그녀'라는 유부녀가 그들이다. 이들은 우연히 "여성 동성애자 사이트의 정기 모임"(p.126)에서 만나 서로 사랑하는 사이가 된다. 그녀들은 '너'의 집에서 만나 서로 섹스하거나 함께 여행을 떠나는 깊은 사이로 발전한다. 그러나 어느 날 '그녀'는 갑자기 연락을 끊고 사라진다. '너'는 '그녀'의 집을 찾아가 보기도 하지만, 그곳에는 '그녀'의 아이도, 남편도 없다. '너'는 "남자의 손아귀에 질질 끌려가는 그녀의 목덜미"(p.143)를 상상하며, 폴라로이드 카메라로 "공중변소 앞의 꽃나무처럼 무심히 시든"(p.143) 자신의 성기를 찍는다.

'두 여자의 동성애가 보여 주는 정치학'은 여기서 명백하다. 이 소설은 사회적 "관리"(p.135)와 "태평아파트 1동 202호"(p.143)로 대변되는 남성적 질서 속에서 수세적으로 진행되는 여성적 욕망의 일시적인 "연대"(p.129)에 초점을 맞춤으로써 사회화 속에서 억압된 욕망과 그 사회화의 폭력적 성격을 환기시키고 있다. 그런 의미에서 이 소설은, '사회적 양식을 욕망의 반대편에 놓지 않고 전략적으로 그 양식을 따라가면서 욕망을 충족시켜 가는 정이현 소설의 일반적 문법'을 따르지 않는다고 할 수 있다. '남성적 질서 속에서 희생되는 여성의 욕망'을 보여 준다는 점에서 오히려 비극적인 성격의 전통적인 문법에 충실하다.

그래서 다소 좀 진부해 보이는 것도 사실이다.

#6

「홈드라마」는 5년 동안 사귀어 온 두 남녀가 결혼하여 가정을 꾸미기까지의 "집단 평균의 그것"(p.161)을 발단-전개-위기-절정-결말의 순으로 희극적으로 그려 내고 있는 일종의 풍자소설이다. "신랑 김재호 군과 신부 박수진 양의 결혼식"(p.167)이 성사되기까지 이두 남녀는 온갖 우여곡절을 겪는데, 그것은 한마디로 평균적인 우여곡절이다.

"오 년째 사귀어 온 연인"(p.149)에게 다음 단계는 결혼뿐이라는 것, 그래서 몇 개월 전 그들은 결혼을 결정했다는 것, 이후 첫 상견례를 무사히 끝냈지만, 결혼식 날짜와 예식장과 피로연 음식과 예단 때문에 일단의 위기를 맞는다는 것, 그리고 집 문제 때문에 파탄 직전까지 간 두 사람의 결혼은 마침내 "신도시 열아홉 평 아파트"(p.165)의 전세 계약서에 도장을 찍음으로써 성사된다는 것 등이 그 우여곡절의 내용이다. 그러나 두 사람은 각자 한 가지의 비밀을 안고 "태국의 휴양지"(p.168)로 신혼여행을 다녀오는데, "성 접촉에 의한 바이러스성 질환"(p.168)을 동시에 앓았고 또 동시에 치료를 받았다는 사실이 그것이다. "학명 콘딜로마, 속명 곤지름."(p.168)

이처럼 이 소설이 보여 주는 '풍자의 정치학'은 매우 분명한 것인데, 그러나 이 소설도 역시 정이현적인 문법을 따르지는 않는 것처럼 보인다. 이 소설이 그리고 있는 평균적인 삶만큼이나 '평균적인 풍자소설'이라 해야 할 정도로 범상하다.

#7

「신식 키친」은 「무궁화」와 같은 계열의 소설로 볼 수 있다. 이 소설은 한 "뚱뚱한 여자"(p.182)의 이야기를 들려준다. '그녀'는 구청 직원인데, "간유리 칸막이 뒤에 앉아 여권 증지를"(p.178) 파는 일을 한다. '그녀'는 "할리 퀸 로맨스"(p.175)의 열렬한 독자이지만, '뚱뚱하고 거무튀튀한 그녀의 몸피'(p.187)는 "바비 인형"처럼 "당당하고 아름다운 여성"(p.183)으로서 그런 로맨스의 주인공이 되는 것이 불가능하다는 사실을 확인시켜 줄 뿐이다. '그녀'는 늘 직원들의 시선을 피해 혼자 식사를 한다.

그러던 어느 날 "여권과 근무 4년 만"(p.186)에 "그녀에게 데이트 신청을 한 첫 번째"(p.186) 남자가 나타난다. '그'는 "신사동의 와인 바에서 대리 주차 일을"(p.186) 하는데, "잘생긴 남자는 아니었다."(p.187) 그러나 동거가 일 년쯤 진행된 뒤, '그'는 캐나다에 있는 하나뿐인 누나에게 가게 될 것 같다고 말한다. 다양한 다이어트 요법에 매달리던 '그녀'는 이제 거식증 증세를 보이고 있다. 마침내 '그'의 짐이 빠져나가는 날, "아름다운 가족의 꿈"(p.194)을 잃은 '그녀'는 자신의 아파트에서 뛰어내려 자살한다.

'한 여자의 다이어트가 보여 주는 정치학'은 여기서도 어느 정도 명백하다. 이 소설은 남성적 시선 속에 나포된 여성적 욕망의 파국적 결말을 통해 마찬가지로 '남성적 질서 속에서 희생되는 여성적 욕망'을 보여 준다. 그런 의미에서 이 소설도, 사회적 양식을 욕망의 반대편에 놓지 않고 전략적으로 그 양식을 따라가면서 욕망을 충족시켜 가는 정이현 소설의 일반적 문법을 따르지 않는다. 오히려 비극적인 성격의 전통적인 문법에 충실하다는 점에서, 역시 다소 좀 진부해 보인다.

#8

「이십세기 모단걸—신 김연실전(新金姸實傳)」는 김동인의 소설 「김연실전」을 패러디하고 있는 작품으로, 김동인 남성적 시선을 비판적으로 모방하여 여성적 시선을 회복하고 있는 소설인데, 「무궁화」와 「신식 키친」 같은 계열의 소설로 볼 수 있다.

이 소설은 "우리나라 최초의 모단걸에 대한 이야기"(p.199)를 들려준다. 주인공은 '김연실'. "기생조합 출신"(p.200)인 박 씨와 "신흥 부자의 자식"(p.201)이었던 김영찰 사이에서 태어난 서녀였던 김연실은 박 씨가 떠나가 버리자 고아와 마찬가지로 홀로 자란다. 그런데 학교를 다니면서 "천하의 맹렬 소녀"(p.209)가 된 김연실은 '혼인'으로 자식을 치우려던 아버지 김영찰의 뜻을 어기고 "일본 유학"(p.209)을 떠난다. 동경 유학 생활 중 문학에 입문한 김연실은 "본격적인 문학도로서의 채비"(p.211)를 갖추고 유학생 잡지에 글을 싣기도 하며 "조선 유학생들 모임"(p.211)에 초대받기도 한다.

그런데 김연실은 거기서 남자 유학생들의 무례한 호기심만을 느끼고 실망하게 된다. 더구나 거기서 만난 '맹호덕'이라는 남학생은 집요한 구애에 이어 성추행마저 감행하려 한다. 사타구니를 걷어참으로써 위기를 모면한 김연실은 그 후 우연히 길에서 옛 동창 '명애'를 만나고 나서야 유학생 잡지에 자신과 맹호덕 사이에서 일어난 사건이 완전히 왜곡되어 소문나 버렸음을 알게 된다. 김연실의 행동을

"자유연애 사상과 여성 해방 사상"(p.221)을 빙자한 "방탕한 육체의 놀음"(p.221)으로 폄훼한 것이었다.

결국 김연실은 기숙사 다다미방에 돌아와 "일곱 번의 낮과 일곱 번의 밤이 지난 후"(p.223) 자신의 댕기 머리를 자르고는 사라져 버린다. 후세 사람들은 그녀를 "모단걸"(p.224)이라고 칭하는데, 그것은 그녀가 "이 나라 역사상 여성 단발의 비공식 제1호"(p.224)였기 때문이다. '한 여자의 모단(毛斷)이 보여 주는 정치학'은 여기서 아주 분명한 것이다. 이 소설은 중세적인 질서가 근대적인 질서로 재편되는 과정 속에서도 고스란히 유지되는 남성적 시선의 이중성을, 그리고 아울러 그 속에서 희생되는 여성적 욕망을 보여 준다. 이 소설은, 시공간은 다르지만, 그때나 지금이나 별반 달라지지 않은, '남성적 질서 속에서 희생되는 여성적 욕망'이라는 주제를 그리고 있는 셈이다.

그런 의미에서 이 소설도, 사회적 양식을 욕망의 반대편에 놓지 않고 전략적으로 그 양식을 따라가면서 욕망을 충족시켜 가는 정이현 소설의 일반적 문법을 따르지 않는다. 오히려 비극적인 성격의 전통적인 문법에 충실하다. 물론 소설의 결말부에서 머리를 자르고 사라지는 김연실의 모습은 여성을 남성적 질서의 희생양만으로 규정하기 어렵게 만든다. 아마도 그녀는 앞으로 씌여질 정이현 소설의 여주인공들을 낳으면서, 그녀들로 하여금 남성적 질서에 대한 도발을 끊임없이 감행하게 만들 것이다.

사고실험으로서의 소설
—듀나의『태평양 횡단 특급』에 대하여

#1

듀나의 소설집 『태평양 횡단 특급』(문학과지성사, 2002)에 실린 표제작 「태평양 횡단 특급」을 읽어 보자. 「태평양 횡단 특급」은, 작가의 말을 빌리자면, "호라티우스에 대한 콜로세움의 우월성"(p.309)을 말하고자 하는 소설이다. 즉 이 소설은 '에드워드 드 비어의 소네트 한 편에 대한 다리의 돌덩어리와 철골들의 우월성'을 보여 준다. 이것은 사실 '정신에 대한 육체의 우월성', '유심론에 대한 유물론의 우월성', 그리고 '남자에 대한 여자의 우월성' 등으로 바꾸어 말해도 상관없어 보인다. 이것은, 예컨대 "대륙 횡단 철교의 거대함"(p.20)을 놓고 벌이는 '나'의 남편과 '아즈텍 신성 공화국'의 신학자 사이의 열띤 논쟁에서 뚜렷하게 드러난다. 여기에 '철도 제국주의'와 '세계화'라는 주제도 한 번쯤 생각해 볼 필요가 있다.

#2

「히즈 올 댓(He's All That)」은, 작가가 말한 바에 따르면, "할리우드 하이틴 로맨스 영화들에 대한 불건전한 애정"(p.309)을 드러내고 있는 작품이다. 그리고 그런 애정의 연장선상에서 실제로 이 소설은 '진지함과 예술성에 대한 감각적 쾌락의 우월성'을 말하고 있다. 이것은, 가령 "퓰리처상을 한 번, 아카데미상을 네 번 수상한 저명한 작가"(p.48)인 '큰아버지'가 10대 하이틴 로맨스의 주역이었던 '레이첼 리 쿡'을 만나 자신의 많은 작품들이 그녀한테서 영감을 받아 쓴 작품이었다고 고백하는 대목에서 극적으로 요약된다. 앞선 「태평양 횡단 특급」이라는 소설처럼, 이 작품은 우리의 통념 정반대 편에 서 있는 셈이다. 여기서 잠시 '팬픽션'과 '문화의 민주화'라는 주제를 생각하는 것도 충분히 가능하다.

#3

「대리 살인자」는, 작가의 말에 따르면, "복수의 윤리학에 대한 일련의 사고실험들 중 일부"(p.309)이다. 이 소설은 4월 1일, '만우절'이라는 채팅방에서 세 사람('파프리카', '다빈치', '지영이')이 우연히 증오의 대상을 농담처럼 얘기하게 되는데, '재칼'이라는 대화명을 가진 어떤 남자가 그들을 대신해서 그 대상을 하나씩 살인하는 이야기이다. 그런데 주인공 파프리카는 지영이의 형부인 '김진섭'과 다빈치의 고등학교 때 친구 '박한영'이 차례로 살해되자, 자신이 지명한 '이영택 교수'의 살인만은 막고자 한다. 그러다가 문득 이것이 일종의 "게임"(p.72)이라는 것을 깨닫는다. 즉 게임의 진짜 상대는 김진섭이나 박한영이나 이영택이 아니라 바로 '우리들'이며, 게임의 룰은 살인 전에 경찰에 신고하여 자신의 도덕성을 과시하면 우리가 이기고, 방해받지 않고 살인에 성공하면 그가 이기는 것으로 되어 있다는 것을 알게 된다. 이러한 '게임'이 갖는 의미는 윤리학의 기초가 되는 선험적 도덕성에 대한 기존 사유의 전복이다. 욕망으로부터의 자유가 인간성의 선험적 토대라는 근대 윤리학은 여기서 내기의 우연성에 노출되고 만다. 다시 말해 이 소설에 따르면, 도덕성의 윤리학적 정초는 선험적 필연성이 아니라 게임의 우연성에 의해 이루어지는 것이다. 결국 이 작품은 윤리학에서 '선험적 필연성에 대해 게임의 우연성이 지닌 우월함'을 말하는 소설이라고 할 수 있다.

#4

「첼로」는 "아이작 아시모프의 로봇 단편들에 바탕을 두고"(p.310) 씌어진 일종의 팬픽션에 가깝다. 이 소설은 "로봇과 사랑에 빠진"(p.83) 한 중년 여자의 이야기를 들려준다. '텔렉 로봇'은 인간과 가장 유사하게 만들어진 기계인데, 어느 날 '이모'는 텔렉 로봇인 '트린'을 만나 사랑에 빠지게 된다. 이른바 "코펠리아 신드롬"(p.83). 이모는 트린과 동거하며 함께 먹고 마시며, 그리고 잔다. 그러던 어느 날 같은 텔렉사의 로봇이면서 트린의 옛 친구인 '로나'가 나타나면서 이모의 연애는 위기를 맞는다. 로나에 대한 이모의 질투심은 결국 두 존재의 관계를 파탄 내고 만다. 이모는 트린과 헤어져 조카인 '내'가 유학 중인 오스트레일리아로 파견 근무를 나가 버린다.

이러한 이야기에서 흥미로운 것은 일차적으로 인간과 기계의 연애라는 실험적인 소재에 있겠지만, 보다 더 우리의 관심을 끄는 것은 "인간중심주의"(p.80)에 대한 비판이라는 듀나적 주제라고 할 수 있다. 이모는 "로봇 3원칙에 따른 동기"(p.87)로 트린의 말과 행동을 이해하고 설명하면서 지속적으로 인간과 기계의 차이에 주목하는데, 이 주목은 처음에는 사랑으로 무시되었다가 얼마 뒤에는 질투심 때문에 두 존재의 연애 관계를 끝장내는 폭약이 된다. 그러나 유학 중인 조카 '나'에 의해 설명되고 있는 것처럼, 이모의 생각은 이른바 '인간중심주의'적인 것에 지나지 않는다.

가령 이모는 트린의 감정이 "영혼 없는 알고리듬"(p.94)의 결과라고 말하면서 인간의 감정과 구별하려 하지만, '나'에 따르면, 결국 인간의 그것 또한 "원인을 밟아 올라가다 보면"(p.97) "육체적이고 현실적인 기반"(p.97)을 가진다. 결과적으로 이모의 연애나 트린의 연애나 "감정 충족을 위한 자기만족의 게임"(p.97)이라는 점에서는 서로 다를 바 없는 일종의 알고리듬적 행위일 뿐인 것이다. 그런가 하면 이모는 실연 때문에 로봇 3원칙에 따라 자살하는 어떤 로봇의 이야기를 그린 「제3법칙」이라는 로봇 연애 영화를 보고 그 텔렉 로봇을 비아냥거리지만, 사실 질투 때문에 트린을 떠나 버린 이모 자신이야말로 그 자살한 로봇과 다를 바가 없는 존재라고 할 수 있다. 나아가 작가는 "생물학적 경향에 의해 오염된"(p.88) 인간의 취향은 "더럽고 우스꽝스러운"(p.92) 면모를 가지고 있다는 점에서 텔렉 로봇의 취향보다도 오히려 열등하다고 말하는 듯하다. "인간은 얼마나 더럽고 우스꽝스런 동물인가!"(p.92)

이처럼 이 소설은 로봇에 대한 인간의 우월성이라는 기존의 통념을 뒤집어 '인간에 대한 로봇의 우월성'에 대해 말하는 작품이다. 달리 말하면, '반인간주의'로써 '인간중심주의'를 시험하는 일종의 '사고실험'이 이 소설에서 행해지고 있다고도 할 수 있다.

#5

「기생(寄生)」은 "1950년대 구닥다리 SF의 금속성 이미지에 호감을 가지고 있"(p.309)는 SF소설이다. 도시는 과거 "포유류가 공룡들을 몰아냈던 것처럼"(p.129) 컴퓨터와 로봇의 공생 시스템이 "팔 두 개 다리 두 개 달린 포유동물"(p.112)인 인간들을 사육하는 어느 미래의 사회이다. 다른 여느 사람들처럼, '나'는 이러한 진화된 도시의 각종 시스템에 기생하며 하루하루 삶을 영위해 간다.

그러던 어느 날 '나'는 "도시의 지식 소비 시스템"(p.110)에 속해 있다 떨어져 나온 역사 선생을 만나게 되고, 그녀의 제자이자 스승이었던 사회 선생도 만나게 된다. 그런데 사회 선생은 "네메시스 프로그램"을 이용해 도시의 금융 시스템을 기만하고 "7번 야간 구역 1235 건물"(p.123)인 '호텔'을 장악함으로써 도시에 대한 인간들의 소유권을 다시금 되찾고자 하는 계획을 세우는 '반혁명'의 선봉장이다. 여기까지는 바로 그 "구닥다리 SF의 금속성 이미지"에 딱 들어맞는다.

그러나 다음에 이어지는 "살해당한 마흔두 명의 소유권 주장자들의 이야기"(p.139)는 듀나적 주제를 되풀이한다. 즉 "사회 선생의 계획"(p.137)은 결국 실패로 끝나고 마는데, 이는 나중에 역사 선생의 밀고 때문인 것으로 드러난다. 누구보다도 기계들이 이룩한 도시의 아름다움에 매혹되어 있던 그녀는 "인간들이 그들을 넘어 먹이사슬의 맨 위에 서는 것처럼 부당한 것은 없다고 생각"(p.140)하고 밀고했던 것이다. 결론적으로 '나'는 다음과 같은 의문을 던진다. "우린 자신의 한계를 깨닫고 더 이상 능가할 수 없는 존재 밑에서 안존하며 새로운 존재 의미를 찾는 방법을 알게 될까?"(p.141)

이러한 인간과 기계의 역전된 관계를 들려주는 이야기를 통해 이 소설이 던져 주는 메시지는 앞선 「첼로」와 그렇게 다르지 않은 것처럼 보인다. '인간에 대한 기계의 우월성'에 대한 전언을 통해 '반인간주의'로서 '인간중심주의'를 시험하는 일종의 "사고실험"(p.126)이 이 소설의 궁극적 메시지라고 할 수 있다. "1950년대 구닥다리 SF의 금속성 이미지"는 여기서 재창조되고 있는 셈이다.

#6

「무궁동(無窮動)」은 클론에 관한 이야기이다. 정신분석학자인 '나'
에게 찾아온 어린 환자가 주인공인데, 이 "꽤 머리가 좋고 재능도 있
는 학생"(p.143)인 소녀는 학교 숙제를 위해 아버지의 교통사고에 대
한 자료를 조사하다가 그 자료가 변조되었고 자신은 '언니'라고 지칭
된 아버지의 "죽은 딸의 유전자를 이용해 만들어진 클론"(p.146)임을
알게 된다. 이미지 메이커였던 어머니는 자신의 딸을 '클로닝'하여
처음부터 모든 것을 다시 시작하려 했던 것이다.

이 소녀는 '언니'의 동창이었던 '나'를 찾아와서 그 혼란스러운 고
민을 털어놓는데, '나'는 "10년 전에 죽은 친구의 유령"(p.146)을 보
고 기절할 정도로 놀라면서도 그 어머니와 딸의 "비정상적일 정도
로 강한 정서적 애착"(p.147)에 호기심을 가지고 '랭스턴 정신치료'를
해 보려고 하지만, 결국 실패하고 만다. '나'는 거의 반포기 상태에서
소녀의 어머니를 만나는데, 얼마 뒤 가스 폭발이라는 "갑작스런 정
신착란에 의한 우발적 사고"(p.151)로 소녀의 어머니는 죽고, 소녀는
"랭스턴 정신치료 센터"(p.151)로 보내진다.

14년 뒤에 '나'는 심리학회에서 "이 시대의 가장 위대한 심리학자
들 중의 한 명"(p.151)을 만나 과거의 이야기를 들려주는데, 거기서
놀라운 이야기를 듣는다. 그 위대한 심리학자의 이야기 속에서 '나'
는 이미지 메이커였던 그 소녀의 어머니 또한 어떤 딸의 정서적 집
착 때문에 만들어진 "어머니의 클론"(p.152)이었음을 눈치챈다. 작가
의 말처럼, 이 흥미로운 반전의 이야기는 단순히 "클로닝에 대한 윤
리적 비판을 위해 씌어진 글이 아니다."(p.309)

이 소설의 구성은 베르나르 베르베르의 「내겐 너무도 좋은 세상」 이라는 작품과도 유사한데(다른 것이 있다면 베르베르의 소설에는 클론 대신 기계가 등장한다는 것뿐이다), 일단 「무궁동」이라는 작품에 한정해 보면 그 주제는 복사물 앞에 원본이 있는 것이 아니라 또 다른 복사물이 있다는 사실을 통해 '원본과 복사물의 이분법'이라는 기성의 통념을 뒤집어 보여 주는 데서 생각될 수 있다. 다시 말해 세상은 '원본과 복사물의 구분이라는 선형적 체계'로 이루어진 것이 아니라 '원본을 알 수 없는 복사물들의 비선형적 체계'라는 것이 아마도 이 소설의 전언일 것이라는 말이다. 그렇다면 이 소설은 앞선 「히즈 올 댓」 이라는 작품과 같은 계열의 소설로 볼 수도 있을 것이다.

#7

「스퀘어 댄스(Square Dance)」는, 작가의 말을 빌리자면, 일종의 "'귀신 들린 집' 이야기"(p.309)인데, "에드가 앨런 포의 「함정과 진자」를 모방하려는 여러 시도들 중 하나"(p.310)이다.

이 소설은 네 사람이 어느 유적지 아래에 있는 "지름이 20야드쯤 되어 보이는 반구형의 내부"(p.155)에 갇히면서 시작된다. '나'와 '남편', '고고학자', 그리고 '안내인'은 유적지를 탐사하다가 "엉성한 즉석 엘리베이터"(p.153)를 타고 추락해 "벽에는 낮은 전압의 전기가 흐르고 있"(p.156)는 이상한 공간 속에 떨어진다. 고고학자는 이곳이 "우리보다 훨씬 과학이 발달한 외계인들"(p.158)이 타고 온 "우주선 안"(p.158)이라고 주장하지만, 남편은 콧방귀를 뀔 뿐이다. 그러다가 네 사람은 "빛으로 이루어진 커다란 원통"(p.160) 안에서 기묘한 군무를 반복하게 되는데, 이때 그들의 몸은 "멋대로 움직이는"(p.161) 모습을 보여 준다.

"내 가설"(p.175)에 따르면, 이 "군무의 맥락"(p.163)은 "그냥 기록
기보다는 조금 더 복잡한 기계"(p.166)가 "꽤 복잡한 과정을 거쳐야
하는 계산 작용"(p.170)을 통해 우리를 "꼭두각시처럼"(p.162) 조종하
며 "약 15분으로 이루어진 발레"(p.163)를 반복한 것이고, 이것은 "우
주선의 항해일지에 해당하는 어떤 장치 속에 빠져 하우프의 유령선
선원들이 그랬던 것처럼 몇 천 년 전에 일어났던 끔찍한 사건들을
끊임없이 되풀이하게 된 것"(p.164)이다. 물론 '나'는 이러한 공간의
기계적 알고리듬을 "역이용"(p.165)하여 탈출하려 하지만, 이 계획은
번번이 무산되고 만다. 그러나 "지극히 부분적이긴 하지만 몸을 의
지대로 가눌 수 있는 여지가 있음을 알아낸 주인공의 기지"(p.303)는
결국 네 사람을 그 이상한 공간으로부터 벗어나도록 해 준다. 이때
'우주선'이라고 불린 그 이상한 공간은 흔적도 없이 사라진다.

이것은 한편으로, 주인공의 기지가 기계적 알고리듬으로부터의
탈출을 가능하게 했다는 점에서, '기계적 알고리듬에 대한 자유의지
의 승리'라는 인간주의적 드라마로 보인다. 그러나 다른 한편으로
이 소설은, 기계적 알고리듬 때문에 자유의지를 육체적인 반응으로
연결시키지 못하는 데서 벌어진 일종의 기묘한 '군무'가 암시하는 것
처럼, '기계적 알고리듬에 의해 조종당하는 자유의지의 희극성'을 통
해 그 자유의지를 조롱하는 반인간주의적인 작품으로도 보인다. 남
편의 뒤틀린 군무를 보며 보인 '나'의 첫 반응이 "웃음"(p.161)이었다
는 사실은 여기서 상징적이다.

#8

「허깨비 사냥」은, 작가의 말에 따르면, 「대리 살인자」와 마찬가지
로 "복수의 윤리학에 대한 일련의 사고실험들 중 일부"(p.309)이다.

사람들은 '의사'의 안내를 받아 "숲의 안개에 인간의 사고가 응결되어서 허깨비들을 만들어 내는"(pp.177-178) 이른바 '허깨비 사냥터'에 도착한다. 그리고 광선총을 가지고 "안내원 한 명에 8, 9명씩 짝지어서 숲 이곳저곳으로 흩어"(p.178)진다. '나'를 비롯한 많은 사람들은 각자 숲속을 누비며 자신이 싫어했던 사람들의 허깨비를 하나씩 죽여 나가는데, '나'와 동행한 '세무서 직원'은 갑자기 "우리들이 아는 사람들을 공유하고 있을 가능성"(p.181)이 있다고 말하고, 나아가 "다른 사람들에게는 쏴 죽이고 싶은 사람일지라도 또 다른 사람들에게는 소중한 사람일 수도 있"(p.181)다고 두려워한다.

실제로 돌아오는 도중에 '세무서 직원'은 "커다란 머리에 밉살스러운 얼굴을 한 뚱뚱한 중년 남자"(p.182)인 자신의 아버지가 허깨비 사냥의 희생자가 되는 일을 목격하고 큰 충격에 빠진다. 그러나 이것보다 더 충격적인 사건이 일어나는데, 이번에는 허깨비 사냥의 안내자인 의사의 허깨비가 숲속 곳곳에서 사살되는 일이 벌어진다. 일이 잘못되었다고 느낀 의사는 사라졌다가 숲속 어느 골짜기에서 시체로 발견된다.

이 소설은 우리가 가지는 '복수의 판타즘'을 만족시켜 주면서도 그러한 판타즘이 가져올 파국을 "자기혐오"(p.184)의 경우를 통해 경고하는 작품으로 보인다. 즉 이 작품은 허깨비 사냥의 대상은 타인에서 결국 자기 자신에 이르게 된다는 결말을 통해서 그러한 타인을 겨냥한 복수의 판타즘이 자기 자신마저도 겨냥할 수 있음을 섬뜩하게 말하고 있다. 그러나 이렇게 인간중심주의적 복수의 윤리학을 말하는 것이라면, 이 소설은 듀나적 주제가 제대로 구현되지 못한 작품이라고 말할 수도 있다.

#9

「꼭두각시들」은, 작가의 말에 따르면, "어떤 숨은 의미도 없"(p.309)
는 소설이다. 그러나 이 소설만큼 또 분명한 의미를 간직하고 있는
소설도 없다.

이야기는 13년 전 "축산청의 과학자들"(p.187)이 "흥미진진한 기계
하나"(p.187)를 만들면서 시작된다. "원거리에서 소의 뇌를 조종할
수 있"(p.187)는 기계였는데, 이것의 쓸모를 몰랐던 상부에서는 설계
도를 저장하고 잊어버렸다. 그런데 이 기계의 발명가 중의 한 사람
은 "기계의 경제적 가치"(p.188)를 알고 "심오한 정치철학적인 문제
로 골치를 썩이고 있던"(p.188) '높은 양반'을 찾아가 그 밑에서 기계
를 인간용으로 업그레이드하였다. 이 기계는 발명된 지 8개월 뒤에
현장에 투입되었고, 대통령을 대상으로 한 실험이 성공하자 순식간
에 유명 인사들을 꼭두각시처럼 조종하는 "숨은 관료 체계"(p.189)를
만들었다. '조종사들'을 통해 운용되는 '정신 조작팀'은 철저한 보안
속에서 놀라운 성공을 이루었던 것이다.

바로 '나'는 안정된 직업인 조종사로 지난 11년 동안 즐겁게 일해
왔다. "그러다 2주일 전 모든 것이 바뀌었다."(p.191) 자신이 조종하
고 있던 장군으로부터 정신 조작팀의 축소에 관한 정보를 접한 '나'
는 관리자가 '나'를 "누군가의 꼭두각시"(p.193)로 의심하고 있다는
사실을 알아내는데, 이 과정에서 세상이 "정신 조작의 전쟁"(p.194)
에 들어가 있다는 것을 깨닫게 된다. "수많은 인과의 고리 속에서 필
사적으로 자유의지를 찾아 헤맸던 옛 신학자들의 시도처럼"(p.195),
'나'는 "나를 조종하는 조종사"(p.196)를 역추적하는 시스템의 발명을
통해 "2년 전까지만 해도 공군 조종사"(p.197)였던 '나'의 조종사를 찾
아낸다. 그러나 '나'는 이러한 일련의 "스파이 활동"(p.195)조차 그의

조작이었다는 것을 알게 된다. 결국 "우리는 모두 꼭두각시였으며 조종사였"(p.198)던 것이다.

이처럼 우리의 자유의지에 대한 전통적인 생각은 여기서 완전히 전복되어 있다. 한마디로 이 소설은 '우리는 모두 꼭두각시였으며 조종사였다'라는 테제를 통해 인간의 자유의지가 조작의 결과라는 것을 말하고 있는 것이다. 다시 말해 이 소설에 따르면, 우리는 자유 의지를 가진 정신적 인간이 아니라 조작된 것을 자유의지로 착각하고 살아가는 이른바 '꼭두각시들'에 지나지 않는다. 「스퀘어 댄스」의 연장선상에서 읽을 수 있는 작품이다.

#10

「끈」은, 그 기본 설정에서 "1990년대 중엽 모 통신망 대화방에서 있었던 시간여행과 자유의지에 대한 토론"(pp.309-310)을 바탕으로 하여 씌어진 작품이라고 한다.

어느 날 원고 마감일을 앞둔 작가에게 한 남자가 다가온다. 그리고 그는 자신의 전생을 기억하는 "신비스러운 능력"(p.208)을 애써 설명하려 한다. 그런데 놀라운 점은, 남자가 기억하는 것이 과거나 현재만이 아니라 미래까지도 포함한다는 사실이다. 그에 따르면, 자신은 "전생 가설"(p.208)과 "예언자 아이디어"(p.210) 등을 통해 자신의 능력을 설명해 보려고 노력해 왔다. 그리고 그런 노력 끝에 마침내 한 가지 사실을 알아내고 "이 모든 것들을 설명할 수 있는 가설"(p.212)을 만들게 되었다. 즉 "지구상에 살았던 사람들과 지금 살고 있는 사람들 또 앞으로 살고 있는 사람들"(p.214)은 모두 자신의 전생이거나 다음 생이기 때문에 그런 기억의 능력을 가지게 되었다는 것이다.

남자는 자신의 의식이 "긴 테이프나 끈"(p.213)과 같은 '단선'이라고 말하고, 한마디로 "지구 역사는 원맨쇼에 불과"(p.214)하다고 주장한다. 이때 작가는 미래를 기억하니까 그와 같은 '인과율'을 깰 수 있다고 말하지만, 남자는 그런 자유의지는 자연이 '정신적인 또는 육체적인 고통'을 통해 금지한다고 말한다. 이처럼 "단선적인 집단의 역사"(p.217)는 모든 것이 이미 정해진 것인데, 남자는 작가에게 인류의 미래를 망치지 않기 위해 당신에게 이 얘기를 해 주는 것이라고 모순된 말을 한다.

그는 "자유의지를 행사할 부분"(p.218)이 조금은 있다고 말하면서 '화가의 캔버스'를 비유로 들어 설명한다. 즉 캔버스에 그림을 그리려는 화가는 처음엔 아주 자유롭게 붓을 놀리겠지만, 하얀 부분이 줄어들면 들수록 점점 붓놀림은 그런 "자유의지의 결과에 예속될"(p.218) 것이라는 얘기를 해 준다. 그러니까 인간의 역할은 점점 더 축소될 수밖에 없고, 이러한 제한된 자유의지로 남은 역사를 망치지 않고 마무리하려면 사람들이 자신에 대해 알 필요가 있다고 말한다. "환생한 다른 '저'들이 미래를 보다 알차게 꾸며 나가게 말"(p.220)이다. 말하자면 남자는 그것을 위해 "자신의 이야기를"(p.220) 만들어 줄 이가 필요해서 작가에게 접근했던 것이다.

#11

「얼어붙은 삶」도 「끈」과 마찬가지로 "1990년대 중엽 모 통신망 대화방에서 있었던 시간여행과 자유의지에 대한 토론"(pp.309-310)을 바탕으로 하여 씌어진 작품이라고 한다.

간단히 말하면, 이 소설은 우연히 시간여행을 체험하게 된 '혜나'가 자유의지를 통해 "다른 식으로 역사를 바꾸는 자잘한 실험들"(p.231)을 하지만 결코 역사를 바꿀 수 없었다는 이야기를 통해 주변의 모든 우주 법칙은 우리를 한 방향으로만 밀어붙이는 일종의 "전 우주적인 꼭두각시극"(p.233)일지도 모른다는 생각을 보여 준다. 그리고 '나'는 그런 혜나의 이야기에서 "시공간이 자신의 구조를 안정시키기 위해 끝없이 자잘한 역류를 만들어 내는 과정을 상상한다."(p.237) 그러면서 자신과 혜나는 다른 사람들과 마찬가지로 이 우주가 지닌 "궁극적이고 신성한 목적을 위한 도구"(p.238)일 것이라고 읊조린다.

물론 '나'는 "그 목적이 인간의 역사와 관련된 것이라고 믿지 않는다. 아니, 나는 그것이 인간과 관련된 것이라고도 믿지 않는다."(p.238) 필경 "얼어붙은 삶"이라는 비유적인 제목의 의미도 여기에 관계된 것일 것이다.

결국 「끈」과 「스퀘어 댄스」, 그리고 「꼭두각시들」과 같이, 「얼어붙은 삶」은 자유의지에 대한 부정을 통해 '인간중심주의에 대한 반대'를 말하는 것 같다.

#12

「미치광이 하늘」은, 작가의 말에 의하면, "프톨레마이오스 우주를 무대로 한 스페이스 오페라를 쓰려던 시도의 잔재"(p.310)이다. 이 소설은 세 개의 이야기가 옴니버스 형식으로 구성되어 있는 작품인데, 먼저 첫 번째 이야기는 '루시 헌트'라는 이름을 가진 "신세계를 이룩한 미치광이 여왕"(p.278)에 대한 것이고, 두 번째 이야기는 그 "여왕을 죽이러 빛의 도시에 파견된 과학자들에 대한"(p.278) 것이다. 그리고 세 번째는 그 과학자들의 계획이 실패로 돌아간 다음에 안정된 '신세계'에서 미치광이 여왕과 그녀의 조력자였던 여자아이의 대화로 이루어진 이야기이다.

결론은 이러하다. "자유분방한 원시 세계를 자신의 관점으로 고정시켜 하나의 질서만을 부여한 독재자에 대한 이야기"(p.282)인 '창조신화들'처럼, "구세계는 가능한 수많은 우주 중 하나의 형상만 고정된 세계"(p.282)였다면, '신세계'는 미치광이 여왕이 "구세계를 파괴한 것이 아니라 다른 세계의 존재 가능성을 열어 준"(p.282) 결과로 생겨난 것이라는 것이다.

그런데 문제는, "모든 이들의 예술적 비전이 반영되는 신세계"(p.279)가 궁극적으로 이들에게 남겨 준 것은 "권태와 실망"(p.284)뿐이라는 데 있다. 왜냐하면 "구세계에서 예술은 밖에 존재하는 구체적인 세계와의 대화"(p.279)였지만, '신세계에서 예술은 그냥 독백'으로서 '진부'한 것에 지나지 않기 때문이다. 말하자면 '신세계'의 '창조주'들은 어느덧 "보다 단순했던 시절에 대한 향수"(p.285)를 품게된 것이라고 할 수 있다.

욕망과 사회화의 이중주
—천운영의『바늘』에 대하여

#1

천운영의『바늘』(창작과비평사, 2001)에서「바늘」부터 보도록 하자. 표제작「바늘」은 거절당한 욕망이 뒤틀리는 위험한 방식을 보여 줌으로써 그동안 가부장적 사회가 거부해 온 여성들의 욕망이 치명적인 무기가 될 수도 있다는 것을 위협적으로 말하는 소설이다.

구체적으로 말하면, 이 소설은 '엄마의 욕망'을 매개로 하여 '나의 욕망'이 가진 잠재적 치명성을 부각시킴으로써 그렇게 한다. 실제로 여주인공 '나(박영숙)'는 다음과 같이 말하고 있다. "바늘이 치명적인 무기가 될 수는 없겠지만 내가 공격을 가한다면 거미줄에 걸린 나비처럼 힘 한번 못 쓸 것 같다."(p.12) 일단 '나의 바늘'은 남자들의 몸에 그들이 원하는 모양으로 문신을 새겨 주는 바늘이라는 점에서 한복을 만들던 '엄마의 바늘'과 크게 다르지 않다. 상징적인 차원에서 두 모녀의 바늘은 모두 남자들의 욕망에 헌신하는 바늘이라는 점에서 공히 가부장적이다.

그러나 어떤 남자의 욕망(아빠의 욕망, 스님의 욕망)에 의해 거부당한 '엄마의 욕망'이 살인에 이르는 과정을 통해 암시적으로 드러나는 것처럼, 남자들로부터 부인되어 온 '나의 욕망'도 "뒤틀린"(p.17) 채 파괴적인 공격성으로 표출될지 모른다는 두려운 가능성을 내포하게 된다. 여주인공이 다음처럼 말하는 것을 보라! "엄마가 바늘을 가지고 옷감에 수를 놓았다면 나는 인간의 연약한 육체에 수를 놓겠다."(p.27) 물론 남자들의 가부장적 욕망이 초래한 이러한 왜곡은 아직은 "실현 불가능한 살의"(p.24)에 그치는 것처럼 보이지만, '엄마의 욕망'이 보여 주듯 언제든 치명적인 위협이 될 수 있다. 이 위협에 대처하기라도 하려는 듯이, 이 소설에서 남자들은 "무기들이 가지고 있는 힘"(p.29)을 "바늘 문신"(p.11)으로라도 갖기를 안쓰럽게 욕망한다.

#2

「숨」은 할머니인 '그녀'의 욕망이 손자인 '나'의 욕망을 적대시하고, 나아가 지연시키는 이야기를 통해 무엇보다도 '욕망'과 '사회화'가 서로 양립할 수는 없는 적대자임을 알려 주는 일종의 알레고리이다.

'나(대창이)'는 '미연'과 '결혼'하고 싶어 한다. "아이를 낳아 목말 태우고 미연과 함께 숲에 가 나무 냄새도 맡고, 미연이 해 주는 풋풋한 음식을 먹으며 살고 싶다."(p.52) 사회화에 대한 이러한 '나의 욕망'을 이루려면, "뜨거운 육식성"(p.44)을 동결시킨 초식동물이 되어야만 한다. 말하자면 '동결'은 사회화의 기본 과정이 된다고 할 수 있다. 반면에 고기에 대한 '뜨거운' 식욕을 보여 주는 '그녀'는 주인공 '내'가 데려온 미연을 "침입자에 대한 본능적인 경계와 노여움"(p.51)으로 바라볼 뿐이다. 다시 말해서 '그녀'는 일종의 육식동물로서 "따뜻한 가족이나 손자며느리"(p.51)가 아니라 송치와 같은 육류만을 필요로 한다. '나'는 마지막으로 송치에 기대를 건다. 미연도 "그녀를 위해 육식을 제공해 줄 충실한 개"(p.52)가 되리라는 것을 확인시켜 줄 수밖에는 없다고 생각하는 것이다. 그러나 '나'는 비싼 송치를 구하기 위해 어쩔 수 없이 소머리에 물을 먹이다가 단속반에 쫓기게 된다. 요컨대 초식성 미연과의 '결혼(일종의 사회적 양식)'은 육식성 '그녀'가 요구한 송치에 대한 욕망 때문에 사실상 좌절된다.

이처럼 이 소설에서는 초식동물에 비유된 사회화 과정이 육식동물에 비유된 원시적 욕망에 의해 지연된다는 이야기를 들려줌으로써 '욕망'과 '사회화'는 서로 적대적일 뿐만 아니라, '사회화'란 '욕망'을 '동결'시켜야만 가능한 것이라는 사회화 과정의 핵심에 대해 말한다. 이 소설은 '욕망'이 '사회화'의 방해자라는 것을 위협적으로 보여주는 셈이다.

#3

「월경」은 「숨」과 달리 단순히 욕망이 사회화의 방해자라고 말하지 않고 이미 일어난 사회화에 변동을 가져오는 조건으로써 욕망을 말하는 것으로 보인다. 물론 이 소설에서도 욕망은 모든 사회화의 요소들 반대쪽 끝에 위치한다. 먼저 줄거리를 보자.

스무 살의 '나'는 철로를 한 번도 넘어가 보지 못하고, 아니 넘어가는 것을 두려워하며 은행나무가 베어진 "낡은 이층집"(p.83)에서 7년째 혼자 살아간다. 아주 오래전 화물차 운전사인 아버지는 피로에 지쳐 고속도로변 "은행나무집"(p.63)이라는 식당을 찾아들었다가 그곳에서 음식을 나르던 어머니를 만나 '나'를 가지게 되었다. 붉은 보름달이 낮게 뜬 어느 날, 암내를 풍기던 은행나무 밑에서 두 사람은 숨막히는 정사를 벌였던 것이다. 이어 어머니는 아버지를 따라나섰고 어떤 "철로 변 동네"(p.61)에 정착하여 '나'와 더불어 한동안 행복하게 살았다.

그러나 아버지의 면허정지 때문에 이층집 아래층에 술집 "은하수 가게"(p.66)를 꾸리게 된 어머니는 점점 수상한 모습으로 변해 갔다. 그러다가 어린 '나'는 어느 날 문득 위층의 한 방에서 낯선 남자와 정사를 나누는 어머니의 모습을 엿보게 되는데, 갑자기 들이닥친 아버지는 '나'를 던져 버리고 그들을 잔인하게 난자(亂刺)하여 죽이고는 떠나고 말았다. 그 이후로 매번 기차에 머리가 박살 나는 꿈을 꾸는 '나'는 성장을 멈춘 채 철로 변에 있는 "우리 집"(p.61)에 홀로 머물며 살아가게 된 것이다. '나'는 물론 생계를 위해 술과 웃음을 파는 "은하수 가게"를 계속 경영한다.

아버지가 떠난 지 1년 뒤부터 '나'는 서른이 훨씬 넘은 한 계집에게 가게를 빌려주고 거기서 나오는 수입을 그녀와 반반씩 나누며 살아간다. 그런데 '나'는 그 은하수 계집을 좋아하고 욕망하게 되면서 그 계집이 통정하게 된 철로 변 공사판 인부인 "푸른 모자를 쓴 사내"(p.77)를 질투하게 된다. 어느 날 '나'는 어머니가 살해당한 방에서 정사를 벌이던 계집과 사내를 발견하고 달려들었다가 뛰쳐나온다. '나'는 달빛이 쏟아지고 있는 철로를 배회하다 결국 철로를 넘어 뛰기 시작한다.

'그'와 '그녀', 그리고 그들의 결혼으로 태어난 '나', 바로 이들로 이루어진 '우리 집'은 무엇보다도 '그녀의 욕망'으로 인해 와해되어 버린다. '그'는 '우리 집' 위층의 한 방에서 낯선 남자와 뒤엉킨 '그녀'를 잔인하게 죽이고는 떠나고 말았던 것이다. 이제 '우리 집'은, 과거 '그'가 '가정'이라는 사회화된 양식을 얻기 위해 '그녀'를 이끌어 내었던 '은행나무집'이라는 욕망의 공간으로 되돌아가는데, 여기서 '우리

'집'은 '은하수 가게'와 공존하게 된다.

'나'는 한 작부를 데리고 변형된 '의사-가정'을 이루려고 하지만, 또다시 그 '작부의 욕망'은 어떻게든 '우리 집'을 방어하려는 '나'를 좌절시킨다. 그런데 '그'와 '그녀'가 보여 주었던 것처럼, '우리 집'의 형성에 은행나무 아래에서 폭발된 욕망이 자리하고 있었다는 사실은 사회화가 욕망에 의해 조건 지어진다는 것을 암시한다. '푸른 모자 사내'에 의해 촉발된 한 작부의 욕망이 다음과 같이 일정한 사회적 양식을 겨냥하고 있다는 것은 그 점을 다시 한번 뒷받침해 준다. "그치는 말야, 다른 놈팽이들과는 좀 다르단 말이야. 나한테 함부로 하지 않거든. 아예 살림을 차리자고 할까 봐, 히힛. 나도 애새끼 낳고, 알콩달콩……"(p.73)

이처럼 이 소설은 욕망이 '우리'라는 가치 위에 드리워진 어두운 그림자가 아니라 우리가 획득할 수 있는 가장 밝고 가치 있는 것을 이룰 수 있는 조건이라고 말하는 듯하다. 나아가 욕망은 사회적 양식화를 변경(變更)시키는 사회적 "생기"(p.62)라고 말하는 듯도 하다. 보라, 결국 뒤틀린 욕망을 가진 '나'조차도 그 욕망의 힘에 이끌려 '철길'이라는 기존의 사회적 양식을 넘어가지(越境) 않는가!

#4

「눈보라콘」은 사회적 성장에 관한 일종의 알레고리가 되어 있는 작품이다. '나(표용수)'는 아버지 없이 어머니와 단 둘이서만 산다. 이 상황은 단적으로 말해 사회적 규율이 작용하지 않아 오이디푸스적 욕망이라는 무의식의 행복이 제약 없이 관철되는 전-사회적인 단계를 의미한다. 개인의 성장 과정에서 그것은 흔히 상상계적인 유아기로도 지칭된다. 이 단계에서 흘러나오는 모든 무의식적 욕망은 "부라보콘을 향한 욕망과 열망"(p.99)으로 집약되는데, "영도다리를 받치고 있는 커다란 닻치"(p.108)나 음악실의 "심벌즈"(p.103) 등으로 계속 변주된다. 물론 그 "부라보콘"에 대한 열망은 "부라보콘에 가장 근접한" "눈보라콘"(p.97)이라는 대용물로 표현되고 있다. 그럴 수밖에 없을 것이다.

그러나 주인공 '내'가 유아기를 지나 청소년기에 접어들면서 상황은 달라진다. 이 점은 "복천사"(p.99)에 대한 우연한 방문 속에서 가장 유력한 상징을 얻는다. '선연한 주홍빛의 능소화 한 떨기'로 다시금 상징되는 무의식의 욕망은, 그것을 꺾다 들켜 버린 '나'의 도주에서 드러나는 것처럼, 마침내 사회화의 정신분석학적 핵심인 거세 위협에 맞닥뜨린다. 죽은 아버지를 대신하게 될 새 아버지는 "흰 메리야스를 입고 붉은 능소화 덩굴로 아랫도리를 가린 늙은 중"(p.102)을 시작으로 "당직 선생"(p.104)을 거쳐, 결국 어머니가 "신발공장에서 만났다는 웬 낯선 남자"(p.109)에서 완성된다.

새 아버지의 등장과 더불어, '나'는 이제 유아기와 결별하고 무의식적 욕망이 오이디푸스 콤플렉스로 내면화되는 사회적 단계에 도달한다. 그러나 '나'는 복천사 "담벼락에 붙어 서 있는 돌부처 머리"(p.110)에 오줌을 누고 "눈보라콘 속에서 나는 늘 행복했다"(p.111)고 읊조린다. 이것은 욕망을 사회적 성장에 귀속시키는 것에 높은 가치를 부여하지 않고 그 성장을 '행복'이라는 가치로부터 멀어지는 어떤 '허위'로 이해한다는 것을 시사한다. 그러나 물론 그 허위에는 진짜가 90%다. 소설의 후반부에서 "가짜 휘발유"(p.107) 이야기가 암시하는 것이 바로 그것 아닐까?

#5

「당신의 바다」는 욕망이 사회화의 방해자라고 말한다는 점에서 「숨」과 같은 계열의 소설이다. 좀 더 구체적으로 말하자면, 이 소설은 욕망이 해동되어 꿈틀거리는 곳이 사회적 양식이 고장 나는 자리라고 말하는 작품이라고 할 수 있다. '당신'이 경쟁사회라는 냉혹한 밀림 속에서 '곰장어' 껍질을 벗겨야만 했다가 '집'을 짓고 싶다던 소망을 망쳐 버리고 '나'와의 결혼을 통해 이룬 가정을 떠나고 만다는 이야기는, 다시 한번 '욕망'과 '사회화'가 서로 양립할 수 없는 적대자임을 알려 주고 있는 것이다. 여기서 욕망은 전 사회적 단계에서 맛볼 수 있는 낙원의 행복(「눈보라콘」)이나 이미 일어난 사회화에 변동을 가져오는 조건으로서의 생기(「월경」)가 아니라, 다시금 사회화의 결과로서 주어진 안정된 삶의 양식에 대한 어두운 위협(「숨」)으로 나타난다.

#6

「등뼈」는 「당신의 바다」와는 달리 욕망이 사회화의 방해자라고 말하지 않고 이미 일어난 사회화를 가능케 하는 조건으로써 욕망을 말한다는 점에서 「월경」과 같은 계열의 소설로 보인다. 그런데 이 소설에서 사회화의 조건으로써의 욕망은 제목에 나타난 대로 '등뼈'의 알레고리를 통해서 표현되고 있다. "용역 사무실과 공사장을 전전하는 남자"(p.155)에게 어느 날 욕망의 화신이라고 부를 만한 '여자'가 맹목적으로 다가온다. 그러나 "남자의 몸 깊은 곳에서는 여자를 짓밟고 싶은 충동이 더욱더 강렬히 솟구"(p.140)친다. '남자'는 욕망이라는 이름의 '여자'를 원하지 않았던 것이다.

그런데 "뼛살"(p.153)을 좋아하던 '여자'가 갑자기 사라지고 나자, "남자를 질식시키고 불쾌하게 만들었던 뼈들이 갑자기 매력적인 것으로 바뀐"(p.140)다. 즉 '욕망의 사라짐'은 '남자'에게 "요추디스크"(p.144)를 가져다줄 뿐만 아니라 '남자'의 식욕조차 빼앗아 버려 공사장 일을 어렵게 만드는데, 이에 다시금 "남자는 여자의 도드라진 뼈와 검은 털과 눈동자가 그리워지는 것이었다."(p.140) '남자'가 자신의 뼈들을 찍은 엑스선 사진을 모으는 것도 사실 그 때문이다.

이처럼 이 소설은 '등뼈'의 알레고리를 통해 "실체는 없으나 결코 거부할 수 없는 힘을 가진"(p.139) 욕망이 사회화 과정의 방해자만이 아니라 사회적 양식을 건설하는 과정의 토대임을 보여 주는 작품이다. 다시 말해 이 소설은 욕망에도 불구하고, 아니 바로 그 욕망 때문에 사회화는 가능해지는 것이라고 말하는 듯하다.

#7

「행복고물상」은 욕망이 사회화의 방해자라고 말한다는 점에서 역시 「당신의 바다」처럼 「숨」과 같은 계열의 작품이라고 할 수 있다. 그러나 「당신의 바다」와는 달리, 이 소설은 욕망이 해동되어 꿈틀거리는 곳이 사회적 양식이 고장 나는 자리라고 말한다기보다는 사회적 양식이 마모되어 고장 나는 자리가 곧 욕망이 해동되어 꿈틀거리는 곳이라고 뒤집어서 말하는 소설로 보인다. 이것은 무엇보다도 마모되고 고장 난 사회가 폐기되는 "고물상"(p.163)이라는 공간에서 "아내의 주기적인 폭력"(p.163)이 일어난다는 사실의 상징적 의미이다.

그러나 이 소설에서 아내의 동물적인 공격이 감행되는 '고물상'은 '나'에게 주물공장과 금형공장이라는 새로운 거래처가 생기면서 "고아원"(p.175)으로 상상된다. '나'는 트럭에 실리는 고철들을 보면서 다음과 같이 생각한다. "양부모의 차를 타고 가는 아이를 바라보듯 설레기까지 한다. 그것들은 무덤 속으로 들어가는 것이 아니라 새롭게 태어나기 위해 떠난다. 다른 환경의 아이들과 한 용광로에 뒤섞였다가 맛있는 고기를 구울 석쇠가 되기도 하고 시원한 음료수가 담긴 알루미늄 캔이 되기도 할 것이다."(p.175) 여기서 '고물상'은 사회적 양식이 버려지는 곳이 아니라 그 양식을 재생하는 곳으로 상상되고 있다. 이후 다행히도 아내의 공격성은 사라지고, '나'는 그런 아내와 더불어 행복한 삶을 산다. 그러나 모순되게도 어느 순간 '나'는 다시금 "아내의 발길질"(p.183)을 꿈꾼다.

이와 같이 볼 때, 이 소설은 단순히 욕망이 사회화의 방해자라고만 말하는 것 같지는 않다. 소설의 마지막 부분에 따르면, 욕망은 사회화 과정에서 멀어질 수밖에 없는 꿈과 소망이기도 하다는 사실이 암시적으로 드러난다.

#8

「유령의 집」은 일단 '욕망에 관한 은유들'로 가득 차 있는 소설로 보인다. 그러나 이 소설에서 주목해야 하는 것은 한 가족의 이야기이다. '그녀'는 용두산 타워에 만들어진 "유령의 집 앞에 앉아 입장권 받는 일"(p.189)을 하며 가족을 부양하는 여자다. 그런데 어느 날 '그녀'는 남편을 죽이고 '그'를 박제하여 '유령의 집' 속 "흰 붕댓더미 미라"(p.207)로 만들어 버린다. '그'는 밀렵꾼 생활을 하다가 다리를 잃어버리고 집안에 들어앉아서는 그동안 '그녀'와 딸아이를 학대해 왔던 것이다.

결국 이 이야기를 통해 드러나는 것은, '욕망'과 '사회화'가 이루는 천운영적인 대립 구도와 더불어 금기로 인해 억압된 욕망이 가지는 뒤틀린 폭력성이라고 할 수 있다. 그런데 이 소설은 그러한 폭력적인 욕망이 마치 '유령의 집'처럼 한편으로는 '불안하고' 두려운 것이지만, 다른 한편으로는 "매혹적"(p.192)인 것이라고 말한다.

#9

「포옹」에는 두 여자가 나온다. "덕수궁 매표구에 앉아 돈을 받고 표를 건네주는 일"(p.221)을 하는 "곱사등이"(p.220) 여자와 시청역 지하에서 "뷰티플래너라는 일"(p.227)을 하는 "열아홉 살"(p.227)의 여자가 그들이다.

앞의 여자는 결핵 보균자였던 아버지 때문에 곱사등이로 태어났지만 아버지를 증오하지는 않는다. 그러나 곱사등이인 그녀는 그 때문에 "그와 함께 꾸밀 햇살 가득한 집"(p.239)을 갖지 못하고 상상력에 의지해 한 남자와의 비극적 드라마를 몽상하는 여자이다. 반대로 뒤의 여자는 "싸움소 훈련꾼"(p.234)인 아버지가 싫어 고향 청도의 외양간에 불을 지르고 서울로 도망쳐 왔다. 열아홉 살인 그녀는 "눅눅하기는 하지만 이웃한 집도 있고 작은 개수대도 있던 지하창고 방"(p.228)에서 살지만 주인 노인에게 몸을 빼앗기고 "지하상가의 거지 여자"(p.233)처럼 된다.

그러던 어느 날 이 두 여자는 지하 계단에서 만나 함께 배를 타고 "전설 속의 푸른 섬"(p.243)을 향해 간다. 그리고 두 여자는 "손을 마주 쥐고 춤을"(p.247) 추듯 서로 포옹한 채 바닷속으로 투신한다.

이러한 플롯을 상징적으로 읽는다면, 두 여자의 포옹은 집을 갖고자 하는 환한 소망과 집으로부터 멀어지고 싶은 어두운 욕망이 서로 조화를 이루는 행복한 상징이라고 할 수 있다. 그러나 소설의 결말에서 두 여자의 죽음이 암시하고 있는 것처럼, '사회화'와 '욕망'의 화해는 삶의 편에서 불가능한 일이라는 인간적 숙명이야말로 이 소설이 궁극적으로 환기하고자 하는 메시지로 보인다.

가벼움과 무거움 사이, 그 가상의 현실성
—복거일의『비명을 찾아서—경성, 쇼우와 62년』에 대하여

사실 vs. 허구

소설의 역사를 '허구와 사실 사이의 긴장의 역사'라고 한 어떤 문학자의 말이 기억난다. 여기서 비약이 허락된다면, 그 긴장의 역사를 '모더니즘과 리얼리즘의 변증법적 대립의 역사'라고 번역해도 무방할지 모른다. 그러나 지금 우리에게 소용되는 것은 섣부른 비약이 아니라 차분한 논리이다. 그러니까 그 역사를 '가상과 현실 사이의 긴장의 역사'로 번안하는 것이 우리를 훨씬 편안하게 만든다. 하지만 또다시 그것은 동어반복이라는 비논리의 수사학에 그치고 만다. 가장 일반적인 의미에서 수사학은 논리의 정지를 뜻하지 그것의 심화나 확대를 뜻하지는 않는다. 수사학이 아니라 논리의 전개가 관심의 초점이라면, 우리는 곧장 그 긴장의 역사에 대한 기술로 나아가야 한다. 그러나 우리에겐 그럴 여유도 능력도 사실은 없다. 할 수 없이 소박한 도식에 의존한 단순화로 그 기술을 요약하는 것이 불가피해진다.

'허구'와 '사실' 사이, 혹은 '가상'과 '현실' 사이의 긴장의 역사에서 최초 힘의 우위는 '사실', 혹은 '현실'이 가진다. 흔히 '전통적인'이라는 한정사가 붙는 모든 미학상의 조류에서 '허구'나 '가상'은 '사실'이나 '현실'에 종속되어 '진리의 담론'을 형성하는 데 기여한다. 물론 전통적인 미학 내에서도 '허구와 사실 사이의 긴장의 역사'는 지속적으로 관철되어 간다. 아울러 참(眞)과 거짓(僞), 선(善)과 악(惡)이라는 이원론에 의해 뒷받침된 그 담론 안에서, 모든 미학적 현상들은 예외 없이 도덕적인 범주로 환원된다. 그러나 최근의 현대적인 미학 조류에서 '진리의 담론'은 점차 힘을 잃고 '가상의 담론'에 그 권좌를 내주고 있는 것으로 보인다. '사실'이나 '현실'이 거꾸로 '허구'나 '가상'에 예속되는 관계의 역전이 이루어진다. 이제 '가상의 담론'은 진리나 도덕을 허무의 지평 위에 풀어놓음으로써 모든 미학적 현상들로 하여금 '자기 준거성'을 향유하게 만든다. 이 말은 미학이 비로소 진정한 '자율성'을 획득하게 되었다는 말이기도 하다.

그러나 '사실'이나 '현실'의 중력을 거절하고 '자기 준거성'의 공중(空中)을 부유하게 될 경우, 문학을 포함한 모든 미학적 현상들이 가벼워지고 얕아지리라는 근심은 또한 공연한 것만은 아니다. 가령 많은 문학자들은 문학이 '현실 관련성'을 잃고 탈일상의 유희에 탐닉하여 스스로를 진공의 작란(作亂)으로 추락시키는 것에 깊은 우려의 눈길을 보낸다. 현재 '진리의 담론'에서 '가상의 담론'으로의 이행이 그렇게 용이하게 이루어지지 못하고 있는 정황은 바로 거기에서 비롯되어 나온다. 모든 미학적 현상들이 다 그렇지만, 특히 현대의 소설은 자꾸 '진리의 담론'과 '허구의 담론' 사이에서 망설인다. 그 태생이 시장(市場)인 소설에게 진공스런 공중이란 매우 낯선 것일 수밖에 없다. 따라서 망설임, 곧 그 경계의 심정이 현대의 소설이 갖는 전형적인 표정임을 알아보는 일은 별로 어렵지 않은 일이다. 우리가 그 표정을 선명하게 드러내고 있는 소설들에 주목하고자 하는 이유는 바로 여기에 있는데, 복거일의 『비명을 찾아서―경성, 쇼우와 62년』(문학과 지성사, 1987)은 그것의 가장 가까운 예이다.

교양소설, 혹은 우의소설

복거일의 장편소설 『비명을 찾아서』에 대한 이해를 우리는 좀 특이한 방식으로 진행시키고자 한다. '콜라주(collage)'라는 에피세트(epithet)를 붙이고 싶은 그 방식은 인용문들의 '뜯어 붙이기'라는 조합술을 통해 이루어지게 된다. 그것은 복거일의 텍스트에 대한 메타-텍스트들이 합당한 이해를 보여 주고 있다는 판단에서 결정된 시도이다.[1] 아울러 우리가 관심을 가지는 것이 한 작품의 이해에 만족하려는 것이 아닌 때문이기도 하다. 그 텍스트의 여러 층위들을 분별해 보고 그것들이 어떻게 묶이고 짜이는지를 살피려는 텍스트의 구조적 역학에 대한 관심에도 그런 방식을 채택한 이유가 있다. 메타-텍스트들이 서로 충돌하고 상응하여 이루어 내는 텍스트들의 공동 연주에서 우리는 네 가지 정도의 색다른 텍스트 음색들을 발견하게 될 것인데, 한편으로 그 음색들이 하나의 화음을 이루는 가운데서 생겨나는 망설임의 불협화에도 우리는 주의를 기울이게 될 것

---

[1] 『비명을 찾아서』의 본문에서 인용하는 경우에는 해당 쪽수만 표기한다. 그리고 다음의 글들에서 인용하는 경우에는 '책 번호, 쪽수'의 형태로 표기한다. ① 한기, 「식민지적 상황에서의 정신의 모험」, 『비명을 찾아서』, 문학과지성사, 1987, ② 김원우, 「사실주의 소설에 대한 한 반성」, 『외국문학』, 1987.가을, ③ 권오룡, 「시간 이겨 내기의 의미」, 『문학과 사회』, 1988.겨울, ④ 김주연, 「복거일의 〈비명을 찾아서〉」, 『문학과 정신의 힘』, 문학과지성사, 1990.

이다. 먼저 메타-텍스트들의 '뜯어 붙이기'를 통해 복거일 텍스트의 다층성을 드러내 보기로 하자.

"[잘 알려진 바와 같이 『비명을 찾아서』는 이른바] 가상(假想)의 역사[이다.]"(p.ⅲ) "작가 자신은 이를 대체 역사(alternative history)라고 부르고 있다."(p.ⅲ) "대체 역사는 과거에 있었던 어떤 중요한 사건의 결말이 현재의 역사와 다르게 났다는 가정을 하고 그 뒤의 역사를 재구성하여 작품의 배경으로 삼는 기법[을 지칭한다.]"(p.10)— "'아, 그런 소설 기법도 있구나.'…… '가능성이 많은 기법이겠구나 …… 틀은 그렇게 짜고, 묘사는 사실주의에 입각해서 충실하게 한다면, 뜻밖의 효과가 나올 수도……'"(p.84)—"일본 추밀원 의장 이또우 히로부미(伊藤博文) 공작이 1909년 10월 26일 합이빈(哈爾濱)에서 있었던 안중근 의사의 암살 기도에서 부상만을 입었다는 가정 아래에서 [소설은 시작된다.]"(p.9) "[일본] 온건파의 거두였던 그가 그리하여 이후 열여섯 해나 더 살았다는 가정은 대정 시대의 일본 정국과 동북아시아의 형세에 실제 역사와는 크게 다른 영향을 미친 것으로 되며, 나아가 그것은 필연적으로 전 세계 역사의 전개 과정에도 커다란 영향을 미친 것으로 [가정되어 있다.]"(①, p.336) "[아울러] 우리나라가 여전히 일본의 식민지로서, 아니 아주 완전히 동화되어 버렸다는 내용이 더욱 가공스럽[게 전개된다.]"(④, p.232) "[거기에] 우리말과 역사가 송두리째 말살된 상황 속에서, 한 기업체의 과장이며 시인인 '반도인' 주인공이 자신의 민족과 뿌리를 어렵게 찾아내고 그 때문에 가해진, 그리고 가해질 핍박을 벗어나기 위해 상해 임시정부를 찾아 망명을 떠난다[는 줄거리가 펼쳐진다.]"(p.ⅲ)

"[이 소설은] 자아와 그것을 정직하게 표현할 수 있는 언어를 탐구하려는 정신적 모험의 고귀함[을 드러낸다는 점에서 또한]"(p.ⅲ)

"등장인물의 변화의 과정에 초점이 놓여져 있는"(③, p.227) "통과 제의적 소설[로 읽을 수도 있다.]"(③, p.227) "총 109장에 이르는 이 작품의 순차 단락들은 (중략) 주인공 기노시다 히데요의 의식이 그 진정한 자기의식에 도달하게 되는 과정을 보여 주[면서,]"(①, p.340) "사회와 민족의 전체적 관계 속에서 자신을 재발견하려는 올바른 의미에 있어서의 자아의식 혹은 주체성[이란 무엇인가 하는 물음에 대답하려 한다.]"(④, p.232) "실존의 상황에 대한 의미 있는 질문으로 부단히 전이시키도록 하는 이 작품은"(①, pp.337-338) "자기의식의 획득으로 나아가는 과정에서 벌어지는 시마즈와의 애정 갈등, 합작회사 추진(중략)에 관련된 회사 업무, 그리고 계절적 변환을 중심으로 전개되는 온갖 일상사[를 통해]"(①, p.342) "[반도인] 기노시다 히데요의 정신적 모험의 과정[을 그린다.]"(①, p.342) "전형적인 교양소설의 문법을 취하고 있다고도 할 수 있는 이 작품은 결국"(①, p.341) "행복한 무지에서 고통스러우나 자유로운 삶으로의"(③, p.228) "변신의 드라마를 연출해 내[고자 한 소설로 보인다.]"(③, p.228)

"[한편, 이 소설은] 오늘의 우리 현실에 대한 비판적 성찰과 풍자적 날카로움[을 드러냄으로써,]"(p.ⅲ) "과거의 역사에 대한 허구적 재구성이 아니고 현실 속에서 미래를 보고, 미래의 선취(先取)를 통해 현실과 그 속에서의 삶의 위상을 재정립함으로써 삶 그 자체를 미래를 향해 열린 자유에로의 투기(投企)의 역동성 위에 놓고자 하는"(③, p.223) "[일종의] 우의(寓意)소설[로도 읽혀진다.]"(②, p.341) "지금 이곳의 우리 현실에 대해 독자 스스로가 풍요롭게 반추해 볼 수 있도록 작가는 상황적 알레고리로서의 상황 축조를 작품 전반에 걸쳐서 간단없이 교묘하고도 날카롭게 일궈 놓고 [있다.]"(①, p.335) "너무 많아서 일일이 열거할 수 없는 형편이지만, 경성올림픽이라든지, 공해·스포츠·관료 체제, 통제된 언론…… 등등의 문제로서 우리의 실제 현실과 작품 내적 현실은 끊임없이 유비[된다.]"(①, p.335) [이 소설의] 상황 설정이 그러나 최고의 힘을 발휘하는 대목은 뭐니 뭐니 해도 일제 군벌이 통치하는 식민지적 정치 상황이 오늘 이곳의 정치 현실을 끊임없이 환기시키는 데 있다."(①, p.335)

"[마지막으로 이 소설의] 에피그람 형식의 글[과]"(①, p.342) "섬세한 상상력의 시문들[은]"(①, p.342) "역사적인 사실의 인증을 위한 자료 제시와 판단과 해석의 논리적 근거 등을 제공하기 위한 보조 장치로서 [효과적으로 배치된다.]"(①, p.343) "그 대부분을 작가 스스로가 손수 지어내 붙인 제사(題辭)는 열두 개의 章 속에 백아홉 개의 회고록, [가령] 중의원 의회의 증언, 잡지의 칼럼, 시, 연설문, 연감, 수필, 기행문, 기자회견기, 성명서, 유시, 잠언, 축사, 담화문, 事典의 한 항목, 연표, 비명, 성경이나 덜 알려진 양서의 한 귀절이나 서문, 심지어 조선 총독부의 制令 같은 형태로 빼곡히 들어앉아 있다."(②, p.343) "서사적 형식만으로는 감당하기 어려운 보다 풍요로운 언어의 의미체를 일구기 위해서 [선택된 이러한 서사 전략을]"(①, p.343) "[만약 누군가] 현학 취미의 치졸한 과시[로 읽는다면, 그는 썩 성급한 판단을 내리게 되는 것일 터인데, 하여간 서사의 통일성을 해치지 않고]"(②, p.343) "문체적 혼용의 실제를 보여 주었다는 점에서 특기할 만한 의미가 있다고 하겠[다.]"(①, p.343)

사려 깊은 가벼움

복거일의 『비명을 찾아서』는 무엇보다도 '가상의 텍스트'이다. 가상적 현실(virtual reality)은 현실성의 인력으로부터 자유로운 것이어서, 그 텍스트는 곧 '가벼움(lightness)'이라는 성질을 띤다. 그렇게 떠오르는 텍스트는 '딴 세상으로의 여행'이라는 모티프를 통해 독자들을 가상공간으로 초대하게 된다. 일단 가상공간에 들어서게 되면, 독자는 그곳에서 세 개의 또 다른 텍스트들을 만난다. 먼저 '우화의 텍스트'를 대면하고, '제사의 텍스트'를 그다음으로, 최종적으로는 '교육의 텍스트'를 대면한다. 말하자면 '가상의 텍스트'가 '우화(allegory)'와 '제사(epigram)'의 텍스트, 그리고 '교육(Erziehung)'[2]의 텍스트를 감싸고 있는 형국이다. 이 지점에서 다시 '가상의 텍스트'는 현실성의 인력을 수락하고 고도를 낮춘다. 말할 것도 없이 '우화'와 '제사', 그리고 '교육'의 텍스트는 모든 문학작품들을 항용 도덕적인 범주에로 환원하는 일에 조력해 온 앞잡이 텍스트들로 현실성의 중력과 악수할 공산이 크다. 그러므로 텍스트는 다시금 가라앉지 않을 수 없다. 떠오르다 가라앉기, 이것이 복거일의 텍스트 동력학의 전모이다.

복거일의 소설은 '떠오르는 텍스트'와 '가라앉는 텍스트' 사이의 긴장에서 생겨 난다고 이제 우리는 어느 정도 자신 있게 말할 수 있다. 그 긴장을 '가벼운 텍스트'와 '무거운 텍스트' 간의 싸움으로 번안해도 괜찮지 않을까 싶다. 그런데 독서 과정에서 우리는 그 텍스트들의 우위가 매번 달라지게 되는 것을 목격하게 된다. 텍스트들 간의 갈등에 관한 구체적인 소묘가 필요하다는 판단은 바로 거기에서 비롯한다. 일단 소설의 가상공간에 진입하고 나면, '가상의 텍스트'는 관대하게 배경으로 물러나고, '우화'와 '제사'와 '교육'의 텍스트가 독자의 독서를 이끌어 간다. 한편으로 그 세 개의 텍스트들 사이에도 다툼이

---

2 교육소설(Erziehungsroman)은 흔히 교양소설(Bilungsroman)로도 불리는 것으로, 조금 더 일반적인 표현으로서는 성장소설이라는 용어가 있다. 간혹 입사소설(initiation story)로 명명되기도 한다.

없을 수 없다. 그 세 텍스트들 가운데 어느 하나가 전경(foreground)으로 나서면 나머지 텍스트들은 후경(background)으로 물러나고, 후경에 있던 어떤 텍스트가 다시 전경으로 부상하면 전경이 되어 있던 텍스트는 후경으로 후퇴한다. 이때 전경과 후경의 위치 이동은 수직적인 것이 아니라 수평적인 것이기 때문에, 앞서의 '가벼운 텍스트'와 '무거운 텍스트'의 힘의 작용과는 물론 다른 것이다. 이런 텍스트들 간의 경쟁이 명백히 복거일 소설의 서사적 활력이 되어 있다.

복거일의 텍스트는 망설인다. '가벼운 텍스트'와 '무거운 텍스트' 사이에서 자꾸 서성거린다. 그 경계의 표정이 '진리의 담론'에서 '가상의 담론'으로의 미학적 기울 변이의 통시적 맥락에 놓이는 것임은 말할 것도 없다. 마음 편하게 '가벼운 텍스트'와 놀아날 수 없는 것은 그것이 경박함이나 얕음과 쉽사리 친해질지도 모른다는 우려 때문이라는 것도 이미 언급한 바 있다. 바로 그런 우려가 '무거운 텍스트'를 불러들여 '가벼운 텍스트'의 경거망동을 제어하도록 한 것이다. 그러나 가라앉는 무거움은 보이는 지평을 제한하고 축소하여 정좌지와(井座之蛙)의 아둔과 무지를 감당하지 않을 수 없도록 만든다. 인식의 우물을 초월하기 위해, 우리는 또 텍스트에 '가벼움'이라는 풍선을 매달아야 한다. 그렇게 가벼움과 무거움이 서로 길항할 때만 텍스트의 타락은 어느 쪽으로든 막을 수 있지 않을까? 복거일의 텍스트가 계속 망설이는 것이 미쁜 것은 바로 그런 이유에서이다. 이탈로 칼비노는 그 미쁨을 가리켜 "사려 깊은 가벼움(lightness of thoughtfulness)"[3]이라 하지 않았던가.

---

[3] Italo Calvino, *Six Memos for the Next Millennium*, New York: Vintage Books, 1993, p.10.

폭력과 제의, 그리고 놀이
―이동하의 「폭력 연구」에 대하여

Q: 이동하의 「폭력 연구」(1985)는 왜 소설이면서 논문의 제목을 달고 있습니까? 소설은 본래 논증의 이론(theory)이 아니라 변증의 미학(aesthetics)에 속하는 것이 아니던가요? 소설의 문제는 '서술'이지 '추론'은 아니지 않습니까? 물론 본문은 제목의 요구에 동조적이지 않습니다만……

A: 그래요. 「폭력 연구」는 분명 변증적인 본문에 논증적인 제목을 붙여 어떤 불협화(不協和)를 진행시키고 있습니다. 그러나 그 소설은 단지 불협화를 겪고만 있지 않고 그것을 이용합니다. 그것도 아주 효과적으로. 그러니까 그 불협화는 애초부터 작가의 계산 속에 넣어져 있었다는 말이 됩니다. 제목은 본질적으로 본문을 부인하지 않는 법이죠.

Q: 그렇다면 이동하의 「폭력 연구」에서 제목은 어떤 식으로든 본

문을 긍정하고 있겠군요. 제목과 본문의 조응이 그렇게 필연적이라면 '폭력 연구'의 논증은 「폭력 연구」의 주제로 최종적으로는 수렴된다는 얘긴데……, 논증과 변증의 중재는 도대체 어떻게 이루어집니까? 중재가 이루어지긴 하나요?

A: 변증은 폭력을 증명하려 하지 않습니다. 변증은 언제나 폭력을 서술하고자 합니다. 그리고 폭력을 친애하는 서술은 원칙적으로 존재할 수 없습니다. 서술은 폭력을 추문으로 만들고자 할 뿐입니다. 서술의 정언명법은 늘 폭력을 경계하라는 것에 다른 것이 아니에요. 폭력에 관한 서술은 언제나 '경고의 서사'입니다. 그런데 「폭력 연구」라는 소설의 논증적인 제목은 경고의 서사를 '사주의 서사'로 변질시키는 계기가 됩니다. 말하자면 '폭력 연구'라는 제목으로 인해 폭력에 '관한' 서사는 폭력'적인' 서사와 악수할 공산이 커집니다. 논증적인 제목이 폭력을 증명하라는 강요를 담고 있기 때문에 독자는 증명의 결과를 습득해야 한다는 강박적인 의무에 시달립니다. 논지나 주제를 찾는다는 것은 한 어휘의 특권을 인정하면서 그 어휘에 복종하는 어휘들은 예속시키고 불복하는 어휘들은 추방함으로써만 성립되는 억압과 폭력의 독법에 가깝습니다. 모순되게도 「폭력 연구」는 그렇게 폭력을 경계하라는 명령이 폭력을 친애하도록 합니다.

Q: 여전히 당신은 제목과 본문의 불일치만을 확인하고 있습니다. 그 확인이 다소 정교해졌을 따름입니다. 논증과 변증의 중재는 제목과 본문을 관통하는 단일한 축(axis)을 도출해 낼 때 가능합니다. 그런데 아직 그 축의 도출이 성사되지 못한 것 같습니다. 아닙니까?

A: '단일한 축'의 도출은 변증의 방식이 아니라 논증의 방식입니다. 만일 그런 방식으로 논증과 변증을 결합한다면 그 결합은 동화(affiliation)이지 조화(harmony)일 수 없습니다. 동화의 방식은 분명 폭력'적인' 서사에 기여할 여지가 훨씬 많습니다. 그러니까 제목과 본문의 중재에서 문제 삼아야 할 것은 제목에 동화된 본문이나 본문에 동화된 제목의 확인이 아니라 제목과 본문이 맺고 있는 어긋난 관계의 화해를 모색하는 일일 겁니다.

Q: 그렇습니까?

A: 이제 그 얘기를 좀 해 보도록 하죠. 이동하의 「폭력 연구」는 되풀이하지만 폭력에 '관한' 서사이기도 하고 폭력'적인' 서사이기도 합니다. 본문과 제목의 불협화가 해소되지 않는 한에서 「폭력 연구」는 폭력을 경계하라는 '경고의 서사'도 되고 폭력을 부추기는 '사주의 서사'도 됩니다. 폭력에 관한 한 그 소설은 약(藥)인 동시에 독(毒)입니다. 일종의 파르마콘(pharmakon)인 셈이죠. 그래서,

Q: 잠깐만요, '파르마콘'이라는 단어는 뭔가 그럴듯해 보이는군요. 어떤 모순을 조화시키고 있다는 점에서 제목과 본문 사이의 화해 가능성을 상징적으로 실현하고 있다는 느낌이 듭니다. 독을 약으로 변전시키는 '미트리다테스적 기능'이 문학의 중요한 역할 가운데 하나라는 사실을 상기한다면 '파르마콘'이라는 단어 속에서 비로소 '경고의 서사'는 '사주의 서사'와의 양립 불가능성을 해소하게 될 것도 같은데요. 독에 대한 면역은 독을 비껴가지 않고 독을 통과함으로써 획득될 수 있듯이, 폭력에 대한 저항력도 마찬가지로 폭력을

꺼리지 않고 폭력과 한 몸이 됨으로써 강화될 수 있는 것 아닙니까?

A: 좋은 지적입니다. 독자는 「폭력 연구」를 통해 '사주의 서사'를 만나지만 그것을 거절하지 않고 수락할 때에만 '경고의 서사'가 그리는 폭력의 아킬레스건에 도달하게 됩니다. '경고의 서사'에만 집착할 때는 이미 독자는 '사주의 서사'에 말려 있습니다. 폭력적인 독법을 무자각적으로 수행하게 되니까요. 폭력은 폭력을 통해서만 퇴치된다는 것을 명심해야 합니다.

Q: 일종의 동종요법인가요?

A: 그렇습니다. 그런데 그 말은 어쩌면 폭력을 정당화하고 있는 것처럼 보일지도 모릅니다. 혹시 그렇게 생각하지 않았습니까? 그러나 앞의 폭력과 뒤의 폭력은 명백히 다릅니다. 앞의 폭력은 우리가 동의하듯이 '나쁜 폭력'이 확실합니다만 뒤의 폭력은 그렇지 않습니다. 그것은 '좋은 폭력'입니다.

Q: '좋은 폭력'과 '나쁜 폭력'을 구별한 것은 르네 지라르(Rene Girard)가 아니었던가요? 저는 지라르의 책을 읽지는 않았습니다만 문학평론가 김현이 쓴 『르네 지라르 혹은 폭력의 구조』(나남, 1987)를 읽고 그 불란서 사람을 매우 흥미롭게 생각했었습니다.

A: 맞아요. '좋은 폭력'과 '나쁜 폭력'의 구별은 지라르의 공로죠. 그의 책들, 특히 『폭력과 성스러움(La Violence et le Sacre)』(민음사, 1972, 1993)은 경이로운 책입니다. 기회가 닿는 대로 꼭 한번 읽어 볼 것을

권합니다. 김현의 연구서도 물론 탁월합니다. 같이 읽으면 더욱 좋겠죠. 지라르는 폭력이 근본적으로 모방적이어서 그것은 끊임없이 전염된다고 주장합니다. 그 모방과 전염을 그치게 하기 위해선 폭력을 속이는 폭력, 즉 '제의적 폭력'이 필요하다고 덧붙입니다. 달리 말해 폭력의 모방은 '짝패'를 증식시켜 차이를 지우고 이어서 차이의 무화는 정체성의 위기를 가져와 '상호적 폭력'의 혼란을 초래한다는 것인데, 그러한 위기의 절정에서 그것을 막는 제물, 즉 '희생양'을 선택하여 상호적 폭력을 일인에 대한 다수의 폭력으로 이행시켜야만 폭력을 정화할 수 있다고 지라르는 봅니다. 그에게 '나쁜 폭력'을 '좋은 폭력'으로 대치하여 순화하는 '희생 제의'라는 허례(虛禮)는 곧 혼란을 질서로, 전쟁을 평화로 대체하는 위약 같은 것입니다. 일테면 지라르는 그 허례가 치료 약은 못 되지만 평화의 유지에 불가피한 고의적인 오해의 메커니즘이라고 생각합니다. 어쨌든 폭력에 '좋은 폭력'이니 '나쁜 폭력'이니 하는 것들이 있을 턱은 없지만, 지라르에 의하건대, 일부러라도 그런 게 있다고 오해할 때 폭력의 제어는 가능해집니다. 그러나 지라르에겐 폭력의 제어와 조정과 예방은 가능한 것이어도 그것의 퇴치와 박멸과 치료는 가능한 것이 아닙니다. 폭력은 다만 은폐될 수 있을 뿐이라고 지라르는 비감 섞인 목소리로 말합니다. 인간성에 내재한 폭력성은, 지라르가 보기엔, 어떤 인간도 면제받지 못한 선험성을 갖습니다. 지라르는 인간성에 관한 한 어쩔 수 없이 비관주의잡니다.

Q: 이동하는 어떻습니까? 그도 비관주의자입니까?

A: 저는 그렇다고 생각합니다. 일단 「폭력 연구」라는 소설만을 놓

고 볼 때 이동하는 정녕 비관주의자입니다. 그것은 물론 지라르가 비관주의자라는 의미에서만 그렇습니다. 그렇다고 이동하가 지라르의 계승자라는 얘기는 아닙니다. 그러나 이동하의 「폭력 연구」는 명백히 지라르적입니다. 따라서 이동하의 「폭력 연구」는 지라르의 『폭력과 성스러움』과 쉽사리 겹쳐집니다.

Q: 너무 비약하시는 거 아닙니까? 그 두 텍스트가 갖는 장르의 차이도 그렇거니와 그 텍스트들의 사변의 두께는 도저히 비교될 수 없는 것입니다. 이동하의 「폭력 연구」를 지라르의 『폭력과 성스러움』에 맞세운다는 것은 일종의 지적 국수주의가 아닌지요?

A: 제 말을 오해하신 것 같군요. 이동하의 텍스트와 지라르의 텍스트가 맞설 수 있다는 말은 아니었는데……, 제 말은 이동하의 텍스트가 지라르의 텍스트 위에서 보다 잘 이해될 수 있다는 말이었습니다. 이동하는 소설가의 서술로, 지라르는 이론가의 추론으로 폭력을 사유했고, 우연인지 필연인지는 모르지만, 그 서술과 추론은 이쪽과 저쪽에서 동일한 결과에 함께 이르렀습니다. 말하자면 서술에 대한 이해를 이론가의 추론에서 도움받고자 한 것뿐입니다. 제가 보기엔 이동하의 소설은 지라르의 '제의'에 관한 이론을 그 제의를 '놀이'로 살짝 바꾸어 재서술한 것과 다르지 않습니다. 이동하의 '놀이'는 제의적 '놀이'인 셈이죠. 저는 그렇게 봅니다. 이동하의 폭력에 대한 이해는 놀랄 만큼 지라르와 동질적입니다. 물론 「폭력 연구」에 한해서 말입니다. 그런 게 아니고 만약 그 소설을 화자의 소년기 체험이라는 측면에서만 접근하면, 소설은 어이없이 진부해집니다. '상처'의 삽화와 '보상'의 삽화를 결합한 평면적인 것으로 소설을 이해하

면, 소설은 그냥 그것으로 끝나고 말 뿐 더 이상 아무것도 말해 주지 않습니다. 다소 굴욕적이기는 하지만 「폭력 연구」에서 지라르의 명제들을 확인하려 할 때 오히려 소설은 독자에게 풍요로운 텍스트가 됩니다. 그때 가령 6.25 전쟁 직후의 (전염에 의해) 미만된 폭력성을 아이들의 놀이가 어떻게 정화하여 '안녕과 질서의 영역'을 확보하는지 소설은 그 놀이의 제의적 혹은 문화적 의미까지를 보여 줍니다. '사냥'이라는 놀이의 메커니즘을 설명하는 것은 곧 희생 제의의 문화인류학적 의미를 설명하는 것에서 멀리 있지 않습니다. 이동하에 의하건대, 당대의 한국에서 성장한 소년들은 '좋은 폭력'과 '나쁜 폭력'을 구별할 줄 알았습니다. 그것에 자각적이지는 않았습니다만 그들은 무의식적으로 그 구별을 통해 폭력의 모방과 전염을 예방하고 근절시켜 나갈 수 있었습니다. 죄송합니다만 지금 몇 시쯤 됐죠?

Q: 어느덧 「폭력 연구」라는 서사의 내부로 진입해 버리고 말았군요. 지금부터가 중요한데……, 제가 알기로 약속이 있으시다구요? 서사의 내부를 꼼꼼히 살피는 일은 다음 기회로 미루는 수밖에 없겠군요. 아쉽기는 하지만 오늘 말씀 감사합니다.

A: 저도 아쉽지만 어쩔 수가 없군요. 이동하 소설에 관한 세미나에서 주제 발표를 하기로 되어 있거든요. 지금 여기서 나누지 못한 얘기를 그쪽에 가서 더 나눌 수 있으리라 기대합니다. 함께 갈 수 없어 서운한데요. 당신도 그렇게 한가한 편은 아닌 것 같군요. 그쪽의 동료들과의 토론 결과가 다음에 있을 대화에 반영되리라 봅니다. 그때를 기다려 보기로 하죠. 그럼, 이만.

묘사와 비밀
—윤흥길의 「어른들을 위한 동화」에 대하여

소설과 시간

Q: 소설은 왜 쓰여집니까? 소설을 쓰는 작자들은 왜 끊임없이 생겨나지요?

A: '소설의 모든 내적 줄거리는 시간의 힘에 저항하는 하나의 싸움에 불과하다'라고 말한 사람은 『소설의 이론(Die Theorie des Romans)』(1914/1915)에서의 루카치였습니다. 소설은 시간의 마모 작용을 견디기 위해 인간이 고안해 낸 위대한 발명들 중의 하나입니다. 소설가란 그러니까 소설이라는 발명의 탁월한 운용자인 셈이지요. 소설가는 '시간을 견디다'라는 서술어의 주어(subject), 그것도 전위적인 주어라고 할 수 있습니다.

Q: 소설은 근본적으로 '지연의 논리'로써 성립한다는 소설론의 상

식은 역시 그런 맥락에서 이해될 수 있겠습니다?

A: 소설은 시간의 파괴를 완료하려는 '종결(the ending)'의 목적과의 집요한 싸움 이외에 다른 아무것도 아닙니다. 그래서겠지요. 종결을 유예하기 위해 행위들과 사건들의 선조적 배열의 원칙은 항용 위반되기 일쑤입니다. 연대기(chronicle)의 왜곡을 통한 시간의 선조성으로부터의 '일탈(digression)'은 말하자면 '지연의 논리'의 형식적 실천에 해당합니다.

Q: 그렇다면 행위들과 사건들의 순서와 인과율을 깨뜨리고 그것을 특수하게 재배열한 경우를 가리키는 '플롯(plot)'은 그 형식적 실천의 구체적인 예의 하나가 되겠군요.

A: 물론 러시아 형식주의자들은 그 '플롯'을, 이것은 우화(fabula)와 대비하여 슈제트(sujet)라고 불리곤 합니다만, '낯설게 하기(defamiliariza-tion)'의 효과라는 측면에서 다룹니다. 하지만 '낯설게 하기'라는 개념 또한 '지연의 논리'를 준수합니다. 낯섦이 유인하는 심미적 반응인 놀람, 지속되기는 힘들지만 매우 강렬한 감정 중 하나인 그것은 '종말(the end)'에 대한 공포를 효과적으로 중화시키지요. '종말'에 대한 망각 혹은 무감각으로 시간의 증식이 가능해집니다.

Q: 러시아 형식주의자들은 지각의 자동주의를 교정할 수 있는 소설적 국면으로 한 가지를 더 거론하고 있지요. '자유 모티프(free motif)'에 의한 '의존 모티프(bonnd motif)'의 교란이 그것입니다. 당신의 설명대로라면, '자유 모티프'도 소설 안에서 '지연의 논리'를 관철

하려 들리라는 것은 충분히 예측할 수 있는 것이겠군요?

A: '의존 모티프'는 시간의 계획을 존중합니다. '이야기(story)'의 진행에 방해가 되는 일은 절대로 하려고 들지 않습니다. 반대로 '자유 모티프'는 '의존 모티프'가 도모하는 '이야기'의 순조로운 진행을 훼방함으로써 지연의 임무를 수행하지요. '자유 모티프'는 '플롯'과 공통된 목표를 가집니다.

묘사와 비밀

Q: '플롯'이 서술 순서의 조작을 통해 시간의 명령을 배반한다면 '자유 모티프'는 무엇을 통해 그렇게 합니까? 이 부분에 대한 언급이 아직 이루어지지 않았습니다.

A: 공간과의 연대를 통해서라고 말한다면 조금 어렵겠습니까? '의존 모티프'가 시간의 계획을 존중한다면 '자유 모티프'는 공간의 계획을 존중합니다. 소설 속의 공간은 대개 '묘사(description)'로 채워진다는 사실을 혹시 기억하십니까? '묘사'라는 서술 방식은 바로 공간의 질료이지요. '서술(narration)'의 흐름을 멈추게 해 놓고 대상이나 인물에 대한 표상들을 공간 속에다 펼쳐 나가는 것이 바로 묘사입니다. 시간의 증식은 그렇게 획득되죠.

Q: '자유 모티프'는 '묘사'라는 서술 방식을 통해 '지연의 논리'를 관철한다고 일단 요약해 볼 수 있겠습니다.

A: '서술'은 동사의 문법을 지키고 '묘사'는 형용사의 문법에 따릅니다. 동사는 시간에 대한 순응과 타협의 어휘이고 형용사는 시간에 대한 위반과 저항의 어휘이지요. 그래서 '의존 모티프'는 서술의 방식을, '자유 모티프'는 묘사의 방식을 택하게 됩니다.

Q: 논의를 조금 더 확장해 보죠. 서술 방식의 문제를 통시적 맥락에서 재구성해 보자는 말인데요……, 무엇보다 현대의 소설들은 지연의 형식적 실천에 지나치게 집착하고 있다는 인상을 줍니다. 특히 '묘사'에 대한 과도한 열정은 소설로 하여금 스스로 독자와의 소통 가능성을 크게 제약하고 있는 듯합니다. '서술'의 기율을 무시하는 '묘사'의 허영이 소설이 독자를 잃게 된 주요한 요인의 하나라는 것은 부인할 수 없습니다. 시간과의 싸움도 중요하지만, 그 싸움은 알려지지 않고 점점 고립되어 가고 있지요. 공감의 끈을 찾지 못한 싸움은 언제나 패배해 왔습니다.

A: '누보로망(nouveau roman)' 계열의 실험들을 말씀하시는 것 같군요. 꼭 그게 아니더라도 서술 우위에서 묘사 우위로 전개되어 온 소설사의 흐름은 쉽게 수긍할 수 있는 사실입니다. 지연의 강화가 소설사의 텔로스(telos)라는 것은 앞서 확인한 바 있지요. 이러나저러나 '누보로망'의 작가들은 독자의 상실을 대가로 무언가를 얻어 내고 있음에 틀림없습니다. '의존 모티프'의 완전한 제거를 통해 줄거리 없는 소설을 만들어 보겠다는 불란서인들의 맹랑한 실험이 여전히 지속되고 있는 이유입니다.

Q: 도대체 '서술'을 억압하는 '묘사'는 그들에게 무엇을 줍니까?

A: 서술의 연합은 하나의 '주제(theme)'를 구성합니다. '서술'을 억압한다는 것은 그러니까 '주제'를 억압한다는 말과 같습니다. '주제'를 인지의 대상에서 제외하는 것이 곧 '묘사'의 기능이 되는 셈인데, 지각되지 않는 주제란 우리가 '비밀(secret)'이라 부를 수 있는 것이 아니던가요? 바로 '누보로망'의 작가들은 비밀을 만들어 내는 자들입니다. '비밀'에의 탐닉이 그들로 하여금 독자의 상실을 무릅쓰게 한 것이지요.

Q: '묘사'가 주는 것은 '비밀'이다? 뭐 그런 겁니까?

A: '묘사'는 '비밀'의 거처지요. '묘사'는 탕진되지 않는 의미의 원천입니다. 그것의 진상이 누설되지 않는 한 '비밀'은 탕진을 모르니까요. 결국 '서술'은 단일한 '주제'의 명료성을 지향하고 '묘사'는 '비밀'을 덮어 두는 복잡한 변형을 지향한다고 할 수 있습니다. 그리고 '주제'는 소진된 서사를 결과하게 되고 '비밀'은 풍요로운 서사를 보장하게 됩니다. 이것은 모든 미학의 근본 원리이기도 하지요.

어떤 동화의 비밀

Q: …… (끄덕끄덕) …….

A: 이렇게 얘기해 볼 수도 있습니다. '서술'에 의해 드러난 '주제'를 읽어 내는 독자는 범상하여 흔하지만 '묘사'에 의해 가려진 '비밀'을 풀어내는 독자는 그 비범함으로 인해 드물다구요. 구성의 짜임을 계산해 내는 능력보다 문체의 조각들을 즐기는 능력이 윗길인 이유

도 바로 거기에 있습니다. 블라디미르 나보코프의 다음 진술은 어느 정도 저의 그런 생각을 지지합니다. '독서 과정에 있어서, 독자는 반드시 세부들을 인지하고 그것을 가지고 놀아야 한다. 책이 사랑스럽게 수집한 빛나는 조각들을 접한 이후에 일반화를 행하는 데에는 아무런 잘못도 없다.'

Q: 그런데 하필이면 당신은 왜 「어른들을 위한 동화」(1974)를 말하려 하나요? 소설의 제목이 암시하듯이, 그 소설은 우화의 방식으로 인하여 '주제'의 명료한 교훈성이 목적이 되어 있습니다. 우화는 기본적으로 '묘사'의 체계를 멀리하고 '서술'의 체계를 가까이하는 장르(genre)가 아니던가요? '비밀'은 그것이 존재하더라도 우화(allegory)에게는 단지 풀리는 수수께끼로서만 의미 있지 않습니까? '묘사'에의 열정이 포기되는 자리에서 '우화'는 생겨납니다.

A: 「어른들을 위한 동화」는 '묘사'의 작동 방식을 가르치기 위해서 우화임을 가장한 것입니다. '의존 모티프'들의 요약(시놉시스) 부분을 소설의 맨 처음에 장치하여 뒤에 이어질 '묘사'의 체계가 그 '서술'의 체계와 얼마나 다른 것인지를 시각적으로 보여 주지요. 소설은 분명 서술 방식에 대해 매우 자각적인 상태에 있습니다. 시놉시스라는 '서술'의 체계 속에서 일단 우리는 어렵지 않게 변형된 '탕자의 우화'를 대면하고 '정상적인 가족생활의 파탄'이라는 '주제'를 인지하게 됩니다. 그러나 소설이라면 여기서 그칠 수 없지 않겠습니까? 다음에 이어질 '묘사'의 체계가 앞선 '서술'의 체계와 어떻게 관계하는지를 보는 것은 순전히 '어른들을 위한' 몫입니다. 물론 '노예시장'의 삽화는 현격히 소설의 실감을 떨어뜨려 환상의 연금술로서의 동화의 문

법을 여전히 떨치지 못하고 있다는 것을 알게 하기는 합니다.

Q: '어른들을 위한'이라는 한정사는 동화가 그냥 동화가 아니라는 부인의 표지로 보면 되겠군요.

A: '서술'이라는 뼈대에 붙여진 '묘사'의 살집은 비로소 이 소설을 소설답게 하는 부분입니다. '묘사'의 디테일들로 수북한 소설의 본문은 서서히 시놉시스 부분이 거느린 주제의 명료성을 교란하고 억압하여 이 작품에 비밀스러움의 아우라(aura)를 부여합니다. 명료성만이 문제가 된다면, 도대체가 주인공 '그'의 성격 묘사나 '노예시장'의 풍경 묘사 같은 것이 그렇게 장황할 필요가 없는 것이지요. 소설 내부에 비의(秘義)의 카타콤은 그렇게 마련되어 갑니다. 그러다가 독서의 끝 무렵에 우리는 카타콤의 관리자가 '비판적 리얼리즘'이었음을 알게 됩니다.

Q: 그렇다면 '비밀'은 폭로된 겁니까?

A: 전혀요. 저는 '묘사'가 품은 현실 비판의 의지만을 확인했을 뿐입니다. 그 비판의 대상이 구체적으로 무엇인지를 말한 것은 아닙니다. 그러니까 저는 '비밀'을 해명한 것이 아니라 '비밀'의 열쇠를 우연히 습득했을 따름입니다. 그러나 저는 그 '비밀'의 열쇠로 '비밀'을 풀지는 않을 겁니다. '비밀'은 지켜질 때 '비밀'일 수 있으니까요.

Q: '비밀'은 지켜질 때 '비밀'일 수 있다? 당신의 그 말은 매우 재치 있는 말이기는 하지만 당신이 수행해야 하는 해석의 노력을 방기

하는 구실 좋은 궤변처럼도 들리는데요. 그것은 위험한 재치입니다.

A: …… (웃음) ……. 어쨌든 윤흥길의 동화는 명백히 동화 이상입니다. 서술 방식에 대한 자각에서 비롯된 특이한 구성은 윤흥길의 「어른들을 위한 동화」가 소설임을 분명히 하는 계기가 됩니다.

아홉 빛깔 소설의 마음
―어제의 한국소설(1971-1986) 읽기

'새로운 물건'의 사회적 의미

최인호의 「타인(他人)의 방(房)」(1971)은 출장 갔다 돌아온 한 남자가 자신의 아파트에서 몸이 굳어져 그 집안의 '새로운 물건'이 된다는 이야기를 통해 소외의 병을 앓게 된 원자화된 현대인의 삶을 암울하게 보여 준다. 현대인들은 타인들과의 소통에서 단절된 자폐적 개인이라는 성격에 따라 전통적인 의미의 인간 유대의 체험을 상실한 개인들과 이기적이고 계산적인 사회적 관계만을 맺는다. 그런 점에서 타인들의 이기적 계산 가능성 속에서 자신의 정체성을 형성해야 하는 조직 사회 속의 현대인들은 어떤 쓸모와 효용성으로만 존재하는 상품, 즉 하나의 '물건'과도 다르지 않게 된다. 자신의 참된 가치를 물건으로서의 효용만으로 평가받는 사람들은 결국 자기 자신마저 낯선 '타인'으로 느끼지 않을 수 없다.

출장지에서 돌아온 남자는 피로에 지쳐 아파트의 초인종을 누른다. 아무리 눌러도 기척이 없자 주먹으로 마구 두드려 댄다. 옆집 사람들이 나와 남자를 이상하게 바라보고 끝내는 의심한다. 남자가 이 집 주인이라 해도 그들은 믿으려 하지 않는다. 남자는 열쇠가 있었지만 문은 당연히 아내가 열어 주어야 한다고 믿는 사람이었던 것이다. 남자는 할 수 없이 열쇠로 문을 열고 방으로 들어선다. 아내는 친정아버지가 위독하다는 전보를 받았다는 내용의 쪽지를 남기고 외출한 상태고, 실내는 어둡다. 아내의 환대와 뜨거운 밥을 기대했지만 결국 혼자 있게 된 방에서 남자는 '심한 고독'을 느낀다. 남자는 딱딱하게 굳은 빵을 먹으며 연신 투덜거린다. 그리고 남자는 욕실에서 샤워를 마치고 나와 음악을 들으며 소파에 길게 누우며 비로소 편안해 한다.

그런데 화장대에 놓인 아내의 쪽지를 보다가 문득 남자는 아내가 거짓말을 하고 있음을 깨닫는다. 원래 남자는 내일 돌아오기로 되어 있었는데, 아내는 오늘 전보를 받았다고 써 놓았던 것이다. 갑자기 집 안의 모든 물건들이 살아 있는 것처럼 움직이기 시작한다. 남자는 불을 켜고 모든 걸 샅샅이 확인한 뒤 모두들 제자리에 있는 것을 확인하지만, 그것들은 이미 어제의 그것은 아니라고 생각한다. 불을 끄자 남자는 다시 온갖 사물들이 움직이고 소리 내는 것을 보고 듣는 환각 상태에 빠진다. 그러다 문득 다리가 경직되어 오는 것을 느낀다. 남자는 스위치까지 가려다 온몸이 굳어 오는 걸 느끼다가 끝내 한 개 물건이 되어 버리고 만다. 이틀 뒤 한 여인이 이 방에 들어와 '새로운 물건'이 하나 있음을 발견한다. 처음엔 그 물건을 좋아하다가 곧 싫증 내게 된 그녀는 다시 방을 떠나기로 작정하고 전과 같은 내용의 메모를 화장대 위에 남긴다.

피로에 지쳐 출장지에서 돌아온 남자가 고독감 속에서 굳어 버리고 마는 이 이야기는 현대인들의 불행한 처지를 연상시킨다. 남자가 하나의 사물이 되어 버리는 것처럼, 이기적이고 계산적인 사회적 관계 속에서 조직 인간으로 살아가는 사람들은 그 쓸모와 효용성으로 평가받는 상품과 다를 바가 없다. 예컨대 남자는 열쇠가 있되 문은 당연히 아내가 열어 주어야 한다고 믿는 사람이고, 아내는 남자를 자신의 욕망을 만족시키는 사람으로서만 유용하다고 여기는 사람이다. 이것은 사람들이 쓸모 있는 물건, 곧 상품으로만 간주되는 현대적인 삶을 일정하게 암시한다. 그런가 하면 아내가 '새로운 물건'이 되어 버린 남자를 어느 정도 이용하다가 싫증을 내고 '별 소용이 닿지 않는 물건'이라고 잡동사니로 그득한 다락방 속에 처넣어 버리는 마지막 장면에서는 인간이 하나의 상품으로 취급받다가 그 쓸모를 다하면 버려지는 잔혹한 현대적인 삶의 모습을 엿볼 수도 있다. 조직의 필요 속에서 움직이고 불필요하면 폐기되는 것은 인간이나 물건이나 마찬가지고, 결국 현대사회에서 물건의 운명이나 사람의 운명은 크게 다르지 않은 것이다. 현대사회를 살아가는 인간들의 사물화된 삶이란, 쓸모가 없다면 옆에 누가 사는지 알아야 할 필요가 없는 아파트의 삶처럼, 이기적이고, 그래서 고독하고 삭막한 것인지도 모른다. 물건들이 마치 사람들처럼 움직이며 소리를 내고 사람들은 오히려 물건처럼 딱딱하게 굳어져 간다는 것은 여기서 대단히 시사적이다. 이것은 바로 물건들에 주인의 자리를 내주거나 물건들과 '공범자'가 된 현대인들의 암울한 삶의 모습을 연상케 한다.

「타인의 방」은 한 남자가 출장지에서 돌아와 아내 없는 아파트에서 고독감을 느끼다가 하나의 물건이 되고 만다는 그로테스크한 우화를 통해 조직 사회에 매여 살아가는 현대인의 사물화된 삶을 보여주는 작품이라고 할 수 있다.

사랑, 그 빛과 어둠의 이중주

한수산의 「미지(未知)의 새」(1973)는 한 남자를 위해 3개월 된 아이를 낙태시킨 어떤 직장 여성의 사랑과 아픔에 관한 이야기를 통해 죄조차도 불사하는 빛나는 사랑을 말하면서 동시에 죄가 섞인 사랑의 캄캄한 아름다움을 보여 준다. 사랑의 밝음과 어두움이라는 두 가지 빛깔은 아주 오래전부터 사랑의 원형을 이루는 빛깔이었다. 그리고 이것은 사랑의 '오래된 미래'의 빛깔이기도 하다. 태초의 낙원에서 남자는 신이 금지한 것을 행한 여자의 유혹을 죄라는 것을 알면서도 뿌리치지 못했다. 아마도 사랑의 빛이 남자를 눈멀게 했을 것이다. 낙원에서 추방된 뒤 캄캄한 삶 가운데서도 남자와 여자는 서로를 의지하며 사랑했다. 아마도 그 죄지은 조상들의 사랑은 캄캄한 삶 가운데서 홀로 빛나며 아름다웠을 것이다.

그와 함께 있음을 '별이 와스스 떨어져서 가슴으로 쏟아져 들어' 오는 것처럼 느끼는 여자가 있다. 비서실에 근무하는 여자는 사내에서 전도유망한 한 직장 동료인 그를 깊이 사랑한다. 여자는 회사 확장 계획에 따라 남쪽에서 일하고 있는 그와 주말마다 서울에서 다사로움과 설렘을 축복처럼 퍼부어 주는 아름다운 사랑을 나눈다. '불빛이 어지럽게 돌아가는' 욕되고 왜소한 삶 속에서도 그와의 별빛 같고 은하수 같은 사랑은 여자를 한없이 행복하게 만든다. 그리고 그와의 사랑은 마침내 결실을 맺어, 여자는 '미지의 새'처럼 빛나고 눈부실 아이를 임신하게 된다.

그런데 여자는 사내 연애가 추문이 되어 빠른 승진을 거듭하고 있는 그에게 누를 끼칠지 모른다는 염려 때문에 어려운 선택을 한다. 그에게 알리지 않고 3개월 된 아이를 낙태시키고 만 것이다. 남자에 대한 사랑 때문에 아이에 대한 사랑을 희생시킬 수밖에 없었던 여자는 아픔과 죄의식으로 고통받는다. 어느 날 여자는 남쪽에 가면 자신의 아픔과 죄의식이 쉽게 삭아 내릴 것이라는 기대를 가지고 그에게로 간다. 물론 그와 만나기까지 여자는 어둡고 아픈 마음 때문에 시골 할머니의 '궁상맞은 가련함'을 떠올리며 '한겨울의 얼어붙은 도시'의 풍경에 흔들리고, 눈앞에 펼쳐진 바다를 막막히 바라보며 초분 앞에서는 낙태시킨 아이에 대한 어두운 죄의식에 사로잡힌다.

그러나 여자는 말 못 할 고민을 안고 때 잃은 해수욕장을 거닐면서도 그와 함께 있다는 사실에서 다사로움과 설렘을 느끼고 위안받는다. 사랑하는 한 남자로 인해 퇴색되고 쓸쓸하기만 한 해수욕장은 여자의 눈에서 해변을 거니는 쌍쌍의 연인들, 갯벌 위에서 반짝이는 햇빛, 그리고 눈시울이 뜨거울 정도로 아름다운 바다 등으로 맑고 환하게 채색된다. 남쪽의 철 지난 해수욕장 풍경은 다시금 여자에게 '마음이 밝아지는 정겨운 모습'으로 다가온 것이다. '빛나는 눈망울을 가진 아이마저도 죽여 버린 여자의 이 사랑'은 결국 '이름 모를 새'와도 같은 아이를 잊어버려야만 하는 죄의식의 캄캄함 속에서도 홀로 반짝인다.

사랑하는 남자를 위해 태어나지 않은 아이를 낙태시켜야 했던 한 여자의 어두운 사랑 이야기는 어두움으로 인해 더욱 빛나는 사랑의 캄캄한 아름다움을 잘 보여 주고 있다. 사랑이란 본래 사람들에게 빛처럼 눈멀게 하는 매혹이자 따스하고 환한 황홀로서 다가오는 것일 것이다. 예컨대 여자는 지난여름 북한산에서 사랑하는 남자의 품에 안겨서 바라보던 밤하늘을, 별빛을 축복처럼 퍼부어 준 '빛나는' 하늘로 기억하고 있다. 사랑은 빛이 어둠을 몰아내듯이 황홀한 마술적 감동을 주는 것임을 그것은 알려 준다. 그런가 하면 여자는 따스하고 환한 황홀로서 다가온 사랑 때문에 빛나는 눈망울을 가졌을 아이를 낙태시켜 버린 자이기도 하다. 이것은 사랑이란 죄를 짓는 일조차 아랑곳하지 않는 맹목적인 도취이기도 하다는 것을 엿보게 해 준다. 사랑은 따스함과 환함이기도 하지만, 동시에 눈멂이기도 한 것이다. 그런데 아이를 낙태시켰다는 말 못 할 어두운 고민을 안고 남자를 찾아갔음에도, 그래서 철 지난 해변의 쓸쓸함으로 더욱 마음은 어두워졌을 것인데도, 여자가 사랑하는 남자와 함께 있다는 사실 그 자체로 마음이 따스해지고 환해지는 장면이 있다. 이것은 무엇보다도 사랑의 불가사의한 성격을 짐작게 한다. 눈먼 사랑이 일으킨 죄의식의 깜깜함 속에서도 따스하고 환한 사랑의 '반딧불'을 만날 수 있다는 사랑의 불가해한 진실이 거기에 담겨 있다. 어쩌면 진정한 사랑은 그 깜깜함을 통해서만 슬프지만 더욱 아름답게 빛날 수 있는지도 모른다.

「미지의 새」는 이처럼 사랑하는 남자를 위해 빛나는 눈망울을 가진 아이마저도 죽여 버린 여자의 슬프고 또 아름다운 사랑 이야기를 통해 '죄가 섞인 사랑의 캄캄한 아름다움'을 아주 섬세하게 드러내고 있는 작품이다.

야생적인 삶의 유혹

김주영의 「달밤」(1975)은 무연탄 하역장에서 일어나고 있는 부정의 비밀을 캐내려다가 한 여자에게 매혹되어 버린 한 검수원의 이야기를 통해 야생적인 삶의 매력에 이끌리는 자의 모습을 보여 준다. 공식화된 질서에 순치되지 않은 하층민의 삶이란 대개 불안정한 삶의 역정 속에서 곤궁함과 남루함을 면키 어렵다. 그러나 공식적 질서의 규율과 억압에서 자유로운 하층민들은 그 자유 속에서 도덕적으로 부정한 충동과 욕망에 대해서도 관대하기 마련이다. 하층민의 삶에서 야생적인 삶의 거친 생기와 활력을 느낄 수 있는 이유는 무엇보다도 거기에 있을 것이다. 따라서 억압적인 질서와 규율에 속한 자들은 자유로워지고 싶다는 갈망 속에서 종종 그 야생적인 삶을 유혹으로 느끼거나 받아들이곤 한다.

'나'는 안동 역두 무연탄 하역장에서 일하고 있는 검수원이다. 하역 인부들은 종종 일어나는 안전사고의 위험이나 열악한 노동조건 속에서도 임금이 좋은 편인 이 무연탄 하역장 인부에 끼어들려고 아귀다툼을 벌인다. 그런데 무연탄 하역조에 끼어들려는 이유에는 좋은 임금 말고도 은밀한 몇 가지 이유가 있다는 것이다. '나'는 그 이유를 조사하기 위해 회사에서 파견된 검수원인데, 파견된 지 3개월이 넘었지만 아직 수상한 낌새를 발견하지 못하고 있다. 그러던 어느 날 오침 시간에 안동 역두 하역장에는 무연탄 하역부인 '정득수'가 누워 자다가 화차에 깔려 왼팔을 잃어버리는 사고가 발생한다. 동료들은 화냥기 있는 여편네와의 밤일 때문에 지쳐 그렇게 된 것이라고 농치기도 하지만, 정득수를 돕기로 한다.

사실 정득수는 직장 내 승진을 노리는 그 검수원이 출장비까지 써 가며 하역장의 부정을 캐기 위해 공을 들인 하역부들 중의 한 사람이었다. '나'는 사고에 대한 위로도 위로였지만 이번 계기로 자신이 바라던 것을 얻어 낼 수 있을지 모른다는 기대를 품으며 정득수가 입원한 병원을 찾는다. 그러나 정득수는 입을 다문다. 실망한 '나'는 이번에는 정득수의 집을 찾아간다. 그러나 '내'가 정득수의 집을 찾아간 것은 화냥기 있다던 그의 여편네에 대한 호기심이 크게 동했던 까닭이었다. 바람난 게 분명하다고 생각될 정도로 거의 눈에 띄지 않던 정득수의 여편네는 열흘 뒤 저탄장 부근에서 발견된다. '나'는 '무용'하듯 탄 더미 위에 물동이를 갖다 붓는 대여섯 명의 여자들을 보며 마침내 부정의 '불가사의'를 눈치챈다. '나'는 탄 더미에 물을 먹여 무연탄의 중량을 불리고 그만큼 남게 될 무연탄을 착복해 왔던 것이 무연탄 하역꾼의 여편네들이란 것을 알아차렸던 것이다.

그런데 발각당한 정득수의 여편네는 공포는커녕 교태 묻은 웃음을 흘리며 '나'를 강가로 유인하고, '나'는 '부정의 더 깊은 곳'을 캐낼 수 있다는 계산과 더불어 이상한 욕정을 품고 그녀를 따라간다. 정득수의 여편네는 말없이 강물에 몸을 담그고, 이어서 '나'는 목욕하고 나온 그녀를 느닷없이 끌어안고 엎어진다. '나'는 허연 달이 동편 산 구릉 위로 솟아오르는 것을 바라본다. 그리고 그녀로부터 부정의 사슬이 자신의 상사에게까지 이어져 있음을 듣고, '나'는 일주일 뒤 후회 없이 사표를 던진다. 그리고 '나'는 저탄장의 '무용'을 다시 보고 싶다는 갈망을 가지고 그곳에 다시 간다.

이 작품은 일단 안동 역두 무연탄 하역장에서 일하는 하역꾼들과 그 가족의 삶을 적나라하게 펼치고 있다. 예컨대 하역꾼들은 정득수의 사고에서 드러나는 것처럼 안전사고의 위험에 노출되어 있을 뿐만 아니라 더운 여름날 오수를 즐길 만한 한 줌의 그늘조차 아쉽게 되어 있는 열악한 노동조건을 안고 있다. 또 그들에게는 쌍소리와 거친 몸싸움 등이 일상이 되어 있는가 하면, 소설의 마지막에서 드러나듯이, 자신들의 여편네들을 동원해 일정량의 무연탄을 빼돌리고 임금 조로 돈을 받는 부정도 서슴지 않는다. 이것은 무연탄 하역 인부들과 그 가족의 삶이 더럽고 초라할 뿐만 아니라 거칠고 부정하다는 것을 엿보게 해 준다. 물론 하역꾼들과 그 가족의 삶에는 걸쭉한 육담과 결합된 웃음의 여유가 자리 잡고 있는가 하면, 사고를 당한 정득수에게 3개월 치 임금을 내놓기로 한 대목에서 보듯, 어려운 가운데서도 불행한 사고를 당한 동료에게 도움을 베풀 줄 아는 인

정도 일정하게 들어 있다. 그러나 하역꾼들과 그 가족의 삶이 웃음의 여유와 의로운 인정 속에서도 더럽고 초라하고 거칠고 부정하다는 사실을 부인하기는 어렵다. 그런데 이 작품에서 본질적인 것은, 작가가 공식화된 질서의 삶과는 거리가 먼 그러한 하층민들의 어지러운 삶에서 거칠지만 건강한 생기와 활력을 보고 있다는 사실이다. 이 점은 무엇보다도 검수원인 '나'와 정득수의 여편네에 얽힌 이야기에서 잘 드러난다. 검수원은 저탄장에서 적발한 정득수의 여편네와 이른바 '부정의 더 깊은 곳'으로 들어갔다가 달밤의 강가에서 그녀와 숨 막히는 정사를 나누게 된다. 정득수의 여편네는 부정을 통해 노임 조로 받아 온 몇 푼을 잃어버리지 않기 위해 선뜻 몸을 내준 것이었는데, 그동안 직장이라는 공식적인 삶 안에서 승진을 위해 살아온 검수원에게 그것은 거칠고 야생적인 삶의 매력으로 다가온다. 이는 사실 검수원이 '화냥기 있는 여자는 도대체 어떻게 생겨 먹은 것일까'라는 호기심을 느끼던 때부터 시작되어 저탄장에서 부정을 위해 물동이를 탄 더미 위에 갖다 붓던 하역꾼 여편네들의 모습에서 '무용'을 발견한 때에 이르러, 어느 정도 뚜렷해진 것이다. 검수원은 결국 사표를 던지면서까지 저탄장의 '무용'을 다시 보고자 한다. 아마도 이것은 한편으로는 정득수의 여편네와 치른 정사의 희열을 잊지 못했기 때문일 것이고, 다른 한편으로는 그 야생적인 성격의 정사의 희열이 가져다준 자유의 느낌을 다시금 맛보기 위해서일 것이다.

「달밤」은 이처럼 부정을 밝혀내려다가 그 '부정의 더 깊은 곳'에서 부정한 욕망에 매혹된 한 검수원의 아이러니한 이야기를 통해 무엇보다도 야생적인 삶의 매력과 그 유혹의 힘을 아주 효과적으로 그려낸 작품이다.

우리 시대 가장의 가혹한 운명

조해일의 「매일(每日) 죽는 사람」(1976)은 영화 촬영장에서 일용직 엑스트라로 일하는 한 남자의 이야기를 통해 우리 시대 가장(家長)의 가장 암담한 초상을 그리고 있다. 가장으로 살아간다는 것은 엑스트라로서 죽음의 배역을 맡아 매일 죽어야만 하는 사람처럼 주인이 아닌 노예로서 한 가정과 어떤 조직을 위해 과로로 탈진하여 쓰러질 때까지 일하는 사람으로 살아야 한다는 것을 뜻한다. 그런 점에서 가장은 노예와도 같은 삶으로부터 벗어나는 길은 진짜 죽는 길밖에는 없다고 생각하고, 실제로 죽고 싶어 할는지도 모른다. 그런가 하면 가장은 자꾸 눈에 밟히는 가족의 얼굴 때문에 죽고 싶어도 마음대로 죽을 수조차 없는 노예와도 같은 사람이다. 그렇다면 가장으로 살아간다는 것은 오늘의 죽고 싶은 충동을 한 줌의 희망으로라도 다독거리며 다시 내일의 죽음과도 같은 삶을 살아 내야 한다는 것을 의미한다.

임신 7개월째인 한 여자의 남편인 '그'는 영화판에서 일용직 엑스트라로 일하고 있다. 정직하고 가난한 관리였던 아버지가 과로로 죽고 연이어 어머니마저 세상을 뜨자, 완전히 외톨이가 된 그는 다니던 대학마저 그만두고 군대에 다녀와서는 예전에 가정교사를 했던 제자와 결혼을 했다. 그러나 한동안 그는 여러 차례 취직 시험에 떨어졌고, 체력이 약하다는 이유로 노동판에서 쫓겨났으며, 3개월 정도는 늑막염으로 병상을 지키고 앉아 있을 수밖에 없었다. 그러다가 우연히 그는 친구의 말을 듣고 일용직 엑스트라로 생계를 잇게 되었다. 그는 거의가 죽음의 배역일 뿐인 초라한 일용직 엑스트라의 일을 위해 현재 충무로의 어떤 다방에 매일이다시피 출근한다. 물론 이 일조차도 거르게 되는 경우가 많았는데, 그는 어제 다방에서 꼬

박 엽차만 마셨던 것이다.

어제 하루를 공쳤던 터라 일요일인데도 그는 오늘 '지친 노예'처럼 구두끈을 맨다. 그는 아내의 어두운 표정과 3개월 뒤면 태어날 배 속 아이를 뒤로하고 암담한 기분이 되어 집을 나선다. 그리고 버스에 타려고 승강구에 발을 올려놓는 순간 그는 오른쪽 구두끈이 끊어져 있음을 발견한다. 그는 구두끈이 끊어졌다는 사실도 어쩌면 재수가 나쁘지 않으리라는 반어로 생각하고 곧 버스 안팎의 풍경에 시선을 뺏긴다. 그러나 그는 '삶의 밝아 보이는 모습 뒤에 음험한 빛깔로 숨어 있는 죽음의 그림자에 관한 생각'으로 머릿속을 가득 채운다. 아내의 둥근 배가 눈앞을 가리면서도 등산객의 요란한 옷차림에서조차 죽음이 스며들어 있다는 느낌에 사로잡히는 것이다. 그런가 하면 종로 3가에서 내린 그는 자동차 부품들이 해체되어 있는 가게들을 지나며 잠시 '기묘한 안도감'을 느낀다.

그는 엑스트라 패거리들이 모이는 충무로의 다방에 들어서며 '김 씨, 박 씨, 이 씨' 등과 건성으로 인사를 한다. 그리고 엽차 마시는 일이 미안해질 쯤 그는 나머지 사람들과 더불어 그들의 보스라 할 수 있는 '최 씨'를 따라 ㄷ영화사의 촬영소에 도착한다. 그는 주인공의 성공을 화려하게 만들기 위해 1920년대의 권총에 맞아 죽거나 국적 미상의 지팡이 속에 숨겨진 칼에 찔려 죽어 가며 '허구 속의 죽음'을 거듭해 왔지만, 오늘도 예외는 아니다. 오늘도 한 시대극에서 주인공의 칼에 맞아 죽어야 하는 포졸이 된 그는 문득 지난여름 전쟁장면 촬영 중에 허구의 죽음이 실제의 죽음으로 바뀌는 듯한 착각 속에서 까무러친 적이 있었던 섬뜩한 체험을 떠올린다. 오늘도 죽음에 대한 강박관념 속에서 주인공의 나무칼에 쓰러진 그는 옆구리에 강한 통증을 느끼며 거의 탈진 상태에 빠진다.

그러나 그에게 오늘은 평소의 두 배인 600원을 번 행운의 날이다. 시대극의 촬영이 끝나고 최 씨가 그에게 야간 촬영을 제안해 왔던 것이다. 밤 11시가 넘은 시간에 모든 일을 마치고 집으로 돌아오는 중에 그는 흐릿하고 몽롱한 의식 속에서도 차비를 제하고 남은 590원을 생각한다. 그런데 그는 버스에서 내려 오른발을 땅으로 내딛는 순간 자신의 오른발이 '맨발'이라는 것을 뒤늦게 알아차린다. 그는 오른발이 뻣뻣해지면서 마치 '차고 습기 찬 죽음의 외각(外殼)'을 딛고 있는 것만 같은 느낌을 받는다. 또 그에게 골목의 불빛들은 죽은 사람을 전송하는 장의(葬儀)의 불빛처럼 보인다. 그러면서도 그는 계속 걷는다. 그리고 그는 어느 순간 문득 구두가 신겨져 있는 왼발에서 아내의 배 속 태아를 떠올리고는 식육점의 붉은 불빛을 향해 걸어간다.

이 소설은 가난한 가장의 고달픈 하루 일과를 표현하고 있는 작품이다. 한 가정의 가장인 주인공은 임신 7개월째인 아내와 더불어 연탄이 부족해 진주인 아주머니에게 종종 그것을 꾸어 오거나 끼니때마다 '식량 걱정'을 해야 하는 초라한 삶을 살고 있다. 아내는 다 참을 수 있어도 남편이 '콩나물 십 원어치를 샀던 포장지를 구겨 쥔 채 변소 앞에서 서성거리는 추한 모습'만큼은 보고 싶지 않아 '값싼 영세민 아파트'에라도 들게 되었으면 한다. 그러나 주인공은 아내가 바라는 '지극히 작은 소망'을 충족시켜 주지 못한다. 취직 시험에 다섯 차례나 떨어진 이후 그가 얻은 직업은 '다방에 앉아서 죽음을 기다리는 일', 즉 거의가 죽음의 배역일 뿐인 영화 촬영장의 일용직 엑스트라로 차출되기를 기다리는 데 지나지 않기 때문이다. 이 일조차도 매일 하기는 어렵다. 일요일인 오늘 아침도 주인공은 어두운 표정의 임신한 아내를 뒤로하고 충무로 근처의 다방으로 나간다. 그리고 오늘은 운이 좋아 평소의 두 배를 벌긴 했지만 그는 거의 탈진 상태에서 집으로 돌아온다. 정녕 고달픈 가장의 신세가 아닐 수 없다. 이러한 가장의 모습은 주인공의 아버지, 즉 가난했지만 정직하게 일했고, 그래서 과로로 쓰러질 수밖에 없었던 아버지에게서 가장 예시적이다. 그런데 주인공은 이제 가장의 고달픈 의무에 서서히 지쳐가고 이제 그만 가정을 위한 모든 노역으로부터 벗어나고자 한다. 그가 죽음에 강박되어 있는 이유는 바로 여기에 있다. 이것은 무엇보다도 구두의 삽화에서 암시적이다. 질긴 가죽 구두처럼 가족의 부양을 위해 매일 힘겨운 일과를 치르면서도 탈진에 이를 데까지 버텨온 주인공은 자신의 검정 구두에서 헤어져 떨어진 끈과 그 때문에 잃어버리고 만 오른쪽 구두처럼 이제 모든 것에서 놓여나고자 한다. 이것은 영화 촬영장에서 주인공이 '허구 속의 죽음'을 '실제의 죽음'으로 혼동하거나 그러고 싶은 갈망을 드러내는 데서는 좀 더 직접적으로 드러난다. 그러나 검정 구두를 잃어버린 오른쪽 '맨발'에서 '죽음의 발'을 상상한 주인공은 아직도 신발이 신겨져 있는 왼발에서는 다시금 가장으로서의 어떤 책임감을 상기한다. 그는 아내의 배 속에서 자라고 있을 태아의 몸짓을 상상하고, 아내에게는 지금 단백질이 필요하다는 절박감에 붉은 불빛이 비치는 '식육점'으로 발길을 옮긴다. 주인공에게 고달픈 가장의 일과는 내일 다시 올 것이다.

「매일 죽는 사람」은 이처럼 죽음에 강박되어 있지만 죽고 싶어도 마음대로 죽을 수조차 없는 어느 일용직 엑스트라의 이야기를 통해 우리 시대 가난한 가장들의 가장 평균적인 모습을 보여 준다. 그러나 이 소설은 우리 시대 가장을 '매일 죽는 사람'으로 표현했다는 점에서 가장의 고달픈 삶을 가장 참혹하게 그린 작품이라고 할 수 있다.

법 안에서 만난 불법

박완서의 「조그만 체험기(體驗記)」(1976)는 재생 형광등을 모르고 싸게 사들여 팔다 사기죄로 구속된 남편을 구하려고 동분서주하면서 겪은 아내의 '조그만 체험기'를 통해 우리 사회의 커다란 모순과 허위에 대해 말한다.

통금 시간이 지나도록 돌아오지 않는 장사꾼 남편 때문에 여자는 불안하다. 다음 날 아침이 되어서야 여자는 남편이 검찰청 K지청 수사과에 체포되어 갔다는 사실을 알게 된다. 남편이 재생 형광등을 모르고 사서 팔다가 사기죄로 억울하게 체포되었다는 것이다. 여자는 이후 남편을 나오게 하려고 백방으로 노력한다. 그러나 '빽'도 없는 여자에게 다가온 법의 현실은 검찰 지청의 수위처럼 '권세 부리는 관청의 수위'와 수사관 '권 주임'처럼 '물에 빠진 놈 검부락지에 매달리는 심리를 전문적으로 이용해 먹고사는 놈'들이 자리 잡고 있는 불법의 현실이었다. 여자는 '법이 결코 법 없이 살 수 있는 사람의 편일 수는 없을 것 같은 깨달음'을 얻게 된다.

결국 남편은 기소되어 구치소로 넘어가고, 여자는 힘겨운 '옥바라지'를 시작한다. 그러나 여자는 옥바라지를 하면서도 복잡하고 까다로운 면회 절차에 어려움을 겪고, 또 그러한 절차를 거치면서 구치소 해당 직원의 '철저한 불친절과 경멸과 냉대'에 부딪힌다. 여자는 그래도 '행여 구더기 이상의 고급 동물인 척 머리를 들다간 만신창이가 되기 똑 알맞다'고 생각하고 구치소의 현실에 적응해 간다. 그리고 여자는 구치소 경험에서 다시 한번 법이란 줄을 댈 만한 능력이 없는 가난한 약자에게는 억울하기만 한 것이라는 사실을 깨닫는다. 그러다 마침내 여자는 변호사를 선임하지만 의뢰인이 기소된 것조차 모르는 그의 무책임한 처사에 분노하고 선임을 취소한다. 남편은 결국 재판을 받고 겨우 자유의 몸이 된다.

이 소설에 기록된 한 중년 여성의 '조그만 체험기'는 일종의 법의 현실에 대한 참혹한 경험을 담고 있다. 남편의 억울한 구속과 재판으로 동분서주하는 아내가 법을 다루는 검찰청, 구치소, 변호사 사무실 등을 들락거리며 발견한 것은 그곳이 가난하고 무력한 사람들의 억울함을 해결해 주는 곳이기보다는 불법적이고 무책임한 처사로 그들의 억울함을 더해 줄 뿐인 그런 곳이라는 어이없는 사실이다. 돈을 찔러주지 않으면 피의자들의 가족들을 위압적이고 권위적으로 대하는 검찰청의 직원들, 피의자를 잘 봐주겠다며 그 가족으로부터 교제비 조로 돈을 뜯는 검찰청 수사관, 돈이 아니면 피의자 가족들에게 까다로운 수속과 절차를 강제하고 경멸과 냉대로써 대하는 구치소 직원들, 돈을 받고도 의뢰인이 기소된 것조차 모르는 무책임한 변호사 등등이 바로 법의 테두리를 이루고 있는 것이다. 이 소설은 무엇보다도 법이 불법과 손잡고 있는 이러한 모순과 역설을 뚜렷하게 보여 준다.

「조그만 체험기」는 이처럼 한 중년 여성이 억울하게 구속되어 기소된 남편을 나오게 하려다가 엄정한 법 집행의 현장이어야 할 검찰청과 구치소 등에서 어이없는 불법들을 경험하게 되는 이야기를 통해 우리 사회의 모순과 허위의 일단을 적나라하게 들추어낸다. 이 소설은 결국 '법 안에서 만난 불법'이라는 어떤 모순을 통해 우리 사회의 허위와 병폐를 발가벗기고 있는 작품이다.

인생이라는 철길 위에서 덜컥거리는 삶

송하춘의 「은장도와 트럼펫」(1985)은 가출한 유부녀와 떠돌이 쓰리꾼이 만나고 헤어지는 이야기를 통해 우리 내면에 들어 있는 두 가지 근본 충동에 대해 말한다. 하나는 답답한 질서의 삶을 벗어나서 구속 없는 자유의 삶을 향유하려는 유목민적 충동이고, 다른 하나는 위태로운 자유의 삶을 그치고 안정된 질서의 삶을 영위하려는 정주민적 충동이다. 그리고 「은장도와 트럼펫」은 그 가운데 하나의 충동이 다른 충동을 압도했을 때 드러나는 두 가지 삶의 모습을 보여 준다. 유목민의 삶과 정주민의 삶이 바로 그것이다.

'봉수'는 22년의 삶을 불행하게 살아왔다. 어머니에게 버림받고 고아처럼 기차 칸에서 먹고 자랐으며 살아남기 위해 남의 호주머니를 더듬고 다니는 쓰리꾼이 되었다. 봉수에게 유일한 낙은 트럼펫을 부는 일이었을 뿐이다. 그런데 봉수는 우연히 '정님'이라는 유부녀를 만나면서 이전과 다른 삶을 살게 된다. 우연히 만난 여자였지만, 정님은 봉수의 곁을 떠나지 않고 밥상을 차려 내오고, 늦게 돌아오는 그를 기다리며, 그가 부는 트럼펫 소리를 좋아한다. 봉수는 그녀를 진지하게 사랑하게 되고, 어설프게나마 가정을 이루고 산다는 것의 의미를 알고 행복감을 느낀다. 그리고 봉수는 더 이상 남의 물건을 훔치지 못한다. 가정을 이루고 사는 데서 오는 행복감을 알게 되면서 봉수는 양심이 생겨나고 소심해지게 된 것이다. 그러던 봉수는 심지어 정님의 아이를 데려다 같이 살자는 말까지 꺼낸다.

정님은 중농의 가정에서 방탕기가 있는 아버지와 반과부로 자녀와 생계에만 매달리는 어머니 밑에서 자라났다. 어릴 때 판소리 가락에 미쳐 있는 것이 어머니에게 들통나 집안에서 거의 청소와 뜨개질만 했다. 그런가 하면 정님은 어머니에게서 정절을 지키며 산 어떤 여자에 관한 옛날이야기를 자주 듣기도 했다. 정님은 결국 중학교만 마치고 스무 살에 어떤 사업하는 남자와 결혼하여 한 아이의 어머니가 되었다. 그러나 정님은 바람기 때문에 결국 가족의 비밀스런 치부가 되어 시댁으로부터 쫓겨난다. 가출한 정님은 기차 칸에서 우연히 만난 봉수라는 남자와 그가 부는 트럼펫 소리를 들으며 한동안 같이 살게 된다. 정님은 그런 와중에도 관계는 끊었지만 지난 정 때문에 고통스러워하다가 은장도를 가지고 찾아온 어머니를 맞는다. 이후 정님은 자신의 은장도를 봉수에게 주고 떠나간다.

이 소설은 제목에서 암시되고 있듯이 우리 생에는 '은장도'로 상징되는 삶과 '트럼펫'으로 상징되는 삶의 모습이 함께 들어 있음을 말해 준다. 우선 은장도로 상징되는 삶이란, 은장도가 지조와 절개를 지키는 도구이듯이, 한곳에 뿌리를 박으면 죽을 때까지 그곳에서 생활을 영위하는 어떤 안정된 질서의 삶이라고 할 수 있다. 이것은 예컨대 정님의 어머니나 그 어머니의 어머니들에게서 가장 예시적이다. 그와 달리 트럼펫으로 대변되는 삶이란, 트럼펫이 흥겨움과 춤바람을 일으키는 악기라는 데서 어느 정도 암시되는 것처럼, 어느 곳에도 뿌리를 박지 않고 바람처럼 떠도는 보헤미안적 자유의 삶을 가리킨다고 할 수 있다. 이것은 물론 정님의 아버지나 봉수의 어머니에게서 가장 잘 드러난다. 그런가 하면 「은장도와 트럼펫」은 소설의 중심인물인 정님과 봉수에게서 나타나고 있는 것처럼 안정된 질서의 삶은 그 답답함과 무미건조함 때문에 보헤미안적 자유의 삶을 갈망하고, 반대로 보헤미안적 자유의 삶은 그 위태로움과 불안정함 때문에 안정된 질서의 삶을 염원한다는 사실을 알려 준다. 이것은 '침목'과 '레일'의 비유를 통해 명확하게 설명된다. 그런데 「은장도와 트럼펫」에서 좀 더 중요한 것은 정님이 보헤미안적 자유의 삶에 이끌려 나오지만 '침목'의 가지런함이 뜻하는 안정되지만 답답한 정주민의 삶으로 돌아간다는 서사의 결말에 있다. 마지막 장면에서 정님이 어머니로부터 받은 은장도를 봉수에게 주고 떠나간다는 대목은 여기서 대단히 암시적이다. 그것은 '트럼펫에게 은장도의 재갈을 물리는 것', 즉 트럼펫의 자유라는 삶의 일탈이 잠시는 허용될 수 있어도 은장도의 질서라는 삶의 토대가 완전히 버려질 수는 없다는 것을 의미한다. '침목'과 '레일' 위를 번갈아 오가며 덜컥거리면서도 철길을 벗어나서는 안 되는 법이다. 만일 그 인생이라는 철길을 넘어 버리면 그것은 곧 삶의 파탄과 직결될 수밖에 없다.

「은장도와 트럼펫」은 이처럼 정님의 이야기와 봉수의 이야기를 통해 우리 삶의 두 가지 모습을 보여 준다. 즉 위태롭지만 구속 없는 자유를 만끽할 수 있는 유목민적 삶과 답답하지만 안정된 일상을 보장해 주는 정주민적 삶에 대해 말한다. 그러나 정님과 봉수가 만났다 헤어지면서 자신들의 원래의 삶으로 돌아간다는 이야기를 통해 궁극적으로 「은장도와 트럼펫」은 보헤미안적 삶의 유혹에도 불구하고 일정하게 유지되어야 하는 어떤 현실의 질서와 기율을 말하는 것으로 보인다.

욕망을 껴안는 두 가지 방식

유홍종의 「죽은 황녀(皇女)를 위한 파반느」(1985)는 아름다운 여인의 매력에 이끌리다가 치명적인 상태에 이르는 한 남자의 이야기를 들려준다.

희곡작가인 '나'는 오래전 기억 속의 한 여인으로부터 '선생님 저예요'로 시작되는 편지를 받고 불에 덴 듯한 상처를 떠올리며 지난 과거를 회상한다. '나'는 10여 년 전에 '오여란'이라는 매력적인 열두 살짜리 소녀와 일 년가량 동거를 한 적이 있었다. 그런데 '나'는 자신을 여인으로 인정해 주기를 바라는 그 여자아이의 강렬한 유혹에 시달리게 되었다. 하지만 '나'는 그 여자아이에게 어른이 될 때까지 기다리자며 이를 끝까지 거절하였다. 그리고 두 사람은 서로 왕과 왕비가 되어 아름다운 추억을 쌓아 나갔다. 그러다가 그녀가 독일에 있는 어머니에게로 가게 되면서 '나'는 그녀와 헤어지게 되었고, 성인이 된 후에 결혼을 기약하였다. 그 후 '나'는 그녀와 몇 년간 편지를 주고받았고, 그녀는 그사이 성숙한 여인으로 성장하였다. 그런데 어느 날 그녀가 '나'를 만나기 위해 한국에 돌아왔고, 흥분한 '나'는 마침내 그녀와의 황홀한 정사를 실현할 수 있으리라 기대하였다. 그러나 그녀와의 해후는 치명적인 것이었다. 병원에서 깨어난 '나'는 마침내 그녀가 '내' 술잔에 독약을 넣었다는 사실을 알게 되었다. 그런데 나중에 알게 된 것이지만, 그녀는 '클라라 김'으로 불리는 그녀의 젊은 어머니였다. '내'가 아는 그녀는 독일로 건너간 지 얼마 안 되어 혈우병을 앓다 죽었고, 바로 그녀의 어머니가 그녀의 행세를 하며 '나'에게 다가온 것이었다.

「죽은 황녀를 위한 파반느」는 오여란이라는 소녀와 우연하게 동거를 시작하면서 그 어린 여자에게 매혹되어 버린 한 희곡작가의 욕망이 자칫 죽음을 부를 뻔한 이야기를 주된 줄거리로 하고 있다. 여기서 일단 이 소설은 '치명적인 아름다움의 존재'를 아주 강렬하게 부각시킨다. 주인공을 죽음에 이르게 할 뻔한 독약이 '아트로파 벨라돈나'라는 학명을 가진 다년생 초목에서 추출된 것이라는 점은 여기서 특별히 시사적이다. 즉 고대 그리스인들은 '수명을 끊는 여신'을 일컬어 '아트로포스(Atropos)'라 불렀고 '벨라돈나'는 이태리어로 '아름다운 여인'을 뜻하는데, 결국 아름다움이 치명적인 독이라는 사실이 그 다년생 초목의 학명에서 뚜렷하게 예시된다. 주인공을 유혹했던 오여란은 바로 '벨라돈나(belladonna)'였던 셈이다.

그런데 중요한 것은, 그 '벨라돈나'라는 치명적인 아름다움의 위험은 오여란이 아니라 그녀의 어머니 클라라 김에 의해 야기된다는 사실에 있다. 소설에 따르면, 사실 클라라 김은 오여란과 동일한 의미를 지닌 여자이다. 남자를 유혹할 만한 매력적인 아름다움을 지닌 여자라는 점에서 오여란과 오여란의 어머니는 일종의 쌍둥이라고 할 수 있다. 그러나 오여란이라는 어린 여자의 매력적인 아름다움은 욕망에 대한 '나'의 도덕적 절제와 만나 성숙을 기다려야 했던 반면에, 클라라 김이라는 어린 여자의 매력적인 아름다움은 오여란의 아버지로 짐작된 한 남자의 무절제와 만나 미숙한 상태 그대로 욕망의 대상이 되어 버리고 말았다. 바로 클라라 김은 자신의 딸과 반대로 오여란이라는 딸을 '열다섯 살'에 낳았던 것이다. 이 소설에서 그처럼 '성숙한 욕망'과 '미숙한 욕망'은 상반된 결과를 낳는 것으로 묘사된다. 먼저 성숙한 욕망은 한 여자의 아름다움을 실제로는 죽었으나 추억 속의 순결한 아름다움으로 보존한다. 말하자면 성숙한 욕망이 아름다움을 껴안을 때, 그것은 '세계에서 가장 아름다운 노이쉬반스타인 왕궁'의 삶을 이루는 것에 빗대어진다. 반대로 미숙한 욕망은 한 여자의 아름다움을 살아 있으나 더럽고 추한 현실의 일부로 만들고 훼손한다. 이를테면 미숙한 욕망이 아름다움을 껴안을 때, 그것은 '바퀴벌레와 쥐가 들끓고 화장실 벽의 물이 새는 일곱 평짜리 연탄 아파트'의 삶으로 떨어지는 것에 비유된다. 소설의 결말에서 클라라 김의 아름다움이 치명적인 것으로 나타나듯이, 미숙한 욕망은 '아름다움'을 '죽음'의 동의어로 만들기까지 한다. 그렇다면 '치명적인 아름다움의 존재'가 있는 것이 아니라 미숙한 욕망이 아름다움을 치명적으로 만드는 것인지도 모른다.

　이 소설은 결국 오여란과 오여란의 어머니를 욕망하는 두 남자의 이야기를 들려줌으로써 아름다움을 욕망하는 두 가지 방식을 보여 주는 셈이다. 그리고 그것을 통해 미숙한 욕망은 아름다움을 죽음과 결부되어 사악해지는 것이지만 '성숙한 욕망'은 아름다움을 영원한 삶에 이어지도록 하는 '또 다른 아름다움'이라는 점을 말해 준다.

고리(環), 혹은 원한 감정의 회로

한상윤의 「고리」(1986)는 한 과부 며느리의 이야기를 통해 사람의 독한 원한 감정이라는 것이 '고리'처럼 발원지가 곧 귀착지가 되는 둥근 원환의 회로를 따라 흐른다는 것을 말한다. 즉 독기라고 바꾸어 부를 수도 있는 원한 감정은 다른 사람을 상처 내려고 품는 것이지만 오히려 그것은 자기 자신을 상처 내고 만다는 이야기를 들려주는 것이다. 나아가 그러한 삶의 '고리'를 벗어나지 못하고 원한 감정의 회로에 붙들린 자들의 세상은 결국 '살인적인 아귀다툼'의 참혹한 공간이 되고 말 것이라는 것 또한 이 소설은 말한다.

이 소설에서 먼저 주목해야 할 삽화는 작품 초두에 나오는 과부 며느리인 '나'의 어릴 적 기억 한 토막이다. 큰오빠가 화류계 여자와 관계해 낳은 아들 '태호'가 가진 값진 크레파스에 정신이 팔리면서 '나'의 가슴속 밑바닥에 도사린 질투심과 잔인성이 흔들어 깨워진 장면인데, 거기서 '나'는 자신의 형편없는 크레파스를 떠올리며 태호를 유혹하다가 끝내 거절당하자 그악스럽게 크레파스를 짓뭉개며 '우리 언니더러 엄마라고 부르지 마, 느 엄만 도망갔어.'라고 씨부려 뱉고, 화가 난 태호는 주머니칼을 꺼내어 '나'의 이마를 그어 버린다. 그 상처는 지금 거울 속에 비친 '기미 슬고 겉늙은 여자의 얼굴'을 가진 성인이 된 현재의 '나'의 이마에 '그리마 같은 흉터'가 되어 남아 있다. 말하자면 태호를 겨냥한 '나'의 질투심과 잔인성이라는 칼날이 '나' 자신에게 꽂히고 만 것이다. 그 후 태호와 '나'의 관계는 증오와 경멸과 원한 감정이 뒤엉킨 복잡한 것이 되는데, 나중에 그 그리마 같은 흉터는 사실상 아무것도 아닌 것으로 드러난다.

이 원형적인 장면은 성인이 된 후에 더 끔찍하고 참혹한 상처로 다시금 돌아온다. '나'는 젊은 나이에 남편을 여의고 유복자를 낳는다. 대학 4학년이던 남편은 데모(정치투쟁)의 와중에 총상을 입고 죽어 버린 것이다. 하지만 15년 가까이 '나'는 초등학교 교사로 아들 '형주'를 키우며 오기 있게 산다. 그러나 자신의 반 아이가 그네를 타다 떨어져 뇌진탕으로 죽는 사건이 일어나고, 이해를 바랐던 것과 달리 부모가 법정투쟁을 벌이는 바람에 '나'는 그 사건에 대한 책임을 지고 교단을 어쩔 수 없이 떠난다. 결국 시어머니의 식객이 된 '나'는 다시금 재기를 꿈꾸며 칠면조를 분양받아 키우기로 하는데, 정성 들여 키운 칠면조를 팔려고 했을 때는 그 칠면조 분양 사업이 하나의 사기극임이 밝혀지고 난 다음이었다. 자포자기와 원한 감정으로 괴로워하던 '나'는 시어머니의 만류에도 불구하고 작은오빠의 중재를 통해 어릴 적 이후 껄끄럽게 생각해 왔던 태호에게 굴욕감을 느끼면서 백만 원에 칠면조를 모두 팔아 버린다. 그러나 태호는 마지막에 냉소와 비웃음을 흘린 채 '나'에게 칠면조 전부를 잡아 달라고 한다. '나'는 아들 형주와 고리(環)를 만들어 애를 써 가며 칠면조를 도살하다가 그만 서로 피칠갑을 하고 만다. '엄마, 우리가 이 짓 꼭 해야 해요?'라고 말하는 형주의 손등에는 '살점을 뜯기고 핏물이 돋은 자국'이 나 있다. 그리고 형주는 미친 듯 칠면조를 도살하며 '입가에 쾌재를 부르는 듯한 미미한 웃음기'를 띤다.

어릴 적 태호에게 겨냥되었던 질투심과 잔인성이 결국 자기 자신이 깊은 애정을 가지고 키운 것이고, 그래서 자신의 피붙이와도 같은 칠면조를 도살하도록 만든다는 것은, 독한 원한 감정의 회로를 정확히 보여 준다. 요컨대 이 모든 것은 원한 감정 내지 독기로 다른 사람을 상처 내면 그 대가를 반드시 치르게 된다는 전언이다. 그리고 그것은 원한 감정과 독기가 또 다른 원한 감정 내지 독기의 촉매가 되기도 한다는, 그래서 끊임없이 대물림되는 것이라는 원한 감정의 또 다른 회로를 보여 주기도 한다. 미친 듯 도살을 하며 머금은 아들 형주의 미미한 웃음기가 바로 그것을 암시한다. 작가는 이러한 원한 감정의 고리를 끊지 못하고 그 안에 붙들리면, 북한산 기슭 비닐하우스에서 배고픔에 서로의 깃털을 뽑아 먹던 칠면조들의 삽화가 암시하는 것처럼 결국 '살인적인 아귀다툼'을 벌이게 된다는 것을 말하는 것으로 보인다. 태호에게 가한 상처를 태호에게서 돌려받은 '나'처럼, 태호 또한 '나'나 형주에게 가한 상처를 언젠가는 돌려받게 될 것이기 때문이다. 그런데 살인적인 아귀다툼을 벌이는 독한 짐승들인 그들의 반대편에는 시어머니가 있다. 그녀는 인간의 성질이 근본적으로 독한 것임을 알고 그것을 피하는 길에 대한 부처의 올바른 가르침을 실천하는 사람이다. 간단히 말하면 시어머니는 '증오의 살생' 대신 '사랑의 방생'을 통해 질긴 원한 감정의 회로로부터 벗어나고자 하는 사람인 것이다. 윤회의 고리를 끊기 위해 자신의 원한 감정을 잘 다독이고 다스려 밖으로 향하게 하지 않는 사람을 통해, 작가는 원한 감정의 회로를 끊는 방법을 우리에게 암시하고 있는 것 같다.

이 소설은 결국 '나'와 태호, 그리고 형주와의 관계를 통해서는 고리의 형상으로서 비유적으로 설명되는 원한 감정의 악무한적 회로를 섬뜩하게 보여 주는 동시에, '나'와 시어머니와의 대비를 통해서는 그 불길한 원한 감정의 회로를 끊는 방법을 암시하는 작품이라고 할 수 있다.

이념과 진실

현길언의 「껍질과 속살」(1986)은 '남도리 해녀 사건'의 전말을 한 양심적인 기자가 파헤쳐 가는 이야기를 들려줌으로써 집단적 이념의 '껍질' 속에 억압된 개인적 진실의 '속살'에 대해 말하는 작품이다. 이것은, 가령 소설의 화자인 '성 기자'가 경상북도 안동에서 개최되는 전국민속경연대회를 취재하며, 전통문화를 계승하기 위해 벌인 옛 문화의 재현이 사실은 한 시대의 생생한 재현이 되지 못하고 경쟁을 벌이고 상을 타기 위해 요란한 눈요깃감만을 제공하는 것이 되고 있음을 질타하는 대목에서 잘 드러난다. '껍데기에만 아름다운 색칠을 하고 그 속살은 전혀 드러내 주지 않고 있었다.' 일단 줄거리를 보자.

제주도 해녀들의 생활에 관한 책, '강근수'의 『바다의 사냥꾼』이 출간되고, 곧 전국적으로 큰 화젯거리가 된다. 그 책 때문에 그 책에 실려 있는 남도리 해녀 사건도 새롭게 부각되어 여러 사회단체에서는 이 사건을 기념할 대대적인 사업까지 구상하게 된다. 그리고 그 사건의 주동자로 알려져 있는 '송순녀 여사'에게는 사회적인 보상을 하려는 움직임도 일어난다. 그런데 송 여사는 이를 극구 사양하고 사건의 진상은 그와 다르다고 주장한다. 그러나 사회의 굳어 버린 인식은 송 여사의 진실을 들으려 하지 않는다. 송 여사의 주장은 각종 항일 단체와 밀접한 관련을 맺고 철저한 민족정신에 입각하여 일으킨 조직적인 항일운동이 아니라 그냥 먹고살기 위한 우발적인 사건에 불과하다는 것이 사건의 진상이라는 것이다. 이런 사건을 해방 후에는 '이명균' 등의 신우회를 중심으로 한 좌익에서 자기들의 업적이라고 부추기는 바람에 좌익이 물러간 후 송 여인은 우익인 서북청년단에게 공산주의자로 몰려 혹독한 상처를 입고 평생을 좌절 속에서 살게 되었다. 송 여인은 이명균의 아내로서 낳은 아들과 해방 후 공산주의자로 몰렸을 때 서북청년단의 간부의 협박 속에 치욕적인 잠자리를 하여 낳은 딸을 데리고 현재 부산에서 조용히 말년을 보내고 있다. 그래서 그녀는 다시 남도리 해녀 사건이 어떤 이념에 의해 호도되는 것을 극구 말리려 하는 것이었다. 그러나 이러한 사정에 아랑곳없이 사회단체와 매스컴들은 그 해녀 사건을 상투적 이념에 가두어 대대적으로 선전하고, 송 여인의 진실은 다시 한번 좌절을 겪게 된다.

이처럼 이 소설은 집단적 이념의 껍질과 그 속에 억압된 개인적 진실의 속살을 대비해서 보여 준다. 그리고 그것을 통해 집단적 이념과 개인적 진실의 갈등을 드러내고, 나아가 개인적 진실을 억압하는 집단적 이념의 폭력성을 말한다. 물론 한 집단이 표방하는 이념은 그 집단에 속하는 개인적 진실들의 총계로서 탄생되는 것이라고 할 수 있다. 예를 들어 개인들이 보편적으로 경험하는 식민 통치의 모순과 허위라는 진실에서 민족주의라는 이념이 탄생하고, 사회적 빈자들이 일반적으로 경험하는 자본주의 체제의 모순과 허위라는 진실에서 공산주의라는 이념이 생겨난다. 이것은 말하자면 구체적 보편성으로부터 발원한 이념이 처음엔 개인적 진실에 민감하고, 따라서 그것이 보편적 호소력을 갖는 이유일 것이다. 그러나 이념이 현실의 구체성에 대해 유연성과 포용력을 잃고 추상적 성격을 띠게 되면 개인적 진실에 둔감해짐으로써 그것과 첨예한 갈등을 빚게 된다. 비유컨대 민감한 속살이 현실과의 마찰에서 점차 둔감해지면 굳은살이 되고, 결국 껍데기가 되어 버리고 마는 것과 같은 이치다. 송 여인의 진실을 담아내지 못하는 공산주의와 민족주의, 곧 좌익과 우익의 이념들은 그렇게 껍데기가 되어 버린 이념들인 셈이다.

그러나 송 여인의 개인적 진실을 호도하는 사회단체와 매스컴의 일들에 대해 한 젊은이가 보여 준 다음과 같은 옹호의 발언도 설득력이 없지 않다. '구체적인 개인의 삶이나 집단의 삶에서 역사적 의미를 발견해 내는 것이 지식인의 역할 중 중요한 것이라고 생각합니다. 개인의 진실이 소중하다고 해서 그것이 주는 사회·역사적 의미를 도외시한다면, 그것은 역사 발전의 주체자로서 일반 민중의 힘을 과소평가하는 반역사적, 또는 소수 엘리트주의자들의 소아병적 자세입니다.' 이 점 과히 틀린 얘기라고 할 수는 없다. 그러나 작가는 개인적 진실들을 포용하고 아우르지 못하는 이념의 경직성과 폭력성을 지적하고 있다는 점에서 역시 잘못 짚은 것이라고 할 수 있다. 그뿐만이 아니다. 사실 남도리 해녀 사건에 얽힌 송 여인의 개인적 진실은 단순히 '농사지어 놓은 밭에 곡식을 절단 내는 소를 내몰듯이' 그냥 먹고살기 위한 우발적인 행동만으로 이루어져 있지는 않다. 이념의 변전 속에서 낳은 두 자식(좌익과 우익)을 모두 보듬어 안고 살아가는 송 여인의 현재의 삶은 그 포용력에서 공산주의나 민족주의와 같은 적대적이고 편협한 이념들을 넘어서고 있다. 나아가 그러한 삶은 개인적 삶의 영역에 국한되지 않고 실로 보편적인 삶의 이념에 육박하고 있는 것처럼 보이기도 한다. 실제로 그것은 작가가 요청하는 새로운 이념일지도 모른다. 모성에 바탕한 용서와 화해라는 이념 말이다.

그러니까 「껍질과 속살」은 개인의 진실에 둔감한 집단적 이념의 경직성과 폭력성을 말하는 작품인 동시에 개인의 진실에 민감한 속살을 가진 새로운 이념을 제안하는 작품이라고 할 수 있다. 물론 작가는 그것을 이념이라 부르기를 꺼려 할 것이다.

소설과 제목
—이호철의 「부군」과 「판문점」에 대하여

1.

간판이 소비자가 사려는 물건의 목록을 요약하여 암시하도록 설계된 장식물임은 아무도 부인하지 않는다. 그것이 장식물인 만큼 소비자의 구매 의욕을 자극하는 화려한 외양을 뽐낸다고 해서 또한 눈살을 찌푸릴 사람도 없다. 아마도 그래서이겠지만 어떤 물건의 구입을 위해 하나의 상점을 선택하려는 경우 우리가 선택의 지표로 삼게 되는 것은 대개 그 상점의 간판이다. 일반적으로 상품 목록을 요약하고 암시하려는 실용주의적 의도와 소비자의 시선을 끌고 구매욕을 자극하려는 심미주의적 의도는 간판의 제작 의도 속에 함께 결합되어 있다. 이러한 '판매자와 소비자 사이의 관계학'은 소설의 독서에서도 그대로 관철된다. 소설을 읽고자 할 때 독자가 가장 먼저 대면하게 되는 것은 그 소설의 간판이라고 할 수 있는 제목이다. 간판을 상점의 제목이라 부를 수 있는 것이라면 제목을 소설의 간판이라 불러 어색하지 않다. 그러니까 소설의 제목도 독자에게 그 소설의 내용을 요약해 주거나 주제를 암시하는 것이어야 한다. 거기다 독자의 호기심을 자극하고 독서 의욕을 촉진할 수 있는 제목이라면 더 바랄 것이 없다. 마찬가지로 소설 제목의 작명(作名) 작업에도 두 가지 의도가 결합되어 나타나는 것이다.

그런데 소설의 제목에서 그 두 가지 의도가 언제나 화해로운 관계 위에 보충적으로 작용하는 것은 아니다. 불화의 관계 끝에 한쪽의 의도가 다른 한쪽의 의도를 일방적으로 대체해 버리기도 한다. 두 방향의 의도가 상호 보완적일 때 제목은 소설의 독서에 좋은 안내자가 되지만, 반대로 그 의도들이 상호 배타적일 경우 제목은 소설에 관하여 매우 오도적으로 작용하여 독서에 장애가 될 수 있다. 특히 더 오도적인 것은 지나치게 독자의 호기심에 호소하려는 의도가 소설의 주제를 암시하려는 의도를 압도하는 경우다. 이 경우 작가는 소설의 내용과는 무관하게 선정적인 제목의 설정에 가책 없이 집착하게 된다. 본질적으로 제목은 소설을 부인하지 않는다. 하지만 현상적으로 소설의 독서에 좋은 안내자가 되지 못하는 오도적인 제목의 존재를 부정할 수 없다. 이호철의 두 단편 「부군」과 「판문점」은 그러한 '소설과 제목 사이의 관계학'이 보여 주는 두 양상에 적절히 대응하는 것으로 보인다.

2.

이호철의 「부군(浮群)」(『현대문학』, 1957.1)은 제목이 소설을 부인하지 않는 경우에 속하는 작품으로 볼 수 있다. 이것은 일단 '부군(浮群)'이라는 제목이 내용의 요약과 주제의 암시라는 제목이 가져야 할 요건 중의 한 가지 요건을 충족시키고 있음을 말한다. 그렇다면 그 제목이 독자의 흥미를 유발할 만한 매력이 있는가라는 또 하나의 물음에 대한 대답이 남는다. 하지만 그 매력의 유무를 판별하는 일이 미루어지더라도 소설과 제목이 맺고 있는 조응 관계는 안심해도 괜찮을 것 같다. 아무래도 제목의 심미적 매력은 그것이 갖추어질 때 충분한 조건이 되는 것이지만 반드시 갖추어야 하는 필수적인 조건은 아닌 까닭이다. 어쨌든 '부유하는 무리'라는 뜻의 소설 제목은 거기에서 '어떤 의지처와의 유대의 끈을 상실한 동요하는 사람들의 이야기'를 기대하게 만들고, 한편으로 소설의 본문은 또한 그 기대를 배반하고 있지 않다. 제목이 소설을 부인하지 않을 때 분명 그 제목은 소설에 올바르게 접근할 수 있는 믿을 만한 통로가 된다. 「부군」이라는 소설은 그런대로 그 제목이 소설의 독서에 무난한 안내자가 되어 있는 셈이다.

단편 「부군」을 읽는 일은 우선 그 '동요하는 사람들'의 정체와 그 '동요'의 소설적 정황을 확인하는 일에서부터 시작된다. 독자가 소설 전반부의 내용을 대강 습득하고 나면 그 작업은 물론 어렵지 않게 이루어진다. 6.25 전쟁의 발발과 함께 당의 군대는 파죽지세의 남행을 지속하지만 UN군의 참전으로 전세가 역전되고 그 와중에 제2대대의 상급 부대인 87연대의 주력이 전방에서 패퇴했다는 사실을 소설의 처음은 보고하고 있다. 그리고 인민의 군대가 북으로 패잔의 행렬을 이어 가는데도 2대대만은 행동 지침을 하달할 상급 부대와의 연계도 잃고 후방으로부터의 보급도 끊긴 채 울진 지역에 고립되어 있다는 정보가 이어진다. 여기서 '그들'은 울진 지역에 주둔하고 있는 북한군 제2대대의 장교와 사병들임이 밝혀지고 그들이 처해 있는 특수한 전술적 상황이 드러난다. 그 '동요'의 소설적 정황이란 바로 울진 주둔 북한군 제2대대가 맞고 있는 불안하고 애매한 작전 상황임이 쉽게 확인되는 것이다.

그러나 '동요하는 사람들'이 누구고 '동요'의 소설적 정황이 어떻게 조형되어 있는가를 읽어 내는 것은 어디까지나 독서의 시작을 이루는 것일 따름이다. 「부군」의 진정한 서사적 의도를 파악하기 위해선 동요하는 사람들이 동요의 근거가 되는 절박한 상황에 각기 어떤 식으로 반응하고 대응하는가를 읽어 내지 않으면 안 된다. 「부군」의 참된 서사적 목표는 의지처를 잃고 부유하는 사람들이 불안과 애매를 각기 어떤 방식으로 감당하고 처리하는지를 묘파하는 데 놓여 있다. 절박한 상황에 직면한 군인들의 내면을 들여다보는 일을 제쳐 놓고 「부군」이라는 소설을 이해하려는 일은 무모하기도 하고 무익하기도 하다. 하지만 소설의 독서에서, 그렇듯 다양한 내면의 무늬를 확인하고 감상하는 것으로 독서가 마감되는 것은 또한 아니다. 그 작업도 독서의 중간을 담당하는 것일 뿐 소설적 작의(作意)가 요구하는 최종의 독서에 부합되지 않는다. 내면들의 평면적인 병렬을 목격하는 데서 그치지 않고 그것들의 입체적 얽힘을 해부하는 데까지 나아가야 비로소 독서를 통해 유종의 미를 거둘 수 있게 된다. 실제로 「부군」은 장면들을 나란히 놓는 밋밋한 삽화적 구성이 아니라 그것들을 입체적으로 포개어 놓는 흥미로운 극적 구성을 보여 준다. 극적 구성이 흔히 갈등의 발단과 종결을 보존하는 드라마의 서사적 골격을 이름하는 것이라면 이제 독자는 여러 내면들이 일으키는 갈등의 전말(顚末)을 해명하는 일에 관심을 집중해야 한다.

내면들의 충돌과 갈등은 제2대대 소속 부대원들이 직면한 전술적 상황의 불안과 애매에 의해 발달된다. 명령 체계에서 제외된 부대원들이 행동 지침을 하달받지 못해 동요하면서 그 내면은 이질화와 분열을 경험한다. 되풀이하는 것이지만 「부군」은 한 개인의 내면의 내부가 보여 주는 이질화와 분열이 아니라 동요의 상황에 제약된 여러 개인들의 내면들의 분류(分流)가 보여 주는 이질화와 분열을 문제 삼는다. 그 이질화되고 분열된 내면들의 충돌과 갈등의 점화는, 그런데 장교와 사병 사이의 수직적 관계에서 일어나지 않고 장교와 장교 사이의 수평적 관계에서 일어난다. 군대라는 특수한 집단의 위계적 기율이 작용해 수직적 관계에선 충돌과 갈등이 억제되고 있는 데 반해, 그 작용이 면제되어 있는 수평적 관계에선 거꾸로 그것이 겉으로 표면화되고 있는 것이다. 절박한 상황에 닥친 내면들의 충돌과 갈등을 장교들의 그것으로 수렴하여 관찰하는 것은 따라서 이후 중요한 독서 과제로 자리 잡는다. 아울러 소설에선 그 장교들의 충돌과 갈등이 특히 두 장교의 태도의 대비로 단순화되어 있어 그 관찰을 더욱 용이하게 만들고 있다. 물론 단순화된 대비가 풍요로운 내면들의 전시에는 큰 결함을 갖는 방편임이 사실이지만, 그 대비의 선명성은 주제의 선명성을 보장하는 것에서 또한 그렇게 멀리 있지 않다. 더욱이 「부군」이 단편의 형식에 담겨 있다는 사실을 염두에 두면 풍요로움 대신 선명성을 택한 작가의 결정은 충분히 수긍되어 마땅하다.

①
『중대장 동무.』

『……』

중대장 완호는 그저 머리만 이쪽으로 돌렸다. 인규는 미안한 듯이 비쭉 웃기만 했다. 정작 부르고 보니 할 말이 없어지는 것이었다.

순간 완호는 어떤 잊었던 생각이 치밀어 왔다. 인규를 곁에까지 오게 했다. 인규는 기어서 중대장 옆에까지 오자, 제법 투를 부리며,

『중대장 동무 명령대로 왔습니다.』

했다.

완호는 머리끝까지 쭈뼛해지는 어처구니없음을 느끼며,

『이제부터가 중요한 거야, 알겠어? 인규 동무.』

넙쭉 일어나 앉았다.

『……』

『꼭 나만 떨어지지 말란 말야. 어디 가나 꼭 나만 따라, 알겠어?』

무슨 말인지 선뜻 알아들을 수는 없으나, 갑짜기 인규는 중대장의 그 표정에서 써늘한 것을 예감한 듯 마구 중대장에게 대들며,

『중대장 동무, 아무 연락이라두 빨리 내리라우요, 내리라우요.』

벌써 달은 하늘 한복판에 와 있었다. 초저녁 안개도 걷치고 거멓게 뻗어 있는 앞산 쪽에서는 이따금씩 빨간 신호 총알이 연방 오르고, 투닥투닥 피차의 격전이 벌어지고 있는데, 안쪽인 울진읍 거리는 함포 알에 아주 녹아나는 듯 요란스러운 폭음이 왈카닥거렸다. 밤새도록 중대장 완호는 중대원들에게 이렇다 할 아무런 명령도 내리지 않았다. 물론 제이선(第二線)이기 때문에 아직은 서둘 필요까지 없었지만.(p.242)

②

뭔가 우락부락한 것이 치밀어 올랐다. 더퍼놓고 자신만만(自信滿滿) 했다. 완호는? 이렇게 생각이 미치자, 골살을 찌푸렸다. 그까짓 놈쯤이야…. 당장 필요한 건 전투 지휘다, 전투 지휘다…. 하여튼 무언지 반짝하는 불빛처럼 또렷한 것이 있었다. 명료했다. 일찌기 경험하지 못하던 발랄한 가능성을 느끼는 것이었다. 그것을 따질 수는 없었다. 하여튼 어떤 충족감뿐이었다.

이미 중기(重機關銃) 사수 부사수는 다 너머졌다. 홍석이는 선뜻선뜻 다음다음으로 인계를 시켰다. 일 소대장도 벌써 두 번째나 대를 물

렸다. 홍석이는 이런 때마다 발끈발끈 성을 냈다. 그러나 다음다음으로 적확히 임명을 나렸다.

1소대는 우익 숲속, 2소대는 좌익 언덕, 3소대는 강줄기에 있는 과수원 속, 한 발자욱도 물러서지 말라, 탄환을 아끼라.

달이 중천을 좀 기울 즈음, 2소대장이 허겁지겁 들어왔다.

『중대장 동무.』

『……』

『탄환이 떨어져 갑니다.』

홍석이는 발끈 성을 내며 연락병을 불렀다. 연락병이 들어서자, 경례를 받는 둥 마는 둥 소리를 질렀다.

『대대본부에 가서 탄환 청구할 것, 삼십 상자, 삼십 분 안으로 돌아올 것.』

그러나 이미 대대본부에도 탄환이 없다는 것은 알고 있는 터다.

(p.243)

두 장교의 태도의 대비가 가장 극명하게 드러나 있는 장면들을 조금 길게 인용했다. 소설의 처음부터 동요의 상황에 대한 두 장교의 내면의 태도라는 것은 매우 이질적이고 대립적인 것이었다. 당연한 것이겠지만 북상하는 적군을 맞아 제2대대가 최후의 전투를 벌이는 과정에서 보여 주는 두 장교의 지휘 태도도 무척 상반된 것으로 그려진다. 줄곧 박격포 중대장인 ①의 '이완호'는 "강홍석이가 늘 꾸짖던 인테리 근성, 소시민 근성, 기회주의적 요소, 뿐만 아니라 자주성이 결여된 우유부단(優柔不斷)한 기질 같은 것"(p.224)을 보이는 허약하고 감상적인 회의의 인물로 묘사된다. 이와 달리 보병 일 중대장인 ②의 '강홍석'은 "깡끼 있고 성급하고 뭔가 강렬한 것을 발산하는 사람들이 대개 그렇듯, 사고(思考)의 한계가 명확하고 따라서 좀 단순할 수 있는 것이었으나, 냉냉한 형안(炯眼)으로 자신의 입지(立地)를 꿰뚫어 보면서도, 허황한 과장이 없이 깨끗하게 스스로를 수습해 나가는"(p.235) 단호하고 강단 있는 확신의 인물로 표현이 된다. 상황의 압력 때문에 그 상반된 태도들이 격렬하게 부딪치고 있지는 못하지만 상황에 대한 반응과 대응이라는 실존적 태도의 대비와 차이는 시종 소설에서 선명하게 나타난다. 직접적인 충돌과 갈등은 아니더라도 어쨌든 그 대비와 차이는 이 소설의 주제를 부각시키기 위한 반목(反目)의 한 연장에 분명 다른 것은 아니다.

소설은 통상 갈등의 형성으로부터 시작해서 그 갈등의 해결로 끝이 나게 된다. 갈등의 해결이 이루어지는 소설의 종결 부분에서 소설이 갖고 있는 주제의 윤곽을 대략 가늠해 볼 수 있는 것은 물론이다. 그리고 갈등의 형성과 해결은 소설의 등장인물들이 어떤 상황 속에서 맺는 관계의 얽힘과 풀림으로 이룩된다는 사실 또한 소홀히 취급할 수 없다. 그런데 「부군」은 갈등의 해결이 등장인물들의 관계에서 오지 않고 서술자의 어조에서 오고 있다는 특징을 보여 준다. 상황의 제약이 인물들의 관계를 약화시켰기 때문에 이루어진 작가의 불가피한 선택인 것으로 보이는데, 서술자가 갈등의 축인 두 인물에 보내는 어조의 차별을 통해 「부군」은 갈등을 마무리하여 주제를 암시하도록 하고 있다.

앞선 인용문들에서도 쉽게 드러나듯이, 단적으로 '완호'는 시종 서술자의 부정적인 어조에 실려 비난당하고 '홍석'은 줄곧 그의 호의적인 어조를 입고 추켜올려진다. 혹시 성급하거나 부주의한 독자에게 완호는 절박한 상황에 솔직하게 반응하는 인간적인 인물로 보이고 홍석은 무모한 신념의 인간들이 자주 드러내는 맹목의 광인으로 보일지도 모른다. 물론 그렇게 읽도록 유혹하는 계기와 장면들이 소설에 전무하다고 말할 수는 없다. 하지만 서술자는 명백히 호의와 편애의 어조를 통해 홍석을 '당당함의 기호'로 완호를 '비겁함의 기호'로 쓰고 싶어 한다. 서술자는 진심으로 절박한 상황에 대해 비겁한 회의보다 당당한 맹목이 더 낫다고 말하기를 원한다. 이 정도라면 반응과 대응이라는 두 장교의 실존적 태도의 차이에 대해 작가가 내리는 판단은 확연한 것일 뿐만 아니라, 그 판단에서 주제의 윤곽을 명확히 간취하는 일도 별반 어려운 것에 속하지 않는다.

아마도 그럴 것이다. 그렇지만 '부유하는 무리'의 바깥에 있는 홍석의 그 '당당한 맹목'에 경의를 표하는 일로 또다시 소설의 독서가 끝날 수는 없다. 완호류의 인물들('박인규', '영변 동무', 북한군 패잔병들)을 지칭하는 '부군'의 우울한 초상에 공감하고 동정을 표하는 일을 빼놓아서는 안 된다. 작가는 소설의 본문의 상당 부분을 절박함에 결박된 '부군'의 앞뒤 묘사에 할애하고 있다. 그렇게 서술의 효과를 측정하는 일이 아니라 서술의 비중을 감안하려고 할 때, 한편으로 '비겁한 회의'를 중심으로 회전하는 인물들의 특이한 행태를 지적하는 것도 요긴하다. 소설에서 반복적으로 발견되는, 눈물을 질금거리고 허탈하게 웃는 행태란 심리적으로 유약해진 인간들이 자신을 주체할 힘을 상실하는 데서 기인되는 전형적인 육체적 외현임을 배울 수 있기 때문이다. 보들레르도 말한 바 있지 않은가. "웃음도 눈물도 은총의 천국에서는 나타날 수 없다. 양자는 모두 슬픔의 아들이며, 쇠약해진 인간이 자신을 통제할 힘을 잃었을 때 등장한다"[1]라고. 그럼

---

1 이 인용문의 출처는 밝히기가 어렵다. 오래전 독서 노트에 옮겨 적을 때 그 출처를 빼먹었기 때문에 그 출처를 확인하는 작업을 해야 하는데, 그 인용문이 보들레르의

에도 불구하고 어쨌든 단편 「부군」의 주제는 '부군'에 속하는 사람과 '부군'에 속하지 않는 사람의 대비를 통해 '부군'에 속하지 않는 사람이 '부군'에 속하는 사람에 대해 비판의 의미로 맞세워지고 있는 지점에 놓이는 것임에는 틀림이 없다.

3.

이호철의 「판문점(板門店)」(『사상계』, 1961.3)은 그 제목이 오도적으로 작용해 소설의 올바른 이해를 방해받고 있는 경우에 속한다고 볼 수 있다. 한국 현대사의 질곡을 상징하는 어떤 장소의 명칭을 제목으로 선정함으로써 「판문점」은 일단 독자의 흥미를 불러일으키는 데는 어느 정도 성공할 수 있었던 것으로 보인다. 하지만 소설의 주제를 암시하여 독자를 주제의 정당한 국면에 접근시키는 데는 실패한 것으로 생각된다. 물론 '판문점(板門店)'이라는 제목이 소설의 내용이나 주제의 배경의 하나로 처리되고 있는 것은 사실이어서 소설과 제목이 맺고 있는 상관관계가 어느 만큼은 승인될 수 있는 것이기는 하다. 그런데 그 제목이 지닌 정치적 함의의 지나친 과장은 소설의 참된 주제라고 할 수 있는 '소시민적 속물성에 대한 야유와 비판'을 독자들의 관심의 권외로 밀어내는 결과를 낳고 말았다. 그리고 그 결과가 빚어낸 것이겠지만, 「판문점」을 '분단소설'이라는 편의적 범주로 포괄하여 이호철 소설들 가운데 그것이 차지하는 특별한 위상이 몰각되도록 만든 불행한 결과에 이르게까지 했다.[2] 이론적 단순화의

저서에서 직접 인용한 것인지 아니면 다른 연구자의 인용을 재인용한 것인지조차 분명하지 않다.

2 이호철의 경우 「판문점」은 전후소설의 양상을 지니던 초기의 경향과 속물적 소시민성 비판으로 나아가는 이후의 소설 경향의 결절점에 놓이는 작품으로 보아야 한다.

우를 곧잘 범하는 강단비평가들이 제목의 습득으로 소설 읽기를 대행해 버리곤 한다는 사실이 어쩌면 소설과 제목의 불일치가 초래하고 있는 오해의 골을 더욱 깊게 만들었는지도 모른다. 만일 소설의 본문을 끊임없이 확인하고 올바른 주제에 착목했더라면 비록 오도적인 제목이라 하더라도 그 오해의 파장을 크게 줄일 수 있었을 것이다. 소설과의 의미 있는 교감이 꼼꼼한 독서에서 오는 것은 물론이거니와 그것이 오도적인 제목의 횡포를 미연에 방지할 수 있는 가장 좋은 방법임은 따로 이를 것도 못 된다.

단편 「판문점」은 인물-화자 '진수'의 의식을 통해 접근할 때 비로소 주제에 대한 올바른 접근을 허여하는 소설이다. 만약 '판문점'이라는 제목의 연상대를 따라 남남(南男)과 북녀(北女)의 만남과 대화라는 사건의 선정성에 말린다면 올바른 주제의 포착이라는 의욕의 성취는 요원한 것이 되고 만다. 다른 체제에 속한 두 남녀의 대화를 통한 상반된 이념의 대비라는 객관화의 전략이 절대화된 이념의 상대화를 유도하여 이전의 반공소설들이 보여 준 맹목적인 이념 혐오를 객관적인 이념 분석으로 이끌었다는 공로를 인정하더라도 「판문점」의 독서가 그것에서 끝날 수는 없다. 물론 소설의 제목은 그런 독서의 종결로 만족해도 괜찮다고 독자를 기만하려 한다. 하지만 이 소설의 무게중심이 그쪽에 있지 않다는 것은 진수가 위치하는 공간에 따라 그가 보여 주는 의식의 반복적인 변화를 감지하는 데서 명료히 드러난다. '형의 집'으로 대변되는 남쪽의 일상과 북쪽 여기자를 만날 수 있는 '판문점'을 오가며 진수는 두 의식의 거듭되는 교체를 경

물론 이런 견해를 제시하고 있는 논자들이 없는 것은 아니지만 그들은 작품의 구체적 분석을 수반하지 않고 있어 그 판단의 근거를 확인해 볼 길이 없게 되어 있다.

험한다. 그러고는 의식의 지속적인 반전(反轉) 끝에 마침내 하나의 의식이 다른 하나의 의식을 패배시켜 승리를 거두게 되는 지점에 이른다. 그렇게 하나의 의식이 승리를 거두는 지점이 바로 소설의 독서가 종료되는 지점임을 확인하는 데서 「판문점」은 그 서사의 비밀을 다 실토하게 된다.

「판문점」을 인물-화자 진수의 의식을 통해 접근하면 독자는 거기에서 두 개의 의식이 길항하는 과정을 지켜볼 수 있다. 하지만 의식의 거듭되는 반전과 교체의 진행 속에서도 진수가 자리하는 공간에 따라 그의 의식은 어떤 우세종에 의해 점유되곤 한다. 우선 남쪽 사람인 진수가 남쪽의 속물적인 일상의 공간에 위치할 때 독자는 진수의 의식 속에 '야유(揶揄)' 의식을 본다. 그 의식이 인물-화자의 지적 냉소주의에 의해 안받침되어 있음은 물론이다. 진수에게 남쪽의 속물적인 일상은 그가 지닌 냉소의 의식 속에 신랄한 야유를 깨우는 데 부족함이 없다. 판문점으로 떠나오기 전 형님과 형수가 보여 준 볼썽사나운 수작이나 판문점으로 가는 버스 안에서 외국인 부부 기자가 드러내는 역겨운 행태가 진수의 눈에 어떻게 비치고 있는가를 보라.

자기가 나왔으니까 형님과 형수와 조카 사이는 온전하게 그들대로의 찬찬한 것으로 되돌아갔을 것이다. 형님은 와락 다가앉으며 형수의 엉덩이를 한번 꼬집어 볼 수도 있을 것이다. 아이 왜 이래요, 주책없게, 형수는 이렇게 소곤대는 목소리로 눈을 흘길 것이다. 안방에서 들어요. 이러지 말아요 글쎄, 주책없게. 그러나 형수도 알고 있을 것이다. 그들만의 자리가 됐으니까 이러는 것을. 으례 딴 사람이 있으면 사또님이나 된 것처럼 준엄하게 도사리고 있는 남편을⋯⋯ 자연스럽고도 능청스럽게 오무려졌다 펴졌다 하는 남편의 그 융통성에 은근히 감탄할지도 모른다. 정작 그들만의 분위기가 되면 형님은 애숭이처럼 좀 미련을 부리고 도리어 형수가 좀 전의 형님 같은 표정이 될지도 모른다. 형님이 애걸 조가 되고 형수가 비싸게 굴지도 모른다. 여자란 은근히 이런 것을 바라고 있을지도 모른다. 사실 형님에겐 좀 불결한 구석이 있다. 형수와 조카는 끔찍히 사랑하고 어머니나 자기를 두고는 집안에서의 제 처신, 마땅히 해야 할 제 도리(道理) 같은 것만 우선 생각한다. 그리고 그 처신이나 도리는 적당히 작위적인 진지성을 수반하기가 일수이다.(p.376)

들은 얘기지만 그 옆의 남자는 남편이라는 것이어서 부부 동반으로 나와 있는 기자들이라는 것이다. 그러구 보니까 역시 얘기 가락이나 표정에 집안 얘기다운 자상하고도 진지한 구석이 느껴진다. 남편은 홈스판 웃저고리에 골뎅즈봉의 수수한 옷차림이고 고불통을 물었지만 아무리 보아도 들이빠는 기색이 없다. 이제나 이제나 하고 안타깝게 바라보는 것이나 전혀 들이빨지를 않는다. 저런 망할 자식이, 드디어 진수는 이렇게 악을 쓰듯이 속으로 뇌깔였다. 아내 쪽은 보지 않고 곧바로 제 앞만 바라보며 있는 것이 엊저녁의 형님처럼 역시 저대로 남편다운 위엄이 늠름하다. 한참 만에야 드디어 뻑 뻑 힘을 주어 고불통을 빨다가, 서서히 고불통 끝을 만져 보고, 불이 꺼진 것을 알아차리고도 전혀 표정이 없이 호주머니에서 라이타를 꺼내 불을 당겼다. 잠시 말을 끊고 이러는 남편을 차근히 지켜본다. 그러는 몸짓에서 둘 사이의 엄청나게 퇴적되고 때 묻은 익숙함이 단려하게 느껴진다. 그러나 그 단려한 내음새도 역시 어딘가 서양풍의 이역 내음새였다. 둘이 다 팔자 좋게 곱게 걸어온 그들 인생의 편린이 번뜩였다. 드디어 남편의 담배불이 붙고 푸른 연기가 고불통에서 피어나자, 아내의 얼굴에도 비로소 안심하는 기색이 떠오른다.(p.378)

"작위적인 진지성"이나 "때 묻은 익숙함"으로 표현된 남쪽의 일상에 진수가 역겨움을 느끼고 그것에다 야유의 시선을 보내는 이유는 아직 모호하다. "미묘한 이역감"(p.377)으로만 진술될 뿐 소설의 처음에서 그 구체적인 이유는 밝혀져 있지 않다. 하지만 인물-화자인 진수가 북쪽 여기자를 만나게 되는 판문점에 자리할 때 그녀가 들려주는 남쪽 비판론은 그 이유의 분명한 확인을 가능하게 한다. 이를테면 야유와 냉소의 대상이던 남쪽의 속물적 일상이 북쪽 여기자가 보이는 이념적 열정의 대립 항으로 설정되는 순간 '야유'의 의식은 첨예화되는 것이다. 남의 떡이 더 커 보여서일까? 그런데 작가는 북쪽 여기자의 비판적 목소리가 일방적으로 통행되도록 방치하지도 않는다. 진수의 목소리는 곧 북쪽 여기자의 비판론을 흡수해 버릴 만한 입심 있는 남쪽 옹호론을 펼친다. 이때 진수가 지니고 있던 '야유'의 의식은 '자위(自慰)'의 의식으로 변모되어 '자위'의 언어들을 쏟아 낸다. 여기서 속된 말로 진수는 팔을 안으로 굽히고 있다.

「그렇지만 말요, 곡예사 같은 몸짓, 타락의 징조 운운하는데 말요, 그것이 벌써 당신 머릿속의 어느 한정을 뜻하는 거죠, 알겠오? 무슨 소리인지? 당신들은 어떤 양상을 객관적인 울타리와의 관련 속에서 포착하지만 우리네에선 그렇지가 않아요. 저런 것이 비록 당신 말대로 속임수라고 쳐도 속임수치고는 순진한 것이라 그런 말이지요. 타락의 징조라는 것도 명확한 개념으로 간단히 치부될 성질의 것이 아니지요. 어떤 분위기가 완숙의 영역에 이르러서 익어 터질 때, 이를테면 타락

190

의 징조라는 것이 나타나는데요. 전체적으로 포착하면 피상적으로 명료하지만, 그건만 고집하는 건 무리지요, 그런 방법은 유형(類型)을 가르기만 하는 데는 필요하지만 경우의 섬세한 진실은 포착 못 해요, 그리구 이건 중요한 문제지요. 감은 더운물에 넣어야 떫은맛이 없어지지 않아요? 너무 오래 데우면 껍질이 벗겨지고 물큰물큰해지지요? 그 감의 도정은 필연성과 의미가 있어요. 요컨대 타락의 징조라는 것도 개인의 경우에선 적당히 감미하고 졸음이 오듯이 고소하고 팔다리를 주욱 피고 있는 것 같이 그래요.」(p.382)

「그럼 자기를 팽개치고 무엇이 남아요? 놀고 싶고 적당히 나쁜 짓하고 싶은 자유란 최고급이지요. 사람은 원래 그렇게 생겨 먹었어요. 그것을 크낙한 관용으로서 받아들일 수 있는 사회가 있어요. 부피와 융통이 있는, 그런 것이 적당히 용서가 되면서도 전체로 균형이 잡혀 있는…… 참, 어느 것이 허풍선이냐 따질까요? 자기조차 팽개쳐버린 신념 덩이가 허풍선이냐, 그렇지 않으면 적당히 자기를……」

(중략)

「있지요, 있구 말구, 사람이 지니고 있는 내면의 부피와 깊이는 한이 없어요, 당신들은 사람도 어떤 효율의 데이터로 간주하고 있어요. 당신들 사회에서의 모랄의 질(質)이 대개 짐작이 되는데 일면적인 거지요.」(p.384)

그런데 남쪽 옹호론의 핵심을 이루는 '완숙'과 '자유'와 '관용', 그리고 "내면의 부피와 깊이" 문제 등은 어떤 확신과 신념의 어조를 띠고 있지 못하다는 느낌이 든다. 그것은 독서 과정 중의 독자의 의식 속에서 그 옹호론이 진수의 현실적 생활 근거인 남쪽의 속물적

일상에 빗대어질 때, 독자는 어떤 미진한 옹호의 느낌을 받는 것 같고 그것을 계속해서 진수의 목소리에 투사하고 있기 때문이 아닌가도 여겨진다. 그래서이겠지만 진수가 '자위'의 의식을 내보이는 곳에서 쏟아지는 '자위'의 언어들에는 '자조(自嘲)'의 냄새를 풍기는 묘한 어조를 감지할 수 있다. 흔히 냉소의 방향이 안으로 향해질 때 자조가 배어나고 그 방향이 밖으로 놓일 때 야유가 뱉어진다. 그만큼 '자조'는 야유와 강한 근친성을 갖는 감정의 태도여서 진수가 판문점에서 다시 남쪽의 일상으로 귀환하자 쉽게 그가 지닌 '자위'의 의식은 '야유'의 의식으로 환원된다. 야유의 대상을 눈앞에 두고 스스로를 위로할 만큼 진수의 신경이 무디지는 않은 것이다.

결론적으로 '형의 집 → 판문점 → 형의 집 → 판문점'이라는 위치의 변동에 따라 이야기가 전개되는 「판문점」은 '야유의 의식 → 자위의 의식 → 야유의 의식'이라는 인물-화자의 의식의 변모 과정을 보여 주고 있는 셈이다. 진수가 두 번째로 판문점에 간 사건은 '야유'의 의식이 다시 '자위'의 의식으로 변모하지 않고 '야유'의 의식을 강화하는 계기로 기능하고 있다는 점에서 물론 인물-화자의 의식 변모는 충분히 그렇게 유형화될 수 있다. 말하자면 '야유'의 의식이 '자위'의 의식을 '자조'의 의식과 공모하여 압박하고 있는 형국을 그 구조의 특징적인 형태로 내장하고 있는 소설이 바로 「판문점」이라는 소설이다. 이렇듯 「판문점」은 속물성에 대해 애초에 진수가 가졌던 "이역감"의 해소의 이야기가 아니라 그 "이역감"의 점증의 이야기가 된다. 그리하여 소설은 분단 문제에 대한 객관적 접근으로서가 아니라 북쪽 여기자의 존재를 비판적 대안으로 삼은 남쪽의 속물적 소시민성에 대한 탄핵으로서의 의미를 갖는다. 진수가 두 번째로 그 여기자를 만나고 나서 "기집애, 요만하면 쓸 만한데…… 쓸 만해"(p.395)

라고 생각하는 소설의 결말 부분은 그러므로 수컷의 음란한 욕망의 우회적 표현이 아니라 북쪽 여기자의 건강한 열정이 비판적인 의미로 삼을 만한 것임을 다시 한번 확인해 주는 어떤 호의의 우회적 표현으로 읽어야 한다.

「판문점」에 드러나 있는 두 남녀의 만남에 대한 낭만적 조작은 그런 의미에서 또한 매우 효과적인 서사적 자질로 볼 수 있다. 만일 「판문점」을 분단 문제에 대한 객관적 접근으로서 이념 혐오를 이념 분석으로 이끈 '분단소설'로 규정하게 된다면 그 낭만적 조작이란 냉정한 문제의식을 희석시키는 서사적 결함으로 지적되었을 것이 뻔하다. 소시민적 속물성에 대한 강력한 비판이 「판문점」의 진정한 서사적 핵심임을 인식하게 된 지금은, 그러나 그 낭만적 조작이 비판의 강도와 절실함을 극대화하는 매우 효율적인 기제임을 다시 주목해야 한다. 낭만적 조작이란 종종 그렇듯이 낭만적 환상에의 망아적 탐닉을 유도하는 부정적인 책략이 될 수도 있지만 또한 자주 그렇듯이 그 행복한 환상의 직관이 불행한 삶에 대한 물음으로 이어져 강력한 현실 비판의 전략이라는 의미도 지니게 된다. 가령 비를 피해 들어간 지프차 안에서 북쪽 여기자의 머리카락이 풍기던 "살구 알 내음새"(p.387)는 형과 형수에게서 맡아지던 "불결한 내음새"(p.375)에 신랄해지지 않을 수 없도록 만든다. 있어야 할 것의 감각적 향유가 있는 것의 비굴한 수락에 대한 신랄한 비판의 의미로 작용하는 것이다.

마지막으로 묻겠다. 도대체 「판문점」은 독자에게 무엇을 말하고 싶은 소설인가? 극언이 허용된다면 「판문점」을 이런 소설이라 선언하고 싶다. 형이나 형수와 같은 인간들을 얼른 체포하여 처형할 것을 요구하고 설득하는 은밀한 사주(使嗾)의 서사.

비극의 심화와 확대
—하근찬의 소설을 위한 12개의 메모

하근찬 소설 읽기 1

하근찬의 「수난 이대」(1957)는 그 상징적 수법이 돋보이는 작품이다. 이 소설에서 상징성의 활용은 '말하기(telling)'의 유혹을 거절하게 하고 '보여 주기(showing)'에 충실하도록 만드는 서사적 활력이 되어 있다. 구구한 주석과 논평을 간단한 상징을 통해 압축해 보임으로써, 「수난 이대」는 '단편소설'의 전범으로 손색이 없는 단아한 구성력을 과시한다. 이와 같은 판단에 전적으로 동의할 수는 없다 하더라도, '외나무다리'라는 압축력 있는 서사적 공간에서 구성상의 묘미를 발견하게 된다는 것에 양보 없는 이의를 달 사람은 많지 않을 것이다. '외나무다리'라는 공간은 일제시대 징용에 나갔다가 한 팔을 잃은 아버지 '박만도'와 6.25 전쟁으로 국군에 징집되었다가 한쪽 다리를 잃은 아들 '박진수'의 비극적 상처가 겹쳐지는 상징적인 자리로서, 그것은 '상처들의 포개기'를 통해 비극을 심화의 양상으로 이끄는 역할을 맡는다. '민족적 비극의 형상화'라는 서사적 목표가 '비극의 심화'라는 양상을 통해 달성될 때, '외나무다리'의 상징성은 빛나게 된다.

하근찬 소설 읽기 2

하근찬의 「나룻배 이야기」(1959)는 그것의 이해를 「수난 이대」의 이해에서 도움받을 수 있는 작품이다. 「나룻배 이야기」의 '두칠이'는 6.25 전쟁으로 국군에 징집되었다가 병신이 된, 「수난 이대」의 '박진수'의 고스란한 재현에 다름이 없다. 여기에 전쟁에서 죽어 버린 '천달이'와 전쟁에 나간 후 소식이 없는 '용팔이' 등의 사연이 부가됨으로써, 그러나 「나룻배 이야기」는 「수난 이대」와 갈라지게 된다. 아버지와 아들의 비극적인 상처를 겹쳐 놓고 있는 「수난 이대」의 비극을 비극의 수직적인 심화로 볼 수 있다면, 같은 또래 젊은이들의 비극적 정황을 나란히 놓아 보는 「나룻배 이야기」의 비극은 비극의 수평적인 확대로 볼 수 있다는 점에서, 두 소설의 차이는 선명하게 드러난다. '상처들의 포개기'를 통한 '비극의 심화'가 '상처들의 나란히 놓기'를 통한 '비극의 확대'로 변화한 것이, 말하자면 「수난 이대」에서 「나룻배 이야기」로의 소설적 이행의 요약인 셈이다. 그런데 그 변화는 상징적 수법의 약화라는, '단편소설'에게는 부정적인 변모의 의미도 지닌다. 그러나 상징성의 쇠퇴는 작품의 서사적 밀도와 긴장을 떨어뜨리는 것임에도 불구하고 「나룻배 이야기」에 구체적 실감이라는 긍정적인 의미의 서사적 자질을 복원시켜 놓는다.

하근찬 소설 읽기 3

하근찬의 「흰 종이 수염」(1959)도 「수난 이대」에서 멀리 있는 소설이 아니다. 이 소설의 작중인물 가운데 하나인 '아버지'는 「수난 이대」의 아버지 '박만도'와 마찬가지로 징용을 나갔다가 한 팔을 잃고 돌아온 사람이다. 게다가 아버지의 불행이 아들의 곤욕으로 이어지고 있는 것은 「흰 종이 수염」의 서사적 구조가 「수난 이대」의 '비극의 심화'를 그대로 따른 것으로 보게 한다. 그런데 징용을 나갔다가 팔을 잃고 돌아온 아버지가 '흰 종이 수염'을 달고 극장 광고판을 매고 다니는 직업을 갖게 되는 과정이 초점 화자인 아들 '동길이'의 시선으로 묘파되고 있는 점은, 이 소설을 「수난 이대」와 구별하지 않을 수 없도록 만든다. 아버지로 인해 동네 아이들로부터 놀림을 받는 동길이의 심리적 고통이 전경화되어 있는 점도 그런 구별을 불가피하게 한다. 결과적으로 어린이 시점(point of view)의 채택을 통한 '낯설게 하기'의 효과가 「흰 종이 수염」을 「수난 이대」의 단순한 반복이 아닌 성공적인 변주가 되게 한 것이다.

하근찬 소설 읽기 4

하근찬의 「홍소(哄笑)」(1960)는 우편배달부 '조판수'가 군청 병사계에서 수암리로 보낸 마을 청년들의 전사 통지서를 냇물에 띄워 버린 것이 우체국장에게 발각되어 면직당하게 된다는 이야기이다. 여기서 「나룻배 이야기」의 뱃사공 '삼바우'를 떠올리는 것은 아주 자연스러운 일인데, 그는 마을 청년들의 징집 통지서를 전하러 온 사람들을 배에 태우지 않고 달아나 버린 행각을 선구적으로 벌인 경력이 있는 까닭이다. 「홍소」의 조판수와 「나룻배 이야기」의 삼바우는 모두 전쟁에 대한 희화적인 거절을 통해 전쟁의 비극을 간접적으로 드러내는 쌍둥이 같은 인물들로서, 그 인물들에 의해 두 소설은 함께 '비극적 해학'이라는 성격을 지니게 된다. 비극이 비애가 아닌 해학을 통해 드러난다는 것은 '아이러니(irony)'의 효과를 필연적으로 수반하게 되는데, 그러나 「홍소」가 '아이러니'를 작품 전체의 구성적 원리로 차용하는 데 반해 「나룻배 이야기」는 그것을 작품 일부의 수사적 자질로만 사용한다. 그렇게 두 소설도 갈라진다.

하근찬 소설 읽기 5

하근찬의 「분(糞)」(1961)이라는 작품의 내용은 다음과 같다. 징용을 나가 소식이 없는 남편을 둔 여인 '덕이네'가 전쟁으로 아들마저 군대에 보낼 수밖에 없게 된다. 덕이네는 면장에게 몸을 허락하면서까지 필사적으로 징집 보류를 따내려 하지만 이용만 당하고 끝내 아들을 떠나보내지 않으면 안 될 상황에 처한다. 화가 난 덕이네는 어느 날 밤 분풀이로 면장 사무실 앞에 똥을 싸 놓는다. 이것이 「분」의 줄거리인데, 비유하자면 덕이네는 「수난 이대」의 '박만도'를 남편으로 둔 아내이자 '박진수'를 아들로 둔 어머니에 해당하는 인물이다. 그렇다면 「분」이라는 소설은 「수난 이대」의 또 하나의 변주가 아닐수 없다. 그러나 「분」은 아버지와 아들의 2대에 걸친 '비극의 심화'라는 양상이 한 여인의 가슴속 통분으로 응집되어 나타나는 것이어서, 「수난 이대」와는 역시 변별되어야 하는 소설로 된다. 나아가 '똥'이라는 소재를 통해 작품 전체를 해학적 분위기로 감쌈으로써, 오히려 「분」은 「수난 이대」로부터 멀어져서 「나룻배 이야기」나 「홍소」에 가까워진다. 여기서 하근찬의 오물 취미와 관련해서, 그의 소설에 자주 등장하는 '배설 모티프'의 의미를 잠시 언급하고 넘어갈 필요를 느낀다. 하지만 간단하게 김병익(「현실 의식과 현실」)의 설득력 있는 분석으로 언급을 대신하기로 하겠다. "그에게 있어 방료는 수난의 사건을 비극으로 이해하기보다 숙명적인 한으로 받아들여 그 한을 카타르시스하거나 생리적인 저항으로 사용하는 하나의 전형적인 한국인적 행태이다."

하근찬 소설 읽기 6

하근찬의 「왕릉과 주둔군」(1963)은 '왕릉'으로 상징되는 전통적인 문화가 '서양 병정들'로 상징되는 외래문화의 충격으로 점차 와해되어 가는 과정을 형상화해 보여 주고 있는 소설이라 할 수 있다. 이 소설은 전쟁에 의해 파급된 문화적인 충격을 그리고 있다는 점에서 지금까지 살펴 온 소설들과는 명백히 다른 범주에 속한다. 구성적인 완결성에도 불구하고 주제 의식의 빈곤에서 비롯된, 하근찬 소설이 가지는 어떤 단조로움이 소설 「왕릉과 주둔군」에서 극복되고 있지 않나 하는 기대는 일부러라도 그런 판단을 과장하게 만든다. 앞선 여러 작품에서 '육체적인 불구성'을 통해 심화되거나 확대되었던 민족적 비극이 이번에는 한 능지기의 딸 '금례'로 상징되는 '정신적인 불구성'으로 형상화되고 있는 것을, 따라서 '주제의 심화'라는 측면에서 하근찬 소설의 발전적 변모로 읽고 싶은 유혹을 강하게 느끼게 된다. 그러나 불구성에 대한 여전한 집착에 주목하게 되면, 주제의 심화라는 것이 단지 주제의 확대라는 것에 불과한 것임은 쉽게 감지할 수 있다.

하근찬 소설 읽기 7

하근찬의 「산울림」(1964)은 하근찬 소설의 단점으로 지적되고 있는 주제론적 단조로움을 소재의 확대를 통해 극복한 작품이라고 할 수 있다. 외진 산골 마을의 개들이 겪는 수난을 소재로 택한 것에서 알 수 있듯이, '우화의 형식'이라는 새로운 그릇을 마련하여, 하근찬 소설의 독자들에게는 이미 익숙한 전쟁의 공포와 참상을 담고 있다.

그러나 이 소설에서 주목해야 할 것은 소재의 확대만이 아니다. 하근찬의 「산울림」이 흔히 1950년대 작가들이 지녔다고 말해지는 매카시즘적 충동에서 자유롭다는 점까지를 관찰해야 한다. 개들의 수난이 국군과 인민군 모두에 의해 이루어진 것이라는 서사적 정보의 손쉬운 습득은 그 관찰이 그렇게 어렵지 않다는 것을 알려 준다. 한편 모든 개들이 다 죽었는데도 불구하고 마지막까지 살아남은 암컷 새끼 강아지에게서 '손 노인'이 안도감을 느끼는 장면을, 질긴 생명력이 마련한 어떤 희망의 근거를 암시하려는 작가의 의도적인 설정으로 읽는 것은 충분히 가능한 일이기는 하지만 조금 성급한 독법으로 생각된다. 손 노인의 손이 살아남은 강아지를 쓰다듬을 때의 그 떨림을 기억하는 독자는 그 안도감이 희망적인 기대가 아니라 안쓰러운 연민만을 불러일으킨다는 것을 주장할 것이다. 그 떨림은 실제로 전쟁의 공포와 참상을 도드라지게 하는 불길한 기운일 뿐 어떤 낙관과 희망을 드러내지는 못하는 것으로 보인다.

하근찬 소설 읽기 8

하근찬의 「붉은 언덕」(1964)은 예의 「홍소」와 마찬가지로 '아이러니'를 소설의 구조 원리로 채택하고 있는 작품이다. '붉은 언덕'은 과거 6.25 전쟁의 격전지 가운데 한 곳으로 세월의 흐름에 따라 그 참담하고 고통스런 전쟁의 기억은 희미해져, 이제는 마을 사람들에게 그저 보기 좋은 진달래가 지천으로 피어 있을 뿐인 '꽃동산'이 되어 있다. 그러나 마을 아이들의 순진한 보물찾기가 그곳에서 불발 수류탄을 건드리게 되고, 그 수류탄의 폭발로 마을 아이 2명이 폭사하게 됨으로써, 잊혀진 전쟁에 대한 기억이 다시금 마을 사람들을 괴롭히게 된다. 「붉은 언덕」이라는 소설은 바로 '꽃동산'이 '붉은 언덕'을 감추고 있음을, 즉 전쟁은 옛날 일이 되었을 만큼 세월이 흘렀지만 여전히 전쟁의 비극은 그 검은 마수를 거두지 않고 있다는 것을 '아이러니'라는 구조를 통해 보여 주려 한다.(고통과 악몽은 시간조차도 잘 지우지 못한다는 것을 전쟁 후유증이라는 형태로 드러내 보이는 「붉은 언덕」은 '상처들의 포개기'라는 양상의 한 변형을 보여 주는 「수난 이대」류의 소설로도 볼 수 있다.)

하근찬 소설 읽기 9

하근찬의 「삼각의 집」(1966)은 전쟁의 비극에 대한 관심이 부재한 반면, 전쟁 이후 성황을 이룬 외래 원조에 대해 비판적인 시선을 겨누고 있는 소설로 보인다. 우선 레이션 박스로 잇댄 처남 종두의 무허가 판잣집의 삼각형 지붕은 외래문화의 찌꺼기에 기댄 우리 민족의 궁색한 삶의 한 단면을 드러낸 것으로, 일인칭 화자 '나'의 지속적인 연민의 대상이 되어 있다. 그러던 어느 날 처남의 무허가 판잣집이 헐리고 그곳에 뾰족한 삼각형 지붕을 가진 교회의 건립이 이루어진다는 것을 알게 되었을 때, '나'의 연민은 분노의 감정을 동반하게 된다. 가난한 사람에게 하나님의 은혜를 베풀기 위해 가난한 사람의 집을 헐어 낸다는 모순에 화자는 예민한 생리적 반응을 나타내는 것인데, 말하자면 화자는 레이션 박스와 교회에서 외래 원조의 이중성, 곧 위선을 보는 것이 아닌가 싶다. 그런데 「삼각의 집」이 채택하고 있는 일인칭 주인공 시점은 예의 연민과 분노의 감정을 보편적인 감정으로 확대하는 데 그렇게 성공적인 것 같지 않다. 대개 일인칭 주인공 시점은 소설이 전달하려는 감정을 개인적인 감정으로 축소하는 장치로 작용하기 쉬운 까닭이다.

하근찬 소설 읽기 10

하근찬의 「족제비」(1970)는 마을의 닭을 물어 가거나 논밭의 곡식을 흩어 놓기 일쑤인 '족제비'라는 괘씸한 동물을 일제 탄압의 수행자인 '하시모토'에 대한 풍자적 비유로 삼아 민족적 공분을 드러내고 있는 작품이다. 그런데 전쟁의 참상을 통한 민족적 비극의 형상화라는 것에 관심을 가지고 있던 작가가 새삼스럽게 일제에 대한 민족적 공분에 관심을 가지게 된 것은 소설의 발전적 변모로 보기는 힘들 듯하다. 왜냐하면 편협한 민족주의적 공분이란 어떤 반성과 비판의 의미를 갖는 것이기보다 유희와 해소라는 측면이 훨씬 강하기 때문이다. 그리고 어린 시절에 대한 회고의 형식으로 일제에 대한 희화와 풍자가 목적이 되어 있는 것이어서, 「족제비」는 대체로 수직적인 깊이로 조직되지 못한 수평적 삽화에 떨어져 있다. 그러나 그럼에도 불구하고 「족제비」의 구성에 대한 관심은 이 소설이 여전히 하근찬 소설의 미덕을 고스란히 담고 있는 소설임을 부인할 수 없게 한다.

하근찬 소설 읽기 11

하근찬의 「일본도(日本刀)」(1971)는 「족제비」가 삽화성을 산뜻한 구성력으로 극복하고 있는 것과 달리, 삽화성 자체를 좀 더 노골화하고 있는 태작(駄作)이다. 「족제비」와 마찬가지로 이 소설은 '일본도'에 얽힌 세 개의 삽화들을 통해 민족적 공분의 표출을 목적으로 삼고 있는 평면성을 한계로 안고 있다. 게다가 구성력의 뒷받침을 받지 못해 그 평면성은 「족제비」에 비해 훨씬 도드라져 보인다. 「삼각의 집」에서부터 느껴 오고 있는 것이지만, 하근찬 소설의 서사적 긴장의 해이를 이제는 부인할 수 없겠다는 생각이 든다. 나이 탓인가? 아니면 하근찬의 주제 의식이 지닌 단조로움의 필연적 귀결인가? 어떤 이유에서든 하근찬의 소설 세계는 1960년대 후반부터 기법적인 측면에서나 주제 의식이라는 측면에서 퇴행적인 면모를 보여 주는 것으로 판단된다.

하근찬 소설 읽기 12

하근찬의 「임진강 오리 떼」(1976)는 일종의 '이산소설'이라 할 수 있다. 물론 이산의 아픔이 당사자가 아닌 '나'의 관찰과 사유로 그려지고 있다는 점에서 같은 '이산소설'이면서도 선우휘의 「망향」과는 다르다. 어쨌든 이산의 아픔은 역시 전쟁 후유증의 한 양상으로, 작가가 시종여일하게 관심을 갖는 '전쟁을 통한 민족적 비극의 형상화'라는 주제 의식에 잘 부합되는 테마이다. 전쟁 후유증이라는 형태에 서사적 의미를 부여한 소설로 「붉은 언덕」이 있음은 이미 살핀 바와 같다.(세월도 비애를 지우지 못한다면 도대체 우리는 그 비애를 어떻게 처리해야 하는가? 하근찬은 이 질문에 아직 대답하지 않고 있다.)

도덕적 상상력의 실험
—김성한의 소설을 위한 22개의 메모

김성한 소설 읽기 1

김성한의 「무명로」(1950)는 풍자소설이다. '풍자(satire)'는 일반적으로 '악의 교정'을 목적으로 한다. 「무명로」에서 김성한이 교정하려는 악(惡)은 다름 아닌 '체면주의'와 '부정부패'이다. 그런데 주동 인물인 '이재신'이 과거에 '일본군 밀정'이었다는 사실의 습득은 그 악이 보통 악은 아닌 것으로 생각하게 만든다. 여기서 교정 항목으로 '일제 잔재'라는 것이 하나 더 추가된다. 오해가 있을 듯싶은데, 물론 교정 대상이 되는 것은 작중인물 이재신이 아니라 그를 읽는 독자들이다. '풍자'를 '청자 중심의 문학적 계몽주의의 변종'이라고 말할 수 있는 근거는 바로 여기에 있다. 풍자가는 악의 화신(incarnation)을 중상함으로써 독자들에게 악에 대한 야유와 조롱을 설득하는 것이다.

김성한 소설 읽기 2

김성한의 「김가성론」(1950)은 「무명로」와 마찬가지로 풍자소설이지만 조금 색다른 양식을 취한다. 「무명로」와 달리 초점 화자('강일만', '나')와 주동 인물('김가성')이 모두 풍자의 대상으로 선택되고 있다. 통상 풍자의 형식은 도덕적으로 우위에 있는 화자와 도덕적 결함을 지닌 작중인물의 화해 불가능성으로 지탱된다. 그런데 초점 화자인 '나'의 '비굴 취미'와 김가성의 '부정부패'는 비위가 잘 맞는지 화해로운 관계를 보이고 있다. 이때 중상의 도마 위에는 김가성만이 아니라 화자인 '나'도 오르는 것이다. 비굴과 아첨은 힘 있는 부정(不正)을 감히 부정(否定)하지 못한다. 언제나 온갖 고상한 말로 그것의 수식과 치장에만 힘쓰기 마련이다. '나'의 비굴과 아첨은 독자들에게서 미처 연민을 끌어내기도 전에 그만 중상의 제물로 머물고 만다. 그러나 「김가성론」의 중심적인 풍자의 대상은 어쨌든 미화된 부정의 화신 김가성이라고 말할 수 있다. 그의 주저(主著)가 일본의 책을 베낀 것이라는 사실을 발견하는 순간 김가성 비판은 정점에 이른다. 여기서 '일제 잔재'라는 것이 또다시 교정 목록에 올려지고 있다.

김성한 소설 읽기 3

김성한의 「자유인」(1950) 역시 풍자소설이다. 출세주의자인 '이광래'의 다종한 권모와 다기한 술수가 야유와 멸시의 대상이 되어 있다. 「자유인」이 교정하려는 악(惡)은 말할 것도 없이 작중인물 이광래의 안하무인의 '출세주의'인 것이다. 그런데 「김가성론」에서도 그랬고 「자유인」도 그렇듯이, 풍자적 인물들이 '대학교수'를 직업으로 삼고 있다는 사실은 김성한의 중상이 일종의 지식인 비판의 성격까지도 지니고 있다는 것을 말해 준다.

김성한 소설 읽기 4

김성한의 「박쥐」(?)는 남의 돈이나 울궈 내고 허풍이나 치고 다니는 '박쥐'라 불리는 한 건달의 이야기다. 너무 길이가 짧아서인지 풍자적 어조가 제맛을 내지 못하고 있다. 어쩔 수 없이 소품이라는 인상이 짙다. 충실한 소설적 육체 속에 담기지 못한 어조(tone)는 대개 효과적인 울림을 억제당하기 십상이다. 이 소설에서는 작중인물의 '박쥐'라는 별칭에서 풍자적 이미지는 언제나 중상적인 성격을 띤다는 사실을 다시 한번 확인할 수 있을 따름이다. '풍자적 이미지는 중상적이기 때문에 비유로서는 시시한 것이나, 좋지 않은 것, 추하고 역겨운 것을 사용한다.'

김성한 소설 읽기 5

김성한의 「로오자」(1954)는 원래 '선인장의 항의'라는 제목으로 발표되었다가 개제(改題)된 소설이다. 「로오자」는 일종의 우화소설이라고 할 수 있는데, '우화(allegory)'는 대개 풍자의 균형 댐이 무너질 경우 도덕적 상상력의 범람으로 인해 빚어지게 된다. 우화의 형식은 '교훈'과 '즐거움' 사이에서 균형을 잡고 있던 풍자가 윤리 의식의 간섭으로 '즐거움'을 포기할 때 발생되는 것이다. 김성한이 풍자에서 우화로 이행해 간 것은 그의 윤리 의식이 유희 의식을 배경으로 밀어내고 전경화(foregrounding)되었다는 증거에 다름 아니다. 그러나 그러한 이행은 소설 미학상으로는 퇴행적인 것으로 보아야 한다. 교훈문학이란 가장 저열한 문학 형태의 하나인 까닭이다. 아울러 「로오자」의 우화성은 성격이 모호하다. 아마도 그 모호함은 소설이 충실한 소설적 육체를 획득하지 못한 데서 오는 것이 아닌가 생각된다. '선인장'의 우화도 느닷없고, 그 우화에 설득당하는 '로오자'의 개심(改心)도 어처구니가 없다.

김성한 소설 읽기 6

김성한의 「암야행」(1954)은 아직 풍자적 어조가 군데군데 살아 있기는 하지만 모처럼 '소설적 의식'을 지니고 쓴 진지한 소설이다. 풍자와 우화를 벗어나서 처음으로 써 본 소설다운 소설인 것이다. 그런데 김성한이 풍자와 우화를 벗어날 경우 그의 소설은 상당히 어색해지는 것처럼 보인다. 김성한의 '소설적 의식'에서 느껴지는 어색함은 여러 이유가 있겠지만, 아마도 어떤 종류의 '관념성'에서 빚어지는 것이 아닐까 생각된다. 「암야행」의 곳곳에서 이루어지는 작중인물들의 대화와 행위, 독백 등이 관념적 작위성으로 충만되어 있어 소설적 박진감(verisimilitude)을 크게 훼손하고 있다. 다음에 조금 길게 인용할 대목은 학교 조회 후 교무주임과 한 학생의 티격태격을 목격한 작중인물 '한빈'의 의식의 표백 부분이다. 관념 과잉의 의식이 다분히 우스꽝스럽게 느껴진다.

선생의 날쌘 움직임과 비틀거리는 학생의 동작은 계속되고 있었다.
—때릴 권리가 있고 맞아야만 하게 하는 것은 무엇일까……?
—장식(裝飾). 그렇다, 장식이다.
선생의 신사복과 학생복 위에는 장식이 있었다. 장식은 뛰어넘을 수 없었다. 한빈은 주위를 돌아보았다.
사람마다 장식이 있었다. 제각기 다른 장식이다.
장식은 인간의 가정(假定)이었다.
장식은 서로 자기를 주장하고 싸운다.
인간의 역사는 장식의 쟁탈전이다.
—그것을 깎아 버린다면?
—가령 신사복과 학생복을 벗겨 버린다면? 두 개의 야성이 있을 뿐

이다.

야성은 이콜이고 지배적인 것은 중력(重力)이다.

―한 걸음 나아가 살점을 죄다 깎아 버린다면?

하얀 백골의 괴뢰연기(傀儡演技)가 벌어질 것이다. 그렇다. 인간은 가정의 괴뢰였다.(p.81)

김성한 소설 읽기 7

김성한의 「창세기」(1955)는 두 개의 가치를 대변하는 인물들의 갈등을 통해 그 가치 중에 옳은 것을 선택하도록 강요한다. 어떤 가치의 강요는 대개 그 밑자리에 '도덕적 상상력'이 또아리를 틀고 있기 마련이다. 설교하려는 정신은 갈등의 면모를 성실하게 기술하고 묘사하려 하기보다는 언제나 결말의 교훈을 위해 갈등을 장치한다. 장치된 갈등의 작위성은 결말의 방향성에 갈등의 진정성을 종속시키는 데서 오는 것이다. 두말할 것도 없이 「창세기」의 갈등은 진정성이 훼손된 갈등이 보여 주기 마련인 '관념성'을 고스란히 노출하고 있다. 소설은 관념의 토로가 아닌 실감의 호소를 위해 구성된다.

김성한 소설 읽기 8

김성한의 「개구리」(1955)는 원래 '제우스의 자살'이라는 제목으로 발표된 것이다. 이 소설은 말의 가장 바른 의미에서 우화소설이라고 할 수 있다. 동물 우화는 '우화'의 형식 가운데서도 가장 대표적인 형태인 것이다. 그런데 김성한 소설의 '관념성'이 '우화'의 형식에 담길 때, 그의 소설은 기묘하게도 어색하지 않고 재밌어진다. 물론 그 재미가 '우화'라는 형식에서만 생겨나는 것은 아니다. 그 형식이 풍자적 어조로 채워져 신랄해지는 데서 재미는 극대화된다. 「개구리」의

'관념성'은 '의식의 조작' 혹은 '의식의 비극'에 대한 설교에 놓여져 있는데, 이미 말한 대로 재미 때문에 그 설교는 전혀 고깝게 느껴지지 않는다. 진지한 것이 재미있게 읽히는 것은 오로지 풍자와 우화의 도움 때문이다.

김성한 소설 읽기 9

김성한의 「오 분간」(1955)은 '신'과 '프로메테우스'의 '오 분간'의 회담에 관한 이야기다. 역시 '우화'의 형식을 빌고 있는데, 「개구리」가 동물 우화의 형태를 취하고 있다면, 「오 분간」은 신화적 모티브 (motive)를 차용하고 있다는 점에서 그것과 다르다. 「개구리」와 「오 분간」은 모두 '의식의 조작'이라는 명제에 대한 실존주의적 해석에서 출발하여, 궁극적으로 '자유와 질서의 변증법'에 그 주제를 정위시키고 있다. 김성한은 신(神)의 죽음을 매개로 한 '질서'에서 '자유'로의 이행이 사람살이에 어떤 혼돈을 초래하고 있다는 통속적 철학에 동조하면서도, 그 질서의 파시즘화가 수반하는 어떤 종류의 교조주의에 대해서는 자유라는 실존적 덕목이 새로운 질서를 창출하는 중요한 동력이 될 수도 있다는 것을 말한다. '자유'는 '질서'에 의해서, '질서'는 '자유'에 의해서 '제삼존재'로의 지양(Aufheben)을 이룩한다는 것이다.

김성한 소설 읽기 10

김성한의 「개마고지의 전설」(1955)은 포수 출신 '태양욱'의 항일투쟁기다. 특이한 것은 이 소설이 '의병들'의 항일투쟁기로서 투쟁 대상으로 '동학당'을 포함하고 있다는 사실이다. 한국사(韓國史)는 '의병들'의 항일과 '동학당'의 항일이 다른 사상적 근거를 가지고 출발한 것으로 가르치고 있다. 전자는 '반제'의 기치를 내걸었던 반면, 후자는 '반제'와 '반봉건'을 함께 기치로 내세웠던 것이다. 두 개의 항일의 차이는 보수주의와 급진주의의 차이라고도 볼 수 있는데, 그렇다면 서로가 반감(反感)을 가지고 적대시했을 것이라는 짐작이 충분히 가능하다. 「개마고지의 전설」이 채택하고 있는 시각은 그러므로 분명 틀린 시각은 아니다. 그러나 틀린 시각이 아니라고 해서 반드시 정당한 시각이 되는 것은 아니다. 이 소설은 두 이데올로기 집단의 '항일의 성격'을 조명하고자 하는 소설이 아니라, 그저 단순히 '항일'이라는 주제로 향하고 있을 뿐인 것이다. '의병들'의 항일과 '동학당'의 항일을 대립적인 것으로 파악한다는 것은 이 소설이 형상화하려는 주제와 잘 어울리지 않는다.

김성한 소설 읽기 11

김성한의 「24시」(?)의 원래 제목은 '난경(亂景)'이다. 소설의 내용을 고려하여 제목을 고쳤다고 한다. 그런데 꼭 그런 것 같지만은 않다. 제목에 어떤 상징적인 울림을 부여하려 한 듯싶다. 「개마고지의 전설」이 일종의 항일투쟁기라면 「24시」는 일제에 의한 한민족 수난기라고 볼 수 있다. 김성한의 '도덕적 상상력'이 국내적인 부정부패에로 향할 경우 그것은 풍자의 기법과 결합하지만, 일제의 잔학상에로 향할 경우 그것은 호흡이 가쁜 의분의 재현(representation)에로 나아간다. 민족적 의분에 어떤 식의 유희 의식이 끼어들 수는 없는 까닭이다.

김성한 소설 읽기 12

김성한의 「전회」(?)는 소설 속의 표현을 빌리자면 '이리와 양의 무질서한 싸움'에 관한 이야기다. 한 여대생('남천숙')의 간난신고를 통해 당대 사회의 부패상을 추출하려 한 이 소설은 마지막에 가서 '이리와 양의 무질서한 싸움'이라는 말로 소설 전체를 요약하고 있다. 여기서 다시 한번 김성한의 우화적 충동을 확인하게 된다. 「전회」가 획득한 리얼리티(reality)가 부주의하게도 어떤 '관념성'으로 결국에는 채색되고 마는 셈이다. 이미 아는 얘기지만, 그 '관념성'은 '철학적 관념성'을 말하는 것이 아니라 윤리적 태도와 관련된 '설교적 관념성'을 말하는 것이다. 김성한 물론 '철학적 관념성'도 소유하고 있다.

김성한 소설 읽기 13

김성한의 「매체」(?)는 '한천옥'이라는 한 여대생의 '토이기' 의식에 대한 비판을 풍자적 어조에 담아내고 있다. 의식의 '토이기'란 가치관의 혼란을 상징적으로 보여 주는 성적 유비(analogy)인데, '토이기(혼혈)' 의식 비판은 다름이 아니라 성적 문란을 통한 윤리 감각의 파탄을 그리도록 작가에 의해 선택된 주제인 것이다.

김성한 소설 읽기 14

김성한의 「바비도」(1956)는 일종의 우화소설인데, '동물담'이 '외국인담'으로 대체된 셈이다. 「로오자」에서 이미 그런 경우를 관찰한 바 있다. 다음에 오는 「극한」이라는 소설에서 유사한 관찰을 또다시 하게 될 것이다. 대개의 우화가 리얼리티에 유념하지 않는 것에 비해 「바비도」는 리얼리티에 충실하다. 사람이 있는 우화는 아무리 외국인이라고 해도 어느 정도 실감을 만들어 내기 마련이다. '우화적 리얼리즘'이라는 에피세트(epithet)가 가능한 것이라면, 「바비도」는 그것의 전형적인 경우에 해당된다. 「바비도」의 우화는 불의(不義)에 굴

복하지 않는, 허무로 무장된 자의 용기를 깔끔하게 형상화해 내고
있다.

김성한 소설 읽기 15

김성한의 「극한」(1956)은 인간적 '극한'의 몇몇 단면들을 드러내고
있는 우화적인 이야기이다. 작가는 아마도 '극한'이라는 존재론적 조
건에서는 인간의 모든 위악마저도 해방감이나 기쁨이 될 수 있다는
말을 하려고 이 소설을 썼을 것이다. 허무 의식의 편린마저도 보이
고 있는 김성한의 이와 같은 주제 의식은 허무 의식이 솟아나는 바
로 그 지점에서 '도덕적 상상력'과 결별한다. 이를테면 김성한이 허
무 의식을 노출할 때, 어느덧 그의 '도덕적 상상력'은 이상하게 자취
가 없다. 그곳에는 어떤 잔혹 취미와 냉소적 자포자기만이 오롯이
돌출되어 있을 뿐이다. 김성한의 비판적 건강성은 허무주의와 결합
되는 경우 크게 손상을 입는다.

김성한 소설 읽기 16

김성한의 「중생」(1956)에서는 또 한 번 '우화적 상상력'의 활개를
목도할 수 있다. 대개 '우화적 상상력'은 김성한에게서 두 개의 방향
을 가지는데, 동물담과 신화담을 차용한 '진짜 우화(pure-allegory)'
와 「로오자」나 「바비도」, 또는 「극한」과 같이 외국인담을 차용한 '의
사 우화(pseudo-allegory)'가 그것이다. 「중생」은 바로 전자의 경우에
해당하는 우화소설로 풍자적 어조와 결합하여 일종의 '풍자적 우화
(satirical allegory)'가 되어 있다. 이 소설은 가난한 사람살이가 거느리
게 마련인 빈대, 벼룩 등의 가소로운 짓거리들이 '망령 든 김좌수'에
게 씹힌다는 내용이다. '씹힌다'라는 서술어가 암시하듯이, 「중생」의

풍자는 신랄한 것이어서 어떤 통렬한 독후감을 갖게 한다.

김성한 소설 읽기 17

김성한의 「방황」(1957)은 '홍만식'의 지적 냉소주의에 '애꾸 처녀'
의 온정주의를 맞세우고 있다. 결론은 지적 냉소주의에 온정주의가
승리하는 것으로 되어 있는데, 그것이 과연 올바른 문제 해결 방식
인지에 관해서는 잘 판단이 서지 않는다. 김성한은 '도덕적 상상력'
이 약화되는 자리에서 곧잘 허무주의와 원류를 같이하는 지적 냉소
주의로 경사하는 어떤 편향을 보여 주곤 했는데, 「방황」은 지적 냉소
주의를 견제하기 위해 온정주의를 끌어들이고 있지 않나 싶다. 과연
온정주의가 지적 냉소주의를 교정하면서 어떤 전망(perspective)을 획
득할 수 있을까?

김성한 소설 읽기 18

김성한의 「달팽이」(1957)는 '차관을 거쳐, 대학의 학장을 거쳐, 장
관을 거쳐 떨어지기는 했을망정, 국회의원에 나섰던 나라의 인재'인
'원달호'에게 보내는 중상기이다. 이를테면 이 소설은 풍자의 형식을
채택하고 있다는 말이다. 대개의 풍자적 이미지가 중상적인 성격을
띤다는 말은 이미 한 바 있는데, 이 소설에서 원달호가 '달팽이'라는
비난 섞인 별칭으로 불리는 것은 그가 풍자적 인물임을 가리키는 것
에 다름 아니다. '달팽이'라는 별칭의 내력은 일제 시절 동경 유학하
던 때까지 거슬러 오르는데, 그 별칭은 원달호의 졸렬한 '자기 보신주
의'에 대한 야유의 의미로 헌사되었던 터이다. '자기 보신주의'에 대
한 비판의 의도를 충족시키기 위해 작가는 작중인물 원달호를 '납작
한 인물(flat character)'로 고정시켜 놓고 있다. 인물 성격의 평면성은

풍자적 의도의 관철을 위한 불가피한 장치의 하나인 이유에서이다.

김성한 소설 읽기 19

김성한의 「풍파」(1957)는 '도덕적 상상력'의 육화 형식인 '우화'에 '성적 상상력'을 끌어들여 유희성을 한층 북돋우지만, 그 유희성은 풍자적 어조에 결합되면서 현실 비판의 진지한 의미를 띠게 된다. 이 소설이 독자에게 긴장감 있게 읽히는 것은 바로 가벼운 것과 무거운 것, 즉 유희성과 진지성이 길항하면서 이루어 내는 소홀히 할 수 없는 재미 때문이다.

김성한 소설 읽기 20

김성한의 「귀환」(1957)은 전선과 후방이라는 두 개의 시·공간을 번갈아 병치함으로써 특이한 서사 방식을 보여 준다. 다분히 영화적인 문법이라 할 수 있는 그런 기법의 채택은 사랑하는 이들의 만남을 방해하는 두 개의 사악한 힘을 조명하는 것에 바쳐지지는 않는다. 오히려 두 사람이 어떤 방해자에 의해 만나지 못하는 데서 빚어지는 아름다운 애절(哀切)을 읽게 하려는 작가의 서사 전략으로 마련된다. 아울러 「귀환」은 '통속성의 도식'이 개입하고 있어 기법의 신선함을 훼손하고 있다. 아름다운 사랑이 교활한 (돈 있고 힘 있는) 남자의 여자 유혹으로 깨어진다는 도식은 축축한 감상의 신파로 떨어지기 십상이다. 「귀환」은 다만 전쟁이라는 사회적인 차원에 걸쳐져서 그 신파성의 결함을 겨우 비껴가고 있다.

김성한 소설 읽기 21

김성한의 「폭소」(1958)는 행위와 상황과의 내적 동력학을 보여 주지 못하고 있다. 다만 내면화된 울분의 근거 없는 분출이 몽매한 살인에로 연결되고 있을 따름이다. 물론 그 살인의 이유는 명백한 것이지만, 언제나 소설적 이유는 단순한 한풀이를 넘어서는 것이어야한다. 맺힌 것을 풀 때, 그 풀이는 맺힘을 반성하면서 이미 넘어서는 것이어야 하는 것이다. 이 소설의 '폭소'는 반성과 초월의 의미 있는 웃음이 아닌 허망한 해소(解消)로서의 공허한 웃음이 되고 있다. '하하…… 허…'의 웃음이 바로 그런 웃음이다.

김성한 소설 읽기 22

김성한의 「광화문」(1961)의 주인공 '김홍집'은 '바비도'의 적자(嫡者)이다. 둘 다 불굴의 용기를 보여 주는 '신념의 인간상'을 묘파하고 있다. 그러나 바비도의 용기가 허무 의식에 기반한 자포자기의 무망한 투신을 보여 준다면, 김홍집의 용기는 말의 바른 의미에서 도저한 비극 의지에 의해 뒷받침된 참된 신념을 드러내 준다.

역사소설과 패러디
―손창섭의 단편 역사소설 「청사에 빛나리」에 대하여

사실과 허구, 혹은 '역사소설'

사실이라는 날실만으로는, 혹은 허구라는 씨실만으로는 소설이라는 직물이 만들어지지 않는다. 사실의 날실과 허구의 씨실이 함께 교직될 때라야 비로소 미끈한 직물로서 소설이 만들어진다. 가공과 허구의 문학으로 지칭되는 소설에서 실감의 효과를 위한 '개연성(probability)'의 문제가 거론되는 것은 아마도 그 때문이다. 소설의 역사가 별다른 이의신청 없이 '사실과 허구 사이의 긴장의 역사'라고 표현되어 온 것도 또한 사실과 허구의 균형이 소설의 조직에 긴요하다는 것을 나타내는 언표에 다른 것이 아니다. 그래서이겠지만 사실의 제약과 허구적 각색 사이의 균형과 긴장이 깨어질 때 역사는 으레 맹목적인 보고의 서사나 공허한 몽환의 서사와 같은 못생긴 소설을 낳았다. 사실과 허구의 간격을 적절하게 조율할 때만 소설이 온전한 모습을 갖추게 된다는 생각은 여전히 소설상의 '정언명법'으로 굳건하다. 르포르타주나 황당한 이야기를 정상적인 소설 범주에 선

불리 포함시키려는 사람은 빗나간 소설 연구자를 제외하고는 없다.

그러나 사정이 또 그렇게 단순하지만은 않다. 실제로 소설의 역사는 사실과 허구 사이의 균형과 긴장을 유지한 적이 별로 없는 어떤 편향의 역사에 더욱 가깝기도 하다. 한쪽을 일방통행시켜 사실의 우위와 허구의 우위를 교체해 온 것이 소설사의 진상이라는 것이 오히려 맞다. 가령 19세기를 '리얼리즘의 시대'라고 부른 것은 그때의 소설들이 사실의 제약을 허구의 내부에 어떻게 관철시킬 것인가를 소설 미학의 원리로 추종한 데서 비롯된다. 더불어 (탈)모더니즘의 난무가 관찰되는 현 20세기의 소설들이 사실의 간섭에 아랑곳하지 않는 서사적 방종에 빠진 것은 허구의 우위에 힘입고 있는 것에서 또한 멀리 있는 것이 아니다. 그 세기의 거대한 미학적 조류에 따라 소설이 때로는 사실의 우위를 때로는 허구의 우위를 수락하기도 했다는 것은 세계의 소설사 어디를 펼쳐 봐도 쉽게 드러난다. 당연히 한국의 소설사도 예외일 수는 없다. 조금 특수하기는 하지만 사실과 허구의 다채로운 배합 비율로 한국 소설사는 리얼리즘 미학과 (탈)모더니즘 미학 간의 반복적인 대체를 보여 준다.

'역사소설'은 바로 소설사의 통시적 전개와 결부된 사실과 허구 사이의 균형과 긴장의 문제를 공시적으로 맥락화하여 안고 있는 문제적 소설 범주이다. 때문에 사실의 우위냐 허구의 우위냐라는 소설사의 패러다임이 그 범주 자체 내에서 고스란히 발생반복(recapitulation)되고 있음은 물론이다. 여기서 사실의 우위와 허구의 우위라는 소설사 전개의 두 양상은 '역사소설'이라는 공시적 문맥 속에 재구축되어서 그 범주를 바라보는 두 개의 상이한 관점으로 전이된다. 사실의 제약을 충실히 따르기로 한다면 역사소설은 '역사'소설이 되지만 허구의 자유를 마음껏 누릴 작정이라면 역사소설은 역사'소설'이 될 수밖에 없다. 그것은 지금-여기에서 '사실의 우위를 수용한 역사소설'과 '허구의 우위를 수용한 역사소설'이 모두 가능할 수 있다는 뜻에 다르지 않다. 아울러 사실과 허구 사이의 거리를 균형 있게 조율하고 있는 또 하나의 가능한 '역사소설'도 빼놓지는 못한다.

그런데 그런 가능한 역사소설들을 다시금 소설사의 통시적 전개 위에 재맥락화하게 될 때 한 개의 역사소설이 매우 중요한 의미를 부여받는다는 사실이 발견된다. 원론비평이 지지하는 '역사소설'이나 루카치 같은 걸출한 리얼리스트가 이론을 제공한 '역사'소설과 달리 지금까지 어떤 이론화 작업의 대상도 되지 못한 역사'소설'이 그 발견의 이름이다. 사실과 허구와의 이상적인 균형을 표현하는 '역사소설'은 하나의 당위적인 범주일 뿐 현상적인 범주가 아니라는 점에서 여태껏 대개 관심은 '역사'소설이나 역사'소설'이라는 두 범주에 모아져 왔다. 하지만 '역사'소설도 20세기 초·중반까지 강력한 영향력을 행사했던 리얼리즘 미학의 퇴조로 관심의 권외로 밀려나 있다. 따라서 21세기를 목전에 두고 있는 (탈)모더니즘 시대에 허구의 자유를 사실의 제약보다 우위에 놓는 역사'소설'이 부각되는 것은 당연하지 않을 수 없다. 더욱이 최근 역사학자들은 20세기 후반의 지적 패러다임(paradigm)을 반영하여 새로운 역사소설론의 이론적 근거가 될 만한 학문적 성과를 빈번히 보여 준다. 그들은 역사적 사실이라는 것이 실제로 일어난 사건을 말하는 것이기보다 실제로 일어났을지도 모르는 사건의 기술을 의미하는 것이라 주장해 사실과 허구의 경계를 지운다. 역사적 사실이 하나의 '실체'로서 존재했던 사건의 실제가 아니라 역사적 기술들의 재구성을 통해 형성된 '관계'의 의미나 효과라고 진술함으로써 역사의 근본적인 해체를 이룬다. 역사(hi/story)와 소설(story)은 본래 친연성이 강한 개념들이었지만 최근에 와서야 그것들 간의 대화적 소통이 이룩된 것이거니와 그렇게 하여 사실의 멍에를 떨치고 허구의 자유를 만끽하는 역사'소설'이 비로소 현재 역사소설의 위상에 부합하게 된 것이다.

역사'소설'과 패러디

이제 역사'소설'에서 역사적 기술의 배후(역사적 실제)나 소설적 서술의 이면(역사적 기술)을 파헤치려 할 필요는 없다. 역사가 기술 혹은 기록의 구성적 의미나 효과로 인식되고 있는 만큼 배후나 이면을 캐내려는 깊이의 고고학적 탐사는 더 이상 중요하지 않다. 오히려 역사(hi/story)와 소설(story)의 공통분모라고 할 수 있는 이야기에 대한 넓이의 지리학적 탐험만이 가치를 지닐 뿐이다. 그러니까 역사'소설'에서 문제가 되는 것은 이제 서사적 개연성이지 역사적 필연성은 아니다. 배후의 의미론이 기술의 형태론으로 대체되면서 서사적 진실은 더 이상 역사적 진실에 복무할 필요가 없어진다. 하지만 이 말을 '역사성'이나 '역사의식'과 같은 '역사'소설의 범주에서 존중되던 서사적 덕목을 깡그리 무시해야 한다는 얘기로 받아들여서는 곤란하다. 사실 역사'소설'은 '역사'소설의 전횡에 균형 감각을 부여하기 위한 하나의 제안이라는 의미가 더 크다. 게다가 20세기 후반의 사상적·미학적 조류의 변모는 그런 균형 감각의 확보 노력이 매우 시의적절한 것임을 증언하고 있다. 그런 의미에서 '역사적 사실의 소설화'라는 작업은 역사적 기술과 소설의 서사가 맺는 상호텍스트성(intertextuality)의 문제를 문제의 새로운 중심으로 삼게 된다. 이제 역사'소설'에서 사료의 기술과 소설의 서사가 맺는 관계의 문제를 제쳐놓고 역사적 사실에 충실 운운한다는 것은 더 이상 적절하지 않은 얘기에 속한다.

역사'소설'이라는 범주의 이해는 되풀이하지만 기술된 역사와 기술된 서사와의 관계의 이해에 다르지 않다. 한 텍스트와 다른 텍스트가 맺는 관계, 즉 상호텍스트성의 문제를 빼놓고서는 그 범주에 대한 올바른 이해란 요원한 일이 아닐 수 없다. 바로 이 상호텍스트성의 문제에 주목할 때 무엇보다도 손창섭의 역사 단편 「청사에 빛나리―계백(階伯)의 처(妻)」(『월간중앙』, 1968.5)가 관심의 대상이 되는 것은 자연스럽다. 정사(正史)에 기록된 '계백 이야기'와 손창섭이라는 소설가가 쓴 '계백 이야기'의 상호텍스트적 관계는 역사'소설'이 제기한 중심 문제를 매우 상징적으로 예각화해 보여 주고 있는 까닭이다.(이 소설의 부제가 '계백의 처'로 되어 있는 것에 주목하라.) 그렇게 상호텍스트성의 관계 위에서 「청사에 빛나리―계백의 처」는 역사'소설'의 한 창작 방향을 지시하는 것일 뿐만 아니라, 아울러 역사'소설'이 그 방향 속에서 유니크한 서사적 울림과 성찰까지도 획득하게 된다는 것을 보여 준다. 소설은 장려한 충절의 표상으로 기억되어 있는 '계백 장군'이라는 역사적 인물을 '보미 부인'이라는 가공인물의 비판적 목소리를 통해 비겁한 명분의 인간으로 재구축한다. 그래서 역사 과목에 대한 꾸준한 학습이 제공해 온 역사적 통념을 뒤집어 '계백 이야기'를 '그의 이야기(he-story)'에서 '그녀의 이야기(she-story)'로 변화시켜 궁극적으로 '역사(hi/story)'의 해체적 전복을 이룩한다. 「청사에 빛나리―계백의 처」라는 소설에 이르러 계백에 대한 정사의 기록은 역사(he/story)로서의 가치를 탕진하고 새로운 역사(she/story)로의 갱신을 통해 이른바 역사'소설'이 된다.

역사 단편 「청사에 빛나리―계백의 처」는 '히-스토리'의 서사적 전복을 꾀하고 있는 '쉬-스토리'다. 정사에 대한 비판적 텍스트의 기술을 서사화하고 있다는 점에서 두 텍스트의 상호 관련성은 무엇보다 패러디적 관계로 규정짓는 것이 적절할 듯싶다. 일반적으로 패러디(parody)란 어떤 텍스트에 대해 경의와 중상의 모순된 충동을 가진 텍스트가 내면화하고 있는 형식을 일컫는다. 그것의 양면성으로 인해 또 패러디는 곧잘 도덕적 개량을 목표로 한 중상 일변도의 풍자(satire)와 구별되는 기법이기도 하다. 패러디를 '풍자적 모방'으로 정의하는 것이 따라서 지나치게 그것의 비판적 충동만을 강조한 단견으로 경계되는 것은 말할 것도 없다. 하지만 '풍자적 패러디'라는 것이 패러디의 중요한 한 양상으로 긍정되듯이 그것은 '차이를 가진 반복' 속에서 텍스트 비판을 수행하는 모방적 창조의 의미를 강하게 갖는다. 「청사에 빛나리—계백의 처」가 패러디적 울림과 성찰을 서사의 목표로 하고 있다고 볼 수 있는 것은 바로 이 소설이 정사의 텍스트에 대해 교묘히 그 비평적 목소리를 개입시키려는 데 그 이유가 있다. 어쨌든 「청사에 빛나리—계백의 처」라는 역사'소설'은 '그녀의 이야기(she-story)'로 '역사(hi-he/story)'가 거느린 위엄의 불문율을 부인하고 위반함으로써 텍스트를 낯설게 만든다는 패러디의 목표를 달성한 것으로 보인다.

　「청사에 빛나리—계백의 처」가 보여 주는 패러디는 단적으로 인물의 패러디로 볼 수 있을 것 같다. 소설가는 역사 속의 한 인물을 비판적으로 모방함으로써 거기에다 어떤 울림과 성찰을 부여하려 한다. 장려한 충절의 표상으로서의 통속적인 계백 인식을 패러디의 대상으로 삼아 서사적 의미를 획득하겠다는 것이 이 소설의 의향인 셈이다. 특히 보미 부인이라는 독특한 여성상의 창조는 그 계백 인식의 수정에 가장 적극적이고 효과적으로 가담하고 있는 서사적 개발로 보인다. "총기와 지략이 장군을 앞서는"(p.374) 부인의 지모와 언변은 명분과 허세만을 앞세워 무사안일의 처신으로 일관하는 장군의 용렬과 비겁을 도드라지게 하는 배경이 된다. "우직할 정도로 충직하기만 한 인물"(p.384)인 장군을 비판하는 부인의 신랄한 목소리 속에서 상투적인 계백상이 붕괴되어 가는 것을 지켜보는 일은 결국 「청사에 빛나리─계백의 처」라는 역사'소설'을 읽는 일의 참된 의의에 다르지 않다.

① 「장군, 오늘일랑 태도를 분명히 하셔요. 사직이 위태로운 판국에도, 직언(直言)을 피하시고 상감님이나 충신들의 눈치만 보시렵니까.」 (p.373)

② 「지금 형세로는 성충 대감의 유언만이 상책입니다. 그밖엔 적병을 막아 낼 딴 계책이 있을 수 없습니다. 국가의 대임을 맡고 있는 중신들의 판단력이, 어찌 일개 아녀자만도 못하단 말입니까. 진정 안타깝습니다.」(p.374)

③ 「장군, 이 나라, 이 백성들이 이 지경에 이르도록 내버려 둔 사람들이 누구시오? 음방일락만을 좇는 상감을 둘러싸고, 중신 제장들은 도대체 무엇을 했단 말씀이오? 장군도 그중의 한 분, 일찌기 나라를 건질 상책엔 목숨을 걸려 않으시고 망국의 위기에 닥뜨려서야 청사에 이름을 남기려 하시니 그러고도 떳떳하시오.」(p.390)

④ 「어차피, 장군의 뒤를 따르기로 각오한 이 몸, 죽기 전에 할 말을 하고 죽어야겠오. 그래 우리 집안이 역적이라면, 장군은 도대체 무엇이오? 사리사욕과 안일 무위에 젖어 충의지사를 모조리 잡아 없애고 상감의 판단력마저 혼미케 하여 온 간신배들에게 눌리어 꿀 먹은 벙어

리 모양 찍소리도 못한 채, 기울어지는 사직을 보고만 있은 장군은 도 대체 뭐냐 말이외다.」(p.391)

⑤ 「그처럼 용감히 죽을 각오가 계신 어른이 어찌하여 일찌감치 국 운을 바로잡는 데 목숨을 걸지 못하였오. 장군도 나라를 이 지경으로 만든 장본인의 한 사람임을 잊지 마시오. 게다가 사후의 명예에만 급 급한 나머지 무수한 장정과 애매한 가족의 희생까지 강요하는 죽음이 어찌 사죄가 된단 말씀이오. 비겁하십니다.」(p.392)

한편 「청사의 빛나리―계백의 처」는 외형적으로 단편의 형식을 취 하고 있다. 단편의 규모로는 '역사소설'을 감당할 수 없다고 생각한 것은 '역사'소설을 고수하고 옹호하는 사람들이었다. 물론 직접적으 로 그것을 언급하고 있는 것은 아니지만 '역사'소설의 이론가들은 주 인공의 말과 행동이 극적 조형을 통해 하나의 클라이맥스로 수렴되 어 가는 서사의 경제가 '역사'소설과는 무관하다고 말한다. 주인공의 말과 행동에의 극적 수렴이 아니라 주인공의 그것을 둘러싸고 있는, 세세한 관찰과 묘사에 의해 뒷받침된 사물과 상황에의 서사적 확산 이 '역사'소설이 신경 써야 할 부분이라고 본다. 집중적(intensive)이기 보다 확장적(extensive)인 '역사'소설은, 그러므로 사물과 상황의 폭넓 은 재현과 고찰을 위해서 어쩔 수 없이 많은 지면을 요구하게 된다. '역사소설'이라고 하면 으레 '장편 역사소설'을 떠올리게 된 것은 바 로 그러한 사정에서 연유한 것에 다름 아니다. 하지만 사물과 상황 의 사실성을 충실히 따르는 일이 허구적 상상력의 윤색에 오히려 종 속된다는 역사'소설' 논의에서는 소설의 외형적인 규모는 더 이상 문 제가 되지 않는다. 역사적 필연성의 도출을 위한 세밀한 관찰과 묘사가 서사적 개연성에 의한 경제적 구성으로 대체된 만큼 이제 적은 지면으로도 역사'소설'은 쓰여질 수 있는 것이다. 바로 「청사의 빛나리—계백의 처」는 역사'소설'이 장편의 형식을 이탈해서도 창작될 수 있다는 것을 잘 보여 준다.

역사'소설'을 위하여

'서사적 진리가 역사적 진리에 우선한다'라는 명제의 수긍이 강요되는 지금-여기에서 기술된 역사와 기술된 서사가 맺는 위계적 관계는 점차 와해되어 간다. 때문에 정사의 텍스트와 소설의 텍스트가 이룬 상호텍스트성의 대화적 관계가 중요하다는 생각이 상대적으로 힘을 얻어 강한 전염력을 가지게 된다. 이런 관계의 변이는 최근 역사학계의 이론적 후원에 기대고 있는 것임은 말할 것도 없고, 그것은 정신분석학과 서사학을 등치시키려는 정신분석학적 서사론자들의 이론적 뒷받침까지 받고 있다. 그들은 경험적 실제의 해명을 위해 '꿈의 작업'이라는 미로를 헤맨 끝에 다음과 같은 결론에 이른다. 경험적 실제란 환자의 언어가 그것을 반영하여 변형하고 왜곡한 역사적 리얼리티(reality)가 아니라 환자가 획득하고 있는 그 시점에서의 언어의 재구성으로 구축된 서사적 판타지(fantasy). 정신분석학적 서사론자들도 근원 혹은 기원의 부재를 말하는 데 이제 서슴이 없다. 배후나 이면을 그들도 더 이상 판단의 최종 심급으로 인정하기를 꺼린다. '역사'소설에서 역사'소설'로의 관점의 전환을 말하는 이유는 분명 그런 맥락의 지원 위에 놓인다.

역사'소설'은 과거 역사의 생생한 복원도, 과거 역사의 현재적 동일화도, 혹은 과거 역사와 현재적 국면의 애매한 절충도 더 이상 문제 삼지 않는다. 역사'소설'에서는 기술된 역사와 기술된 서사의 관계, 즉 상호텍스트성이 문제가 될 뿐이다. 그에 따르면 「청사에 빛나리―계백의 처」의 경우 정사의 '계백 이야기'와 소설의 '계백 이야기'가 만나는 지점을 탐색한다는 것은 당연한 과제가 된다. 그 탐색의 결과로 그 지점을 패러디적 울림과 성찰의 진앙으로 진단한 것이, 그래서 텍스트 낯설게 하기에 성공한 한 역사'소설'의 의미와 가치로 제시되었다. '그의 이야기(he-story)'를 '그녀의 이야기(she-story)'로 바꿈으로써 「청사에 빛나리―계백의 처」는 '역사(history)'의 해체적 전복을 상징적으로 나타낸, 역사'소설'론의 부각에 용이한 텍스트이었다. 어쨌든 '역사'소설에서 역사'소설'에로, 이것이 이 글이 선언적으로 드러내고 싶은 얘기의 골자이다.

부기(附記). '사물의 해석' 대신 '해석의 해석'이 난무한다는 걱정은 어제오늘의 걱정만은 아니다. 루카치의 『역사소설론』(거름, 1987)이라는 '사물의 해석' 대신 나도 반성완의 「루카치의 역사소설론과 우리의 역사소설」(『외국문학』, 1984.겨울)이라는 '해석의 해석'만을 읽었다. 하지만 최근의 언어 상대주의의 강력한 이론적 자장은 말이 사물의 한계라는 견해, 즉 말이 곧 사물이라는 견해를 설득력 있게 펼치고 있다. 이 견해에 동의한다면 '해석의 해석'과 '사물의 해석'은 매우 등질적인 것이라는 생각에 도달하게 된다. 물론 루카치의 '역사소설론'과 반성완이 이해한 루카치의 '역사소설론'은 분명 다른 것이다. 거기서 말하는 것은 차이의 무시가 아니라 섣부른 위계를 설정해 '사물의 해석'에 강박되는 일을 경계하라는 말일 것이다. 때문에 루카치의 '역사소설론'의 당대적 한계를 지적하고 새로운 이론을 모색하는 작업이 그의 책을 읽지 않았다는 이유로 쉽게 포기될 수는 없다.

제3부

청자의 시
—유안진의 시집『숙맥노트』에 대하여

『숙맥노트』(서정시학, 2016)는 시력(詩歷) 50년을 넘긴 유안진 시인의 17번째 시집이다. 대략 3년마다 1권씩의 시집을 내놓았다는 점에서 많이 썼다기보다는 참으로 꾸준히 써 왔다고 할 수 있다. 한 시인의 이런 꾸준함은 해당 분야에 오랜 세월 종사하며 공로를 쌓아 온 이의 이른바 원로성(元老性)에 진정으로 값한다. 유안진 시인에게 경의를 표하지 않을 수 없는 이유이다. 게다가 한길을 꾸준히 걸어온 그녀가 자신에게 마땅할 장인적 드높음을 녹두와 보리를 구분 못하는 '숙맥(菽麥)'의 신원과 그 어리석음의 백지 묶음인 '노트(note)'의 겸허로 낮추고 있음은 앞선 경의를 공연한 것이 되지 않게 만든다. 이것은 물론 가장된 겸허에 부응하려는 처세가의 아첨 섞인 헌사가 아니다. 유안진 시인의『숙맥노트』가 드러내는 겸허는 무엇보다도 그녀의 언어에 표현된 삶의 바탕으로서 진실한 것이 되어 있고, 따라서 우리가 보내는 경의는 그런 진실함을 목격한 독자로서 표하는 솔직한 반응이자 비평적 감탄사일 따름이다.

유안진 시인의 시집 『숙맥노트』에 메모된 시들은 거의 듣기의 소산이라 해도 과언이 아니다. 시인은 끊임없이 듣는다. 그리고 적는다. 가령 어느 해 여름에는 "사람 떠난 마을"에서 귀를 먹먹하게 만드는 "말매미들 합창"을 듣는다.

자지러지게 불러대는 말매미들 합창을
귀로 먹고 자라는 여름 가족들이
사람 떠난 마을에 더 주민답다
— 「귀도 입이다」 부분

남편의 "한마디"를 듣기도 한다. 사별하고 만 남편이지만, 그 소리는 남편이 날마다 "귀가"를 알리던 "40년 일상의 키워드"였기에 지금도 여전히 생생하다.

굳게 닫힌 안방 문
와자지껄 떠들어 대는 TV에도
물소리 좌르르 요란한 설거지 중에도
청소기 돌아가는 시끄러운 소음에도
들리던 한마디

귀가(歸家)를 신고하던
나 와 쏘!
40년 일상의 키워드(keyword)였을까

사람은 가서 돌아올 수 없어도

목소리는 날마다 귀가를 알려 와
너무도 생생해

　　　　　　　　—「나 와 쏘」 부분

그런가 하면 저절로 듣게 되는 소리 말고 귀를 기울여야만 들리는
소리도 있다. "줄광대 김대균 씨의 회고"나 "자원봉사 오신 어느 어
르신의 경험담" 같은 것이 그것이다.

아홉 살 때 들었다
성공을 하려면 줄을 잘 타야 한다고
그 말을 들은 9살부터 30여 년을 줄꾼으로 살며 생각해 보니
성공이란 남들이 쳐다보는 사람이 되는 것인데
내가 줄 탈 때 관객들 모두가 쳐다보는 줄 알고서야
성공은 했구나 깨달았지요 ㅎ ㅎ ㅎ
줄광대 김대균 씨의 회고였다.

　　　　　　　　—「성공한 증거」 전문

6살 아이가 4살 동생을 돌봐야 했다
동생은 배가 아프다고 칭얼거렸다
(중략)

할 수 없다, 약이라곤 그것밖에는
옥도정기를 꺼내서 발라 주며 금방 나을 거라고 했다
정말 낫는 거야? 동생이 울먹였다
좋은 약이니까 좀만 기다리면 안 아파져

입으로 동생 배를 후후 불다가 수건으로 덮어 주자
성아, 안 아플라 칸다 하더니, 금방 잠이 들어 버렸다
자원봉사 오신 어느 어르신의 경험담이었다.
　　　　　　　　　　　　　　—「약발, 끝내주더라」 부분

들려오는 소리가 없거나 귀를 기울여도 들리는 것이 없을 때는 듣
기 위해 묻기도 한다. 주변에 물을 사람이 없을 때는 심지어 전화도
건다.

너, 몇 살이지? 15살요
엄마께서는요? 저도 15살이에요
농담도 잘하시네요

아뇨, 저는 애를 낳고 엄마로 태어났거든요
애 아빠도 그렇데요
　　　　　　　　　　　　　　　　—「자식의 은혜」 부분

33년 만에 귀국이라, 혹시나 하고 걸어 봤는데
아직도 거기 사시네
35년째요, 웃음이 대답했다

휴대폰 전화가 아직도 그대로네
구닥다리요? 옹고집이요?
목줄기의 울대가 울리려다 만다

인연 끊길까 봐서요.

　　　　　　　　　　　　—「속사정」 전문

　시인은 "목줄기의 울대가 울리려다" 결국 귀를 기울인다. 이를테면 유안진 시인의 이번 시집에 실린 시들은 어딘가에서 들려오는 소리를 자연스레 듣기도 하고 무언가를 듣기 위해 의식적으로 귀를 세우기도 하며 아무런 소리도 들려오지 않을 땐 애써 묻기까지 하며 들으려고 한 결과물이다. 그런 점에서 『숙맥노트』에 '귀(耳)'의 이미지나 모티프가 자주 등장하는 것은 단순한 우연이 아니다. 물론 유안진의 시집에서 '귀'는 명사가 아니라 동사라 해야 옳다. 시인의 '귀'는 "세상 잡소리 다 듣"(「귀여, 차라리 깊이 잠들어라」)기 위해 부지런히 움직이기 때문이다.

　그렇다면 유안진 시인은 왜 항상 '귀'를 움직여 무언가를 듣고자 하는 것일까? 또 듣는다는 것이 대체 무슨 의미가 있길래 그 일에 그렇게나 열중하는 것일까? 바로 이 질문의 해답을 찾아보는 것은 『숙맥노트』라는 시집을 이해하는 중요한 한 가지 방식이 된다. 먼저 다음 시를 읽어 보자.

　　극기 100일 만에 곰은 웅녀(熊女)가 되었고
　　사람을 좋아한 천신의 아들 환웅(桓雄)은 그녀와 혼인하여
　　단군(檀君)을 낳았다지
　　그 사람 단군이 오늘까지 당골내(巫堂)라는 말로 남았다지
　　하늘—땅을 연결하는 사람 모양인 무(巫) 자의 무당 말이지

　　사람 되기가 얼마나 어려웠으면

완전한 하느님인 예수도 완전한 사람이 되려고
스스로를 인자(人子) '사람의 아들'이라고 강조했으리마는

장래희망에는 대통령 판사 의사… 등으로 써야지
아빠 말에 아이는, 난 그냥 사람 될래!라고 했다
아이 같아야 하느님 나라에 들어갈 수 있다고
사람 되는 길이자 진리이자 생명임을 보여 준 인간 예수여
사람 되기는 왜 시인(詩人) 되기가 아니고 꼭 아이입니까요
아이 되기 〉 사람 되기 〉 시인 되기입니까?

―「아이 되기」 전문

이 시에서 시인이 듣고 싶어 하는 것은 성경에서 신이 전하는 말
씀의 뜻이다. 동서양을 막론하고 신들은 왜 하나같이 "사람 되기"에
나섰을까? "사람 되기가 얼마나 어려웠으면" 말이다. 또 "하느님"은
왜 그 "사람" 가운데서 "아이 같아야 하느님 나라에 들어갈 수 있다
고" 선언하셨을까? "사람 되기는 왜 시인 되기가 아니고 꼭 아이입
니까요"라는 물음을 통해 시인이 들으려고 하는 것은 말하자면 신이
"아이 되기 > 사람 되기 > 시인 되기"라는 위계를 공식화한 이유인
데, 시인이 생각하는 위계의 상식은 '아이 되기 < 사람 되기 <시인
되기'로서 그 반대였기에 그것이 더욱 궁금할 수밖에 없다. 만약 그
뜻을 알 수 있다면, 시인은 "들은 말 그대로"(「성화 한 폭」) 실행할 심산
인 것도 같다. 하지만 「이비인후과」라는 시가 말하듯 신도 듣기만 하
므로, 시인의 귀는 어쩔 수 없이 '아이'에게로 향한다.

이제 시인은 "하느님 나라"의 열쇠가 된다는 아이들의 소리에 귀
를 기울인다. 그들에게서 신의 뜻을 짐작해 볼 수밖에 없다고 생각

하는 듯하다. "아앙—" 하는 유모차의 아기 울음소리(「아기만 안다」)도 듣고, 모자란 아이의 "헤벌레" 웃음소리(「이곤 얼굴」)도 듣고, 목욕탕 매표구 앞에서 아이 표 달라는 어느 어르신의 어거지(「영원한 아이」)도 듣고, 친구의 동전 빼앗아 삼켜 걱정하다가 똥으로 내보내고서야 하느님께 두 손 모으는 아이의 기도(「다시는 남의 돈 안 먹을게요」)도 듣고, 바닷가 해변에서 바닷물 퍼내며 놀던 아이에게 그 이유를 묻자 축구장 만들어 축구하기 위해서라는 대답(「〈나〉라는 이유만으로」)도 듣고, 선생님이 제시한 문제에 모두가 ①번을 대답할 때 그 답이 슬퍼할 것 같아서 혼자 ②번을 말했다는 아이의 변명(「어른의 할아버지」)도 듣는다.

그리고 시인은 아이들이 내는 소리를 귀 기울여 듣다가 마침내 신의 뜻을 읽는다. 바로 어리석음이 큰 지혜와 같다는 '대지약우(大智若愚)'(「헌 모자를 사다」)의 전언을 감지하고, 아이의 순수를 닮는 일이 천국에 들어가는 열쇠임을 알게 되는 것이다. 물론『숙맥노트』의 시인은 신이 요구하는 그런 어리석음의 순수가 갓 태어난 아기의 단순하기 짝이 없는 천진난만이 아니라는 것을 안다. 「프로이트의 대답」이라는 시가 드러내듯, 시인은 그것이 아무것도 모르는 무지의 상태 그 자체가 아니라 무언가를 "아니까" 하는 의식적 선택의 순진무구여야 함을 모르지 않는다.

유안진 시인이 듣고자 하는 것은 이밖에도 많다. 같은 병에 걸린 주인과 종 중에서 "치료도 못 받은 종이 나았다는 말에, 화가 난 주인"이 "항의"하는 말을 빌려서, 그녀는 또 신에게 묻는다. "헌금도 많이 바치고 불우이웃 기부도 많이 했는데 이럴 수가요?"(「지금 제일 마음 가는 데」) 이어서 귀를 뾰족이 내민다. 그런가 하면 "따르어 마시기 전에/잡은 손목 좌악 그어서/깊푸른 이 밤을 검붉게 피칠할/헌주(獻酒) 한 잔을/바쳐 올리고" 싶을 정도로 신앙이 깊은 시인은 "사랑하는 자에게는/잠을 주신다(시편 127:2 하반절)는 그분께 "소크라테스가 독배를 들고 찾아"(「현주 한 잔」)오는 악몽과 불면의 이유를 묻는다. 그러고서는 역시 귀를 쫑긋 세운다. 또한 시인은 "왜 창조 첫날 첫 순서로 안 만드시고/꼴찌 날 맨 꼴찌로 만드시고서는/사람을 가장 소중히 여겨/하느님 모상으로 지으셨다고요?"(「창조의 순서」)라고 따지듯 묻기도 하고, "남녀(男女)가 아니라 여남(女男)이 되도록/어째서 이브를 최초 인간으로 아니 지으셨나요?"(「이브는 본 차이나」)라고 묻기도 하면서, 신으로부터 그 이유를 들으려고도 한다.

시인이 들으려는 것은 신의 대답만은 아니다. 아버지의 말씀 따라 우등생이 된 아들 이야기를 떠올리고서 "내가 말씀 따라 산다면/나와 하느님 중 누가 더 득 볼까"(「알고는 있지만」)라는 자문을 통해 자기 내면의 대답에 귀를 기울이기도 하고, 이혼 소송이 진행되는 법정에서는 이혼 소송에 대한 "재판장"의 현명한 "판결"(「실제적인 너무나 실제적인 판결」)조차도 기꺼이 귀에 담는다.

『숙맥노트』에서 질문의 형식과 주로 결합된 듣기의 자세는 이처럼 유난히 두드러진 것이 되어 있다. 여기서 형이상학적 진리에 대한 경청의 욕구가 유독 큰 것처럼 보이지만, 사실 시인은 "어디나 언제나 학교이고 공부 시간/누구나 무엇이나 선생님"(「때로는 한눈팔아도 된다」)이라고 말한다는 점에서 그런 자세에는 배움과 앎에 대한 보편적 갈망이 더 크게 자리 잡고 있는 것처럼 보인다. 그러니까 유안진 시인이 부단히 듣고자 하는 것은 일차적으로 어떤 것이든 알고 싶다는 마음에 그 근거를 두고 있다고 할 수 있다. 물론 시인의 그런 마음은 진리를 간파해 세상을 변화시키려는 계몽적 의욕과는 거리가 멀다. 그것은 진실을 수용해 자기 자신의 변화를 도모하려는 수행적 의지에 가까운데, 시인의 귀만 세상을 향해 있을 뿐 사실상 시인의 입은 자신의 귀에 이어져 있는 것이어서 시인이 하는 말은 결국 자문(自問)의 순환성을 띠기 때문이다.

한편 『숙맥노트』에서 빈번히 목격되는 듣기의 자세 밑에는 알고 싶다는 마음과는 다른 마음도 있는 것처럼 보인다.

> 삶은 남두육성(南斗六星)이 앞장선다고 하던데
> 내 눈에는 왜 북두칠성만 보이는지
>
> 일곱 구멍 칠성판(七星板) 당신의 침대차는
> 북두칠성(北斗七星)이 앞장선
> 북망산(北邙山)행이었나
>
> 남두육성 본 적 없는 여기에서는
> 보이는 것이라곤 북두칠성뿐이라
> 여기가 거긴가, 거기 여기 같은가요
> 헷갈리는 삶과 죽음, 결국은 같은가요.
>
> —「거기 여기 같은가」 전문

이 시의 경우 시인이 듣고자 하는 것은 죽은 남편의 소식이다. 「나와 쏘」라는 시에서 애틋하게 표명된 바 있는 사별한 남편에 대한 그리움은 여기서도 절절하다. 시인은 죽음의 침묵이 신의 침묵에 방불하다는 것을 알면서도, 남편을 "북두칠성이 앞장선/북망산행"의 "일곱 구멍 칠성판"으로 떠나보낸 "거기"의 형편을 듣고 싶어 한다. "거기 여기 같은가요/헷갈리는 삶과 죽음, 결국은 같은가요." 이때 시인의 귀 기울임은 삶의 편에서는 결코 죽음 쪽의 내막을 알 수 없다는 사실로 인해, 다시 말해 물음표의 기대를 가질 수 없는 마침표의 물음이 될 수밖에 없다는 사실로 인해 특히나 간절한 것이 된다.

돌아간 남편에 대한 시인의 간절한 그리움과 결합된 듣기의 갈망은 「무엇이 죽음보다 더 삶을 가르치랴」란 시에서도 그대로 되풀이된다. 그녀는 남편의 무덤을 찾아가서는 "차려입으면 젊어 보인다고 좋아하더니/모양내고 왔는데도 한마디도 없다니요"라며 그리움 섞인 원망을 토로한다. 그리고 시인은 "아무리 순교 없이 들어온 절두산 성지(聖地)라도/아무리 부활(復活)을 믿어 마지않는다 해도/아무리 이 세상이 개똥밭이라 해도/개똥밭에서 같이 뒹구는 아옹다옹이 더 좋아요"라고 애달프게 읊조린다. 삶 저편의 세계가 성스러운 부활의 세계라는 것을 믿는 독실한 신앙인이지만, 그녀는 삶 이편에서 남편과 함께하던 "아옹다옹"이 몹시 그립고 또 그래서 남편의 음성이 간절히 듣고 싶은 것이다.

어느 순간 불러도 대답 없는 망자 앞에서 시인은 "말문이 막히"고 만다. 그러자 이번에는 더 크게 "소리문이 열"리면서 생전의 남편이 내뱉던 "앞소리"(「뒷소리만 남았네」)들조차 듣는데, 이것은 시인의 간절함이 낳은 환청에 가깝다. 남편이 "아프다 아프다, 투덜투덜"(「뒷소리만 남았네」)하던 소리도 들려오고, "나 와 쏘!"(「나 와 쏘」) 하던 남편의 성실한 귀가 신고도 들려온다. 이뿐만이 아니다. 살아 있을 적 남편이 들려주던 그의 깊은 생각도 떠오른다. "산악 같은 사상도 풀 내음 같은 그리움도/두 발의 합주(合奏)라고/발은 둘이고 명사 아닌 동사(動詞)라던"(「발은 동사이다」) 그의 목소리로 말이다.

그러다가 유안진 시인에게는 문득 살아생전 남편을 좀 더 따뜻하고 부드럽게 대하지 못했던 자신의 모습도 떠오른다. "평생 출퇴근하며 살아도/집사람이라고 불러 주었는데//나는 왜 그리 모질게 불렀을까/바깥채도 바깥방도 없는 집 안방에 갇혀/티격태격 투닥거리면서도/바깥양반!/마침내는 이 세상 바깥으로 내몰고 말았나” 하며, 시인은 안타까운 회한에 잠긴다. 그리고 “바깥에서 혼자 밥 사 먹으며/때 없이 눈물 제문(祭文) 숨겨 쓰다 지운다”(「바깥양반」)거나 “당신 없는 당신의 제사상/혼자 차려 지내면서” “춥게”(「아들 손자며느리…의」) 운다. 그렇지만 『숙맥노트』의 미망인에게 남편에 대한 그리움과 그의 소식에 대한 갈망은 해결될 수 없는 것이기에 보다 더 절실해진다. 다음의 시를 보라.

뜯어보면 내 몸조차 낯설다
징그럽다 냄새도 나는데
이 발(足) 둘이 바로 나였다니 눈물겨워진다

말(馬) 갈 데 소(牛) 갈 데를 가리지 않아
이토록 망가져 흉물이 되는 줄도 모르고
딛고 일어서 걸었고 뛰었고 달렸던
부어터진 발가락 마디마디, 굳은살 티눈 투성
서로의 발 둘이여, 발의 힘이여

그렇게 살라고 발은 둘이어야 하는
필수 조건을
외발 걸음 걸어서야 알아지다니요

—「부부(夫婦)」 전문

이 시가 듣고자 하는 바는 이제 단순히 남편의 소식이 아니다. 시인은 남편이 영원히 돌아올 수 없는 곳으로 가 버렸다는 것을 알기 때문에 더욱 자신의 "외발 걸음"이 절망스러운데, 이것은 그녀의 내적 염원이 남편의 소식을 넘어 남편의 존재에까지 미치도록 만든다. "살라고 발은 둘이어야 하는/필수 조건을/외발 걸음 걸어서야 알아지다니요"라는 물음은 일단 어쩔 수 없는 일에 대한 수용적 비탄을 표현한다고 할 수 있다. 하지만 그 물음에서 물음표는커녕 마침표조차 떼어 버린 일은 어떠한 방해물도 허락될 수 없다는 양 남편의 생환을 바라는 불가능한 소망조차 드러내는 것으로 보인다. 그 일은 적어도 남편과 닿고 싶다는 미망인의 절실한 간구가 결코 멈추지 않으리라는 것만은 분명히 암시하는 것 같다.

이와 같이 『숙맥노트』에서 지배적인 시인의 듣기 욕망은 존재하지 않는 남편으로부터의 메시지를 전력을 다해 수신하려는 한 사람의 미망인을 보여 주고 있는 셈이다. 물론 죽은 남편과 교신하려는 그녀의 시도는 거듭 실패할 수밖에 없다. 그럴수록 시인은 "하느님께 없는 유일한 게/불가능인데/구하면 주신다고 약속(마태 7:7)하셨는데"(「덜이 더이다」) 하면서 또 다른 교신을 시도하는데, 이 시도는 안타까울 정도로 거듭된다. 그러면서 시인에게 고유한 듣기의 자세는 점점 기도(祈禱)의 자세를 닮아 간다. 그러나 시인의 기도는 기적의 응답을 듣고 또 현실을 넘어가려는 무모한 기도가 아니다. 그것은 무엇보다도 현실의 기적적인 변화란 불가능하다는 것을 수긍하며 주어진 현실과 조화를 이루려는 성숙한 내면의 기도이다. 그런 의미에서 유안진 시인이 눈을 감고 간절히 남편의 음성을 듣고자 하는 것은 자신이 원하는 누군가에게 닿고 싶다는 절실한 마음 그 이상도 이하도 아니다.

시인이 보여 주는 듣기의 자세 속에서는 들은 것을 전하고 싶다는 마음도 확인된다. 『숙맥노트』에는 주변의 이런저런 사람들이 하는 말들이 자주 경청되고 있는데, 거기서 비롯된 시들에는 대개 소중한 깨달음과 가르침들이 적혀 있다. 가령 「누가 신자인가」에서는 시인이 어느 신부님의 말씀 속에 있는 예리한 아이러니를 듣고 전한다.

성당 입구에 화재가 났다, 망해 버린 카바레 사장이 고소했다, 카바레 없애 달라는 성당의 기도 때문이라고
교우회장이 반론했다, 기도 때문에 불이 나다니, 있을 수 있는 일이냐고

양측 주장을 다 들은 재판장이 판결을 내렸다
카바레 사장님은 기도의 힘을 믿었으니, 천당 가서 하느님께 손해배상을 청구하시고,
교우회장님은 기도의 힘을 안 믿었으니, 앞으로는 기도하지 마시라고
차동엽 신부의 특강에서 들었다.

또한 「충만의 조건들」에서는 모든 것이 "더불어야" "충만"이 된다는 시인의 각성이 "안다는 것은 오직 모를 뿐"이라는 어느 선사(숭산선사)의 말과 함께 무지로 개방되는 지양의 순간을 노래한다. 진정한 앎은 앎과 무지의 경계 너머에 자리한다는 해탈의 말씀을 듣고 옮긴 것이다.

꺾이고 쓰러진 보리 대궁 사이사이
지나가는 댓바람이, 지나는 들쥐가, 붙잡는 도꼬마리가
보릿대를 짓밟아, 꺾기도 하고 붙잡아 세우기도 하네

저런 것들이 우연이기만 할까

저렇게 더불어야 보리밭이 되는가
갑자기 먹구름 몰려와 폭우를 쏟아붓네
보리누름에 비 오면 흉년 든다 들었는데
폭우가 더해져야 더 큰 충만이 되는가
안다는 건 오직 모를 뿐이네.

그런가 하면 「실제적인 너무나 실제적인 판결」이라는 시에서는 이
혼 소송을 진행하는 재판장의 지혜로운 판결을 전하고 싶어, 귀를
기울인다.

찐 감자와 설탕을 본 신랑은
감자는 소금 찍어야 제맛이라고 했다
미처 소금을 준비 못한 신부와
소금을 우기는 신랑은 성격 차이를 만들어 내다가
급기야는 마지막 사유가 창조되고 말았다
드디어 재판장이 판결을 내렸다

우리 집에서는 이렇게 먹습니다
어머님은 된장 찍어 잡수시고
아내는 신 김치를 얹어 먹고
아들은 버터 발라 먹고
딸애는 버터와 감자를 짓이겨서 먹고
나는 고추장 발라 먹어요

가끔은 이것저것 바꿔 먹어도 맛있어요
두 분도 그렇게 해 보시고
정히 안 되면 또 오세요.

들은 것을 전하고자 하는 시인의 마음은 때로 직설적인 조언의 형
태를 취하기도 한다. "때로는 한눈팔아도 된다"는 선생님의 말을 들
어 옮기는가 하면, "넘쳐도 부족하고/모자라도 충분한 인생이여"라
고 말한 『삼국지』의 영웅 조조의 말을 들어 옮기기도 한다.

선생님, 색칠이 자꾸 금 밖으로 가요
괜찮다, 지금 아니면 언제 그러겠냐
뻥튀기 구경하다 지각했어요
괜찮다, 지금 한눈팔지 않으면 언제 그러겠냐

(중략)

어디나 언제나 학교이고 공부 시간
누구나 무엇이나 선생님이란다
때로는 길 밖에서 더 잘 자랄 거야
지금이 아니면 언제 그럴 시간이 있겠느냐.
　　　　　　　　　　　　　—「때로는 한눈팔아도 된다」 부분

넘쳐도 부족하고
모자라도 충분한 인생이여

이 한 계절
아무것도 할 수 없는 의무이자
아무것도 하지 않을 권리를
누리게
자네들, 너무 지쳤네.

　　　　　　　　　　　　　　　—「겨울 산하」 전문

　물론 시와 설교의 거리가 얼마나 먼 것인지를 상기한다면, 이렇게
유안진 시집에서 듣기가 교훈 조가 되면서 말하기로 대체되는 일은
그다지 바람직한 것이 아니다. 하지만 유안진 시인이 입을 열어 말
하는 일은, 자기가 들은 것이 "듣고 싶은 것만을 골라서 듣고/듣고
싶은 대로만 듣"(「귀여, 차라리 깊이 잠들어라」)는다는 것을 아는 자의 신
중한 듣기의 결과라는 점에서 거북한 독단과 편견의 행위로 치부되
어서는 안 된다. 지금까지 시인이 보여 준 자문과 기도의 태도가 가
리킨 바 있듯이, 그런 조언(助言)은 무엇보다도 자기 자신의 변화를
앞세우는 성찰주의자의 그것에 가깝다는 점에서 세상에다가 변화의
의무를 지우는 계몽주의자의 그것과는 명백히 구분된다. 그러니까
그녀에게 말하는 일은 자신이 들은 것의 소중함을 공유하고 싶다는
마음에 기초를 둔 것일 따름이다. 유안진 시인에겐 입이 이미 귀이
지 않았던가! 그녀는 '말하는 시인'이 아니라 여전히 '듣는 시인'이라
고 할 수 있다.
　유안진 시인의 시집 『숙맥노트』에서 뚜렷한 듣기의 자세는 결국
어떤 것을 알고 싶다는 욕구와 누군가에게 닿고 싶다는 소망과 무언
가를 전하고 싶다는 의지에 토대를 둔 것이라고 할 수 있다. 그리고
우리는 그런 욕망과 소망과 의지의 바탕에서 최종적으로 세상과 현

실을 변화시키려는 계몽적 의욕보다 자기 자신의 변화를 도모하려는 자성적 의지를 확인하게 된다. 그런데 『숙맥노트』의 시들은 왜 하필이면 계몽의 입(口) 대신 자성의 귀(耳)가 되고자 하는 것일까? 시인을 견자(見者)라고들 하지 않는가? 귀(耳)의 시인으로서 눈(目)의 시인이기를 거절한 이유는 무엇일까? 왜 시인은 청자(聽者)가 되고자 하는 것일까?

우리는 여기서 두 가지 유형의 시인을 구분해 볼 수 있다. 하나는 눈과 연결된 입을 가진 시인으로서 자신에 앞서 세상을 바꾸려고 통찰의 힘을 내세우는 오연한 '견자'로서의 시인이고, 다른 하나는 귀에 이어진 입을 가진 시인으로서 세상에 앞서 자기 자신을 바꾸는 것이 진정한 변화의 힘이라는 것을 믿는 겸허한 '청자'로서의 시인이다. 말할 것도 없이 유안진 시인은 후자에 속하는데, 물론 시인 유안진이 보여 주는 '듣기의 시학'은 현실의 변화를 모색하는 거창한 이상의 실현 욕구가 잦아들고 자신의 변화로서 현실과 조화되기 위해 작고 소박한 실천 의지만을 발휘하는 이른바 '노년의 시학'에 관계되는 것일지도 모른다. 그러나 『숙맥노트』가 귀로 깊어지는 일을 통해 보여 준 겸허와 성숙의 미덕은 우리에게 그 이상의 의미로 다가온다. 시인에게 듣기는 이미 "종교"의 차원에 육박하고 있음을 드러내는 「이비인후과」라는 시를 제시하는 것으로, 그 의미에 대한 짐작은 독자 여러분에게 맡긴다.

기도실을 나오는 마더 테레사 수녀께 기자가 물었다
뭐라고 기도했나요? 듣지요
말뜻을 겨우 깨달은 기자가 다시 물었다
하느님은 뭐라고 하셨나요? 그분도 듣지요

앞말에 이어 목감기인데도 귀부터 본다

나쁜 말은 한 귀로 흘리세요, 담아 두면 중이염 돼요
귀를 마음의 창문으로 하면 총명할 총(聰)이고
귀를 따르는 걸 (지혜가) 솟구치는 용(聳)이라 했으니
귀를 입보다 앞세우는 왕은 성(聖)자를 얻었다 하잖아요
귀를 닫지 못하게 만든 이유이지요
관상도 이목구비(耳目口鼻) 귀 먼저이구요

그리스 인도서는 시각 종교를 믿어 신상(神像)을 만들지만,
손님은 청각(聽覺) 종교를 믿으시죠?
남자는 시각 의존적이지만 여자는 청각적이라서,
여성 환자는 귀를 봐야 알거든요.

숭고의 시
―신승철의 시집 『기적 수업』에 대하여

> 7 바로 뒤에 0을 놓는 그는 숭고하다.
>
> ―오노레 드 발자크

다섯 편의 장시(「병」, 「기적 수업」, 「어둠 속에서」, 「오케이」, 「설산(雪山)에 올라」)로 이루어진 신승철 시인의 『기적 수업』(황금알, 2016)을 읽는 일은 그 표제작의 제목이 암시하듯 '기적'처럼 우리 삶의 질병에 참된 치유를 베풀어 주는 '수업'에 출석하는 일과 같다. 신승철은 시인-의사인 셈인데, 어느 대학병원 정신과의 실제 의사이기도 하다는 점에서 그는 의사-시인이기도 하다. 그러나 혹여 의사-시인이라는 직업적 신원 때문에 시인-의사로서의 신승철을 의심해서는 안 된다. 왜냐하면 그가 의사-시인으로서 감당하는 임상학적 실천들은 시인-의사로서 보여 주는 그의 훌륭한 문학적 실천들에 든든한 바탕이 되어 준다는 것이 거의 확실하기 때문이다. 얼핏 시인-의사로서의 신승철은 너무 멀리서 세상을 바라봄으로써 특유의 종교적 관념에 사로잡힌 아마추어 시인처럼 보일 수 있다. 하지만 그가 그렇게 멀리서 보는 것은 의사-시인으로서 이미 모든 것을 가까이서 본 다음에 이루어지는 일이라는 점에서 의심스럽다기보다는 오히려 믿음직스럽다. 그는 단순한 시 애호가가 아니다. 그는 분명 프로페셔널한 시인이다. 모든 뛰어난 의사-시인들이 그렇게 한 것처럼, 신승철 시인은 가까이서 본 다음에 멀리서 본다. 이제 그의 호칭은 다른 어떤 것도 아닌 시인, 바로 그것이 되어야 한다. 시인의 시를 직접 읽어 보자.

신승철 시인의 시편은 우리를 항상 어딘가로 데려간다. 그곳은 대체로 높은 곳이다. 시인 가운데는 삶의 디테일에 주목하고 가까이서 봄으로써 우리 앞에 현실의 풍경을 가져다 놓는 시인들도 있지만, 반대로 그런 현실의 풍경을 조감하듯 멀리서 봄으로써 우리 삶의 디테일을 규제하는 자연의 풍경을 펼쳐놓으려는 시인들도 있다. 전자의 시인이 활동적 시인이라면 후자의 시인은 명상적 시인이라고 할 수 있는데, 신승철은 바로 명상적 시인의 전형이다. 명상적 시인 신승철은 세상과 밀착된 현미경적 시각이 아니라 그것을 조감하는 망원경적 시각을 확보할 수 있는 곳이면 어디든 우리를 초대한다.

여기에 이르니 온 세상,
내 마음처럼 텅 비어 있는데

그 한가운데로 적적하게,
뱐뱐히 눈 내리고 있다.

회심(灰心)의 저 가난한 눈빛들
이들을 손님으로
정성껏 받들고 서 있는
웅숭깊은 나무들

경건한 이 고요가
잠시 발걸음을 멈추게 하는구나.

속을 비운 채 말없이 앉아 있는
반쯤은 어두운 계곡이며
자유롭게 뻗어 나간
장중한 기틀의 저 긴 능선들

—「설산(雪山)에 올라」 부분

이 시의 경우 우리는 한겨울의 '텅 빈 설산'으로 인도된다. 시인이
발걸음을 멈추고서 자신의 시선으로 우리를 인도하는 그곳에는 눈
의 무게를 받치고 서 있는 "웅숭깊은 나무들"도 보이고, 침묵으로 물
러나 있는 "반쯤은 어두운 계곡"도 보인다. 그리고 무엇보다 "자유
롭게 뻗어 나간/장중한 기틀의 저 긴 능선들"이 내려다보인다. 이처
럼 우리는 시인 자신이 겨울 산행에서 만나게 된 조감적 관조의 시
선을 공유한다.

시인은 때로 시끄러운 세상을 멀리서 관조하는 것이 가능한 정신
의 고도로도 우리를 이끈다. 이곳은 "빛나는 고요"라는 이름의 공간
이다.

지금은 어느 웃음도,
어느 울음도 비껴가는 고요로다.

어느 누가 시비를 걸어와도

그 시비는 스스로 헛수고였음을 알고
총총 사라져 가는 고요로다.

사람이 없는 여기 빛나는 고요에
나는 온 세상과 함께
머무르고 있다.

그러므로 옛적부터
찔레꽃은 찔레꽃으로만 피어나고
국화꽃은 국화꽃으로만 피어났던 것이고

—「오케이」부분

　이 충만한 고요의 공간은 삶이 쏟아 내는 "웃음"과 "울음", 그리고
모든 종류의 "시비"의 소음이 죄다 "헛수고"임을 알게 되는 곳이다.
그런데 시인은 그 공간이 "옛적부터/찔레꽃은 찔레꽃으로만 피어나
고/국화꽃은 국화꽃으로만 피어났던" 곳이라고 말한다. 또한 여기
는 사람의 자취를 찾을 수 없는 곳이기에 고요한 관조를 방해받지
않고 머무를 수 있는 곳이라고도 한다. 그러니까 우리는 어느덧 이
미 익숙한 풍경 속으로 들어와 있는 셈인데, 시인이 안내한 그곳은
사실 설산처럼 "온 세상"을 내려다볼 수 있는 자연의 어떤 고도 공
간인 것이다.
　그런가 하면 시인은 우리를 아주 어두운 곳으로도 데려가는데, 그
곳은 "무수한 별들"을 올려다볼 수 있는 "장대한, 끝 모를 어둠"의
장소이다.

무수한 별들
이들을 둘러싼 이 우주의
장대한, 끝 모를 어둠

이 적막함에 외로워
초신성의 어느 별은 스스로
분신(焚身)을 한단다.

어느 은하에선 별들이 운명처럼 사라져 가고,
우주의 굿거리인 듯
매직 쇼를 선보이며
새로운 별이 태어나기도 한다.

어마어마한 식욕의 블랙홀,
보이는 이 우주는
안 보이는 더 큰 우주의 일부
상상으로도 더는 상상이 되지 않는
이 우주,
어느 죽음 뒤엔 사라지는 우주

—「어둠 속에서」 부분

　　여기서 우리는 "상상으로도 더는 상상이 되지 않는/이 우주"의 광
대함을 대면하고, 신승철 시인이 애호하는 높이의 장소로 인도되었
음을 다시 한번 자각하게 된다. 어둠의 핵심인 그곳으로 가야 수많
은 별들과 우주를 볼 수 있기 때문이다. 하지만 시인은 자연의 높이

에서 올려다보게 된 우주의 넓이는 "어느 죽음" 뒤에는 사라진다고 말함으로써 죽음의 크기를 우주의 넓이 위에 올려놓는다. 이를테면 모든 존재 '위에' 군림하는 죽음은 마치 우주를 빨아들이는 "어마어마한 식욕의 블랙홀" 같은 것이다. 이제 우리는 그 위로는 그 어떤 것도 존재하지 않는 만물의 고도에 도착해 있다.

신승철 시인이 우리를 자연의 높이로 이끌어 우주의 넓이를 상상하고 죽음의 크기와 대면할 수 있는 곳으로 자꾸 데려가려는 이유는 무엇일까? 그게 무슨 의미가 있다는 것일까? 신승철 시인의 시집을 읽어야 하는 까닭은 바로 그 이유와 의미를 짐작할 수 있는 데서 발견된다.

돌아보면 지난 일은
바람에 몸을 뒤척이는 낙엽처럼
후회할 일밖에 없었다.

생각 없이 코딱지나 파내는 일로
시간을 허비하고, 아무 데나
생각의 가래침을 내뱉곤 했다.

미련이 미련에게 한숨을 쉬며
간신히 위로를 받았던 나날들이었다.

그렇게 우리는 앞에서도 밀리고,
뒤에서도 밀리며 살아왔다.

하지만 어느 날 높은 산에 올라가
산 아래 세상을 훤히 내려다보고서야
모든 것을 잃어버렸음을 깨닫게 된 자,

온전히 혼자 남게 되어서야
잃을 게 더는 없음을 알게 된 자,

과연 그는 무엇인가.

—「설산에 올라」 부분

어느 날 시인은 "높은 산"에 오른다. 그리고 "온전히 혼자"가 되어
"산 아래 세상을 훤히 내려다보고서야" 자신의 지난 삶을 돌아보며
"미련이 미련에게 한숨을 쉬며/간신히 위로를 받았"거나 "앞에서도
밀리고,/뒤에서도 밀리며 살아왔"던 "나날들"이 덧없고 허망한 것이
었음을 깨닫는다. 시인은 어느 고도에서 "잃을 게 더는 없음을 알게
된 자"로 전신하는 것인데, 이것은 형이상학에 기초한 어떤 규제적
이상으로 삶과 현실에 대한 집착과 고뇌가 부질없는 것임을 떠올리
고 정신적 해방감을 느끼는 정신의 상태를 가리킨다. 신승철 시인이
우리를 안내해 함께 머물고자 했던 공간은 바로 그러한 마음 풍경이
아닐까? 이것은 말할 것도 없이 삶의 고통을 다스리기 위해 모든 것
이 지나가리라는 하늘의 진리를 반지에 새겨 두었던 다윗의 마음 풍
경이기도 하고, 관 속에 누워 있는 자신의 모습을 그림으로 그려 침
실에 걸어 두고 삶의 겸허를 실천했다던 어느 교황의 마음 풍경이기
도 하다. 멀리 갈 것도 없다. 주말마다 인근 산에 오르며 삶의 조건
들에 대한 여유 있는 응시로 세상사의 초조와 근심으로부터 잠시 벗

어나는 등산 애호가들의 마음 풍경 또한 다르지 않을 것이다.

실제로 『기적 수업』은 자주 여러 곳에서 세상을 바라보는 시점의 고도를 높여, 디테일에 매인 시선을 스케일을 포함하는 시선으로 전환하는 가운데, 자유와 평온, 여유와 충만을 경험하는 마음을 보여 준다. 그리고 그리로 우리의 소매를 잡아당겨 자신과 동일한 마음에 이르기를 권유한다. 이를테면 시인은 텅 빈 설산에서는 자유로이 뻗어 나간 능선을 바라보며 우리의 마음이 '초연'과 '순종'과 '원만'의 마음으로 가볍고 느긋해지길 원하고, 장대한 우주의 끝 모를 어둠과 빛나는 별을 볼 수 있는 곳에서는 '운명애'와 '관용'과 '포기'의 마음으로 홀가분하고 넉넉해지길 바란다. 나아가 이러한 초월적 관조의 마음을 통해 "때로는 인정을 받기 위해/이것을 시름하고/저것을 근심하며/거지처럼 살아왔던", "때론 존재감을 잃을까, 두려워하며/살아 있는 듯, 죽어 있는 듯/몰래, 몰래 살아왔던"(「설산에 올라」), 한마디로 "하루, 하루에 목메여 사는/사람들"(「어둠 속에서」)의 인생이란 비루하고 어리석은 것이라는 깨달음을 우리와 나누고 싶어 한다. 「오케이」라는 시가 말하듯이, 우리는 아직 "매일 무상(無常)의 밥을 먹으면서도/그 맛을 제대로 느끼지 못하고" 있기 때문이다.

흔히 우리는 공들여
번뇌를 애써 꽃으로 피워
행복을 기리며 살려 했던 것이지만
모든 것이
그렇게 있을 뿐임을 모르고,
살아지고 있었던 것이다.

매양 어떤 성취를 얻으려

무슨 일에 몰두하며 살아야 했고

이 삶에 목적 있음을, 혹은

이 삶에 의미 있음을 만들어 가며

그렇게, 살아져 왔던 것이다.

세상사, 이런 사실에,

저런 사실, 있기도 하지만

이런 사실도 사실은 제각각 보기 나름이라

저런 사실도 사실은 뚜렷한 근거가 없고

어느 사실도 사실다운 사실 없음을

어렵지 않게 알아차리게 됨에,

말하자면 매일 무상(無常)의 밥을 먹으면서도

그 맛을 제대로 느끼지도 못하고

식욕에만 집착하며 살아져 왔던 것이다.

—「오케이」부분

이 시가 말하고자 하는 바는 한마디로 인생사 모든 것이 헛되고 헛되다는 "무상"의 인식이다. 신승철 시인이 들려주는 인생무상의 전언은 물론 이 세상에 남는 방식과 결합된 삶의 지혜이지 이 세상을 떠나는 방식과 관련된 염세적 허무주의가 아니다. 반복되는 말이지만, 공간의 넓이와 시간의 길이로 드높은 초월적 관점의 전유는 "세상사" 일체를 '평평'한 것—"아주 먼 곳에서 보자면/우리들은 모두가 똑같아"(「기적 수업」)—으로 보게 하면서 좀 더 '편안'한 것— "세상의 온갖 무상(無常)들을/함께 완상하고 있으려니/계곡에서 이는 산안개/우화등선(羽化登仙)하는 듯/은일하게 젖어 드는 이 가벼움"(「어둠 속에서」)―이 되게 함으로써, 악몽과도 같은 삶의 강박으로부터 놓여나는 마음의 평화와 정신의 해방을 가져온다. 그리고 이 지점에서 신승철의 허무주의는 타나토스적 에너지를 에로스의 동력으로 전환하는 "매직 쇼"(「어둠 속에서」)가 되고, 생로병사로 구조화된 인간 조건의 취약성을 희로애락의 차원에 한정되지 않는 우주적 존재론의 웅대함으로 바꾸는 "기적"(「기적 수업」)이 된다.

영원의 속삭임처럼 흰 눈이
우리의 머리 위에 사뿐사뿐
내려앉고 있다.

차갑고, 모진 바람 속이어도
뜨거운 불 속처럼
더욱 충만해지는 이 기운들

지금 이 세상은 오직
한가로움만이 드날린다.

있는 것도 본래 없는 줄 알기에
더욱더 충만해진 마음으로
공중을 군무하며 내리는 눈들
이 가슴속엔 원래부터 자재(自在)하는

샘이 깊은

원천의 기쁨이 있느니

몸은 힘들어도
온종일,
한가로움만이 드날리고 있다.

─「설산에 올라」 부분

항상 멀리서 보는 신승철식 염세주의자는 절대로 절망하지 않는
다. 아니 도리어 높은 곳에서 멀리 보고, 자신의 가슴속에 "원래부
터 자재하는//샘이 깊은/원천의 기쁨"에 의지하고 "있는 것도 본래
없는 줄 알기에", 낮은 곳에 사는 일을 "힘들어도/온종일, 한가로움"
만으로, 그래서 "더욱더 충만해진 마음으로" "사뿐사뿐" 할 수 있다.
그도 그럴 것이 "영원의 속삭임"을 듣는 자에게는 언제나 "시간이
있으니까, 시간은 있으니까."(「기적 수업」) 하여 시인은 「설산에 올라」
라는 마지막 시편을 다음과 같이 끝낼 수 있었던 것 아닐까?

세상은
늘 다시 태어나려는
그 역동의 에너지로 인해
언제나 새롭게만 보인다.

감각들이여,
지성들이여,
빛이여,
깨어나라.

깨어나
이 몸과 온 마음을 통해
이 자연과 삶을
우리도 경탄해야 한다.

내가 없고, 네가 있을 동안에도
내가 죽고, 네가 살아 있는 동안에도

이 우주에 두루 하는
순수 의식은
우리의 무한한 보람

우리는 이미
하늘의 축복을 온전히 받은 존재이기에

있는 그대로의 이 세상을
다함 없이 있는 그대로 사랑하도록

그리하여
매일매일을 새롭게 하도록
힘쓰는 일 없이
힘써야 하리라.

— 「설산에 올라」 부분

시인의 말처럼, 우리는 "힘쓰는 일 없이/힘써야" 한다. 말하자면 기다리는 일 없이 기다려야 하고, 살아감 없이 살아가야 한다. 지성의 비관주의, 의지의 낙관주의? 그러나 이것은 비관주의에도 '불구하고' 낙관주의를 발휘해야 하는 그람시의 행동주의와는 거리가 멀다. 오히려 그것은 비관주의로 '인해서만' 낙관주의가 가능해지는 동양적 관조주의에 가깝다.

아무튼 신승철의 시편은 우리를 시간의 영원성 앞에 데려다 놓고, 일상의 초조와 근심이라는 게 얼마나 사소한 것이며 보잘것없는 것인지를 깨닫게 한다. 뿐만 아니라, 부질없는 세상사에 매달리는 어리석은 마음을 경계하고 인생의 무상한 본질에 기꺼이 고개를 숙이는 가운데서만 불행한 인간 조건으로부터 놓여날 수 있다는 성숙한 인식을 전한다. 신승철 시인의 시집 『기적 수업』을 읽어야 할 이유는 무엇보다도 여기에 있다.

그런데 혹여 어떤 이들은 이쯤에서 시인이 존재론적 본래성이라는 규제적 이상 속에서 세상사를 너무 성급하게 "티끌"(「오케이」)로 환원하고 있는 것은 아닌지 저마다의 고개를 갸우뚱거릴 수 있다. 심지어 또 다른 이들은 시인이 올바른 감정을 표현하고 있음에도 불구하고 높은 추상에 사로잡혀 그저 체념과 달관의 관념을 멋지게 혹은 지루하게 표현하고 있을 뿐이라고 제 머리들을 가로저을지도 모른다. 시인은 너무 멀리서만 보고 있는 것 아닌가? 시인은 '보는 자'라는 신원을 갖되 늘 가까이서 보는 자를 뜻하지 않았던가? 시적 상상력은 추상적 감상의 단순성을 멀리하고 실제적인 것의 복잡성에 주의를 기울이는 구체적 감성의 영역이 아니던가? 물론 추상적 관념과 구체적 감각이 서로 상승해 갈 수 있는 시적 절정이라는 관점에서 신승철의 시편들을 까다롭게 평가할 수 없는 것은 아니다. 하지만 시인이 멀리서 보게 된 것은 가까이서 이미 모든 것을 충분히 본 다음에 이루어진 일이라는 점에서 그것의 경험적 진실성은 의심의 대상이 아니라 믿음의 대상이 되어야 한다. 이것은 사실 『기적 수업』을 구성하는 시들 가운데 첫 시편이 산문시 「병」이라는 사실과 무관하지 않다.

어느 날 이 자의 안 세상을 들여다보니 세상에는 온갖 병으로 제각각 혼자만 앓고 있다는 불만의 목소리가 가득하다. 만신창이가 된 몸들은 고질적인, 심각한 병으로 몹시도 괴로워하고 있다. 몸에 대한 두려움에서 떠나질 못하고 있다.

이 자는 눈이 어두워 그 앓음, 앓음의 내역을 읽어 내기가 몹시 힘들다. 그 앓음, 앓음이란 것이 때론 아주 모호하게만 보인다. 이 자에게 묻는다. 몸 스스로가 무엇을 알겠는가. 몸 주인이 따로 있어 그 주인이 앓고 있다는 소리인가. 다시 뇌에게도 묻는다. 그러나 뇌 스스로는 말을 건넬 줄도 모른다. 앓음의 원천을 알아내기가 매우 어려웠다. 앓음을 단지 앓음으로만 내버려두고 지낼 때가 차라리 속 편했다. 깊은 잠 속에선 앓음을 잊을 수 있었고 깨어서도 수시로 그 앓음, 앓음을 수수방관할 수밖에 없었지만 그렇다고 이 자가 죽음을 두려워했던 일은 없다.

—「병」 부분

의사-시인 신승철은 수많은 병자를 대했을 것이다. 그리고 병 자체보다도 "몸에 대한 두려움" 때문에 "만신창이가 된 몸들"을 진료하면서, "앓음의 내역"을 읽어 내고 그 "앓음의 원천"을 알아내게 되었을 것이다. "꽃이 시들면 향기도 사라지는 법 아닌가."(「병」) "그러

므로 어느 경우엔 차라리 병이 치유되기를 바라지 말고, 그대로 내
버려 둠이 온당한 처사"(「병」)일지도 모른다. 결국 "앓음의 뿌리"에
대한 온당한 인식만이 "완전하게 앓는 법"을 터득하게 하고, "평상
심의 체감 온도"를 유지하게 하며, 그 몸들을 넘어서 "하나뿐인 평
화"를 찾을 수 있도록 한다(「병」). 이처럼 시인-의사 신승철은 인생
의 일곱 단계(탄생, 어린 시절, 성장, 결혼, 사랑, 부모, 노년기)를 뜻하는 7이
라는 숫자 바로 뒤에 0이라는 허무의 숫자를 놓음으로써 "우주의 도
리"를 즐거이 받아들이는 "참으로 한가한 사람"이 된다(「병」). 의사
신승철은 가까이서 보고, 시인 신승철은 멀리서 본다. 이 두 사람이
하나의 신승철이라는 점에서 전자도 믿음직스럽고, 후자도 믿음직
스럽다. 그는 참으로 숭고한 시인이다.

나비 무덤의 시
—박광숙의 시에 대하여

　박광숙의 시(『예술가』, 2014.가을)를 읽으면서, 우선 세 가지 종류의
시를 떠올리게 된다. '자아의 시', '초자아의 시', '무의식의 시'와 같
은 것. 어떤 시들은 법이나 윤리처럼 사회문화적으로 합의된 금지의
현실을 바탕으로 참됨과 거짓됨에 대한 감각을 주로 표현하는 '초자
아의 시'라 할 수 있다. 해야 할 일과 해서는 안 될 일을 분별하려는
그러한 '양심'의 언어들은 때로 분별에도 불구하고, 아니 그 분별 때
문에 죄의식을 드러내는 경우가 적지 않다. 그런가 하면 사회적 관
습이나 가치와 결합된 도덕적 현실의 금지 반대편에서 성욕이나 본
능처럼 길들여지지 않은 정신의 에너지를 담아내는 '무의식의 시'도
있다. 이 '리비도'의 언어들은 그 자체가 존재의 희열을 표현하는 순
간이면서 동시에 그 희열이 차단된 일상을 되돌아보는 계기가 되는
수가 많다. 마지막으로는 현실을 경험하는 자기를 통해 우리가 해서
는 안 되는 것과 우리가 해 보고 싶어 하는 것 사이에서 오락가락하
며 갈등과 고뇌를 표현하는 '자아의 시'가 있는데, 이런 '의식'의 언어

들은 현실을 아무 이상 없이 지내는 의식 안쪽에 그렇게는 살 수 없
다는 또 하나의 의식이 덧대어져 있는 경우가 대부분이다.

여기서 우리는 욕망과 현실의 함수관계를 기초로 인간의 심리를
세 영역으로 구분 지었던 프로이트를 생각하고 있다. 자아와 초자아
와 무의식으로 구조화된 한 정신분석가의 체계는 마음의 복잡성에
대한 이해의 단서를 제공하는 소중한 도식임이 분명하다. 그러나 그
를 따라 시의 종류를 세 가지로 나누어 본 것은 좀 엉터리 같다고 생
각할지 모르겠다. 적어도 억지스럽다는 느낌은 줄 것인데, 하지만
시 또한 한 시인의 심리를 반영한 복합적 형상이라는 것을 부정하기
어렵다면 전혀 불가능한 분류법은 아니다. 예를 들어, 어떤 도덕적
척도를 기준으로 세상이든 자신이든 무언가 잘못되었다고 말하는
종류의 시가 있을 것이고, 또 질식할 것 같은 자기 억제로부터 벗어
나 내면의 기쁨을 고양시키며 잘못된 세상의 문제를 환기하는 시도
있을 것이며, 나아가 답답한 일상과 막막한 자유 사이에서 찢겨져
버린 채 두 겹의 삶으로 세상에 버티고 사는 법을 말하는 시 역시 존
재할 것이다. 물론 시란 한 사람의 자아를 전제로 하지 않고서는 쓰
일 수 없다는 점에서 모두 '자아의 시'라 해야 하고, 따라서 모든 시
는 사실 자아 지향 안에 초자아 지향과 무의식 지향을 섞어 짜는 언
어적 직물이라 해야 옳다. 따라서 어떤 지향이 우세한가에 따라 서
로 다른 종류가 될 따름인 것인데, 다만 시다운 시는 (초현실주의자
들이 가르쳐 준 것처럼) 어떤 경우에도 '자아의 시'라는 정체성만은
포기하지 않는다. 박광숙의 「향기 가득한 곳이 나비 무덤」 같은 시가
바로 그런 시에 속한다.

달구던 햇볕 폭력에 꽃은 지고 제명을 다하지 못하는 생, 소리 소문

없이

떠나간다

"울며 겨자 먹기, 생에서 빠져나오기로 했다"

적막강산이 나의 절정기
상상은 무한하고 가파른 경사의 끝까지 가 보는 길
검은 새, 눈으로 아득히 날려 보는 일
개옻나무 절정 여자, 환장할 가을 색 고음으로 떠나보내는
그 놀음에 도낏자루 썩는지 몰랐다

텃밭 가득 붉은 모란을 심으시던 식민지 백성 아버지 대학 노트, 원고지 가득 든 나무 박스와 함께 귀국하셨다 목이 긴 아버지, 남겨진 건 쓸쓸함 유전자 그 길 끝에 몸을 담그고 해도 뜨지 않는 새벽 말의 주문을 걸고 하얀 창을 들여다보고 있다

하얀 명주 이불 운무 꽃들을 감싸고
안개 도시 긴 시간 뒤죽박죽 영혼이 머무는 자리
엉성한 그물, 빠져나간 목마른 간구들
맞바람에 뒤돌아와 보라색 꽃으로 말라 가고

하늘나리에 찾아 들어간 나비 태양의 시간을 빠져나오지 못하고 향기 가득한 꽃이 나비 무덤

시인은 1연을 통해 우선 현실에 대한 인식을 보여 준다. 삶은 "햇

별 폭력에 꽃은 지고 제명을 다하지 못하는 생"이라 하고, 또 그런 식으로 사라지는 "생"은 누구의 주목도 받지 못하는 평범한 것에 불과하다고 말한다. 다음 2연에서는 "울며 겨자 먹기"와 같이 괴롭고 받아들이기 어려운 그런 현실을 탈출하기로 작정한 시인의 굳은 욕망이 부각된다. 그리고 좌절과 고통뿐인 "생에서 빠져나오기로 했다"는 그녀의 결심은 "적막강산"의 현실이 돌연 "절정기"로 뒤바뀌는 삶의 희열을 만난다. 실제로 시인에게 그 욕망의 시간은, 3연에서 보듯이 "검은 새" 따위는 날려 버리고 "상상"의 유희를 즐기며 "가파른 경사의 끝까지 가 보는 길"이기도 하고, "개옻나무"와 "환장할 가을 색 고음"이 있는 곳에서 "절정"을 맛보며 "그 놀음"으로 "도낏자루 썩는지 몰랐다"는 시간이기도 하다. 그러나 지던 "꽃"을 되살리는 일탈의 시절은 마지막 연이 가리키고 있듯 "태양의 시간을 빠져나오지 못하고" 거기 갇혀 버리고 마는데, 이유는 4연과 5연을 통해 짐작해 볼 수 있다. 아마도 시인은 "태양의 시간"을 위협하며 거칠게 불어 대던 욕망의 "바람'이 수그러드는 "맞바람", 즉 서정주식 '뒤안길'을 걷게 되었던 것으로 보인다. 그녀는 이제 "뒤돌아와" "안개 도시"에 차분히 머물며, "해도 뜨지 않은 새벽" "하얀 창을 들여다보고" 있다. 그리고 "목이 긴 아버지"를 떠올린다. 자신의 삶과 '아버지'의 삶이 다르지 않다는 쓸쓸한 깨달음과 함께. "텃밭 가득 붉은 모란"을 꿈꾸지만 "원고지 가득 든 나무 박스"로 요약되어 버린 '아버지'의 "유전자"를 따라 "말의 주문"을 걸게 된 시인은, 하지만 언어라는 "엉성한 그물" 사이로 "빠져나간 목마른 간구들"만을 곱씹으며 머릿속을 어지럽히고 있을 뿐이다. '생'이란 이러나저러나 욕망과 현실의 간격 속에서 "보라색 꽃으로 말라 가고" 마는 과정 아닐까. 그녀는 마침내 삶은 "향기 가득한 꽃"이 곧 "나비 무덤"이 되어 버리는 것에 방불하다는, 적막하고 쓸쓸하고 허무한 이미지로서 마지막 연을 장식한다.

욕망을 멋대로 풀어놓을 수 있는 자유로부터 이격된 일상적 현실의 좌절과 불안, 그리고 고뇌에 대한 심란한 이미지는 박광숙의 다른 시편들에서도 되풀이되어 나타난다. 가령 욕망 충족의 "뜨거운 흔적, 깊숙이 숨기고 부글부글" 끓어오르는 "양은냄비"와 자기 억제로서 잠시 들었다 닫아 버리는 냄비 "뚜껑"(「감자 스프 끓입니다」)이 있는가 하면, 평소에 잘 버텨 내던 일상의 숨 막힘을 불현듯 자각하면서 "익은 감이 높은 나무에서 떨어지듯 철퍼덕 깨어지고 싶은" 때 옆에서 자고 있는 남편을 깨울까 "컥컥대며 무릎 사이 머리를 숨기고 숨죽이는" 캄캄한 "밤"(「분류당했지요」)이 있다. 그러니까 "나비"처럼 자유분방한 날갯짓이 깃드는 욕망의 화려한 "꽃"조차 필시 "무덤"과 같은 죽음의 삭막한 현실로 귀착되고 만다는 비관적 결론에도 불구하고 시인의 내부에서 욕망과 현실 사이의 격투는 계속되고 있는 셈인데, 이것은 "아슬아슬 물구나무로 서"(「균형 감각이 없습니다」) 있는 위태로운 자세를 한 자아에게 고유한 내면의 포즈로 만든다. 이처럼 '자아의 시'들은 욕망에 눈뜨고 열망의 흐느낌에 귀 기울이며 갈망의 대상에 이끌리도록 하지만, 이와 함께 그런 소망의 좌절을 통해 반드시 응답하기를 요구하는 일상과 현실, 그리고 이 세계의 강고함을 고통스럽게 떠올리도록 한다.

박광숙 시인이 일상의 침전으로 순응하면서 욕망의 박동에 저항해야만 하는 자아의 숨 막히는 현실을 벗어나기 위해 무의식의 부름에 호응하게 되는 것은 바로 이 순간이다. "독 오른 고개를 쳐들고 자리바꿈을 할 거라고 제물로 남지 않겠다고"(「균형 감각이 없습니다」) 모진 각오를 하고 있는 상황에서라면, 사실 그렇게 할 수밖에 없을 것 같기도 하다. 이때 그녀는 자기 충족의 환상을 제공하는 동화적 기억의 세계를 통해 일단 숨통을 트는 것처럼 보인다. 실제로 시인은 "사과에 묻은 독을 삼킨 백설공주 왕자님은 어디 있나요/여자 아이, 공주 그려진 옷을 입고 공주 책을 손에서 놓지 않습니다/꿈의 시절 오색 풍선을 날렸지요"(「균형 감각이 없습니다」)라고 노래한다. 그러나 그녀는 숨통을 잠시 트는 데서 만족하지 않는데, 몸의 본능적인 움직임으로 정신의 고뇌를 덮어 버리는 망각의 세계로 거듭 달려간 것은 무엇보다 그 때문인 것이 분명하다. 길들여진 의식의 전구를 꺼 버리는 순간 도래하게 될 무의식의 어두운 장소. 거기서 시인은 다음과 같이 적고 있다.

벗은 몸 부적입니다 먼 사람들 끈 이어진, 꿈틀거리는 휘감긴 뱀 형상, 몸이 언어 주문을 걸고 혼을 찾아가는 의식입니다 북소리 따라갑니다 흔들리는 생이 누리는 해방감, 몸짓 비명을 담고 최상의 환희도 감기는 걸, 달이 지는 쪽으로 숨을 곳을 찾아가는 길 가만가만 숨소리 잦아들고

작은 깃털 소중히 손으로 감싸고 가만히 날리는 일 소꿉놀이 의식 경건히 받드는 일, 기억의 끝에 가 보십시오 발가벗은 모습을 무아지경 춤꾼을 보십시오

오늘의 제물은 빈센트, 피가 얼룩진 붕대 벗기고 하얀 쟁반 위에 올려놓겠습니다
펄펄 뛰는 신경 줄의 신음 소리 들리고
메스 세상을 베어 먹을 것 눈매를 보십시오

언어 제물로 가장 적합한 밀밭 위에 까마귀를
하늘을 날지 못하고 땅 위를 맴도는 까마귀들
어둠 저편 떠날 채비, 광대뼈 날카로운 서슬을 보십시오

노란의자 노란집 노란하늘에 숨긴 귀들이 둥둥 떠다니고
　　　　　　　　　　　　　　　　　　　　—「소울 그루브 2」 전문

　이 시는, 일상의 의무들로 채워진 답답한 현실을 견디다 한두 달
에 한 번쯤 이렇게는 살 수 없다며 그 현실의 울타리를 훌쩍 넘어
"소울 그루브"의 막막한 희열에 몸을 맡길 수 있는 공간을 보여 준
다. 시인에게 그곳은 현실의 배역을 수행하며 걸쳐야 했던 사회적
의장을 벗어던지고 "벗은 몸"을 한 채 "꿈틀거리는" 본능에 충실할
수 있는 해방의 장소이다. 또 그곳에서는 "발가벗은 모습"이 되어 자
신의 몸에 "주문을 걸고 혼을 찾아가는" 은밀한 의식이 거행되기도
하는데, 이런 의식을 두고 시인은 "북소리"라는 원시적 박동에 맞추
어 흔드는 "몸짓 비명"과 이를 통해 "최상의 환희"를 맛보는 "춤꾼"
의 "무아지경"을 "소중히 손으로 감싸고" 또 "경건히 받드는" 일이라
고 말한다. 한마디로 그녀가 '몸'을 맡긴 '춤'의 공간은 ("소꿉놀이"
라는 유아기적 상상과 희열에 이어져 있음으로 해서) "흔들리는 생
이 누리는 해방감"을 온전히 만끽할 수 있는 무의식 그 자체라고 할
수 있다. 적어도 '그것'에 버금가는 것임에는 틀림없다. 물론 시의 후
반부는 욕망과 현실의 경계 위에서 갈팡질팡하는 가운데 세상의 "제
물"이 되어 버렸던 어느 화가의 "귀" 잘린 초상이 "하늘을 날지 못하
고 땅 위를 맴도는 까마귀"에 비견되어 불길하게 회상된다. 그러나
현실로부터 거세되어 버린 그 욕망의 표상이 "둥둥 떠다니고" 있는

마지막 연이 가리키듯, 흐느적거리며 돌아가는 "소울 그루브"의 어지러운 춤이 불러낸 몽환적 자유의 흐름은 끝까지 포기되지 않는다.

그런데 자유의 언어로 주조한 '무의식의 시'들은 중단되고 만다. 시인은 몇 번 "흔들대고 휘청거리던 몸"을 통해 "아슬아슬함의 한계"(「소울 그루브 1」)를 추구하거나 "피리 소리 따라 춤추는 코브라"처럼 몸을 흔들며 "절절함을 토해 내는 시간"(「소울 그루브 3」)에 탐닉한다. 그러나 그녀는 끝내 일상의 요구와 의무를 외면하지 못하는데, 밤새 "취했던 무리들"이 "희붐한 새벽 얼굴 가린 손 사이 눈이 부시고 여명이 드러나자" 자유의 리듬을 잃어버리고 "갈지자걸음"(「소울 그루브 3」)으로 흩어지듯, 시인은 귀가한다. 바로 욕망의 삶과 현실의 삶을 오고 감으로써 일상을 버티기로 한 이들처럼 이른바 '두 겹의 삶'으로 돌아가는 것이다. "자기 십자가 내려놓지 못하는"(「소울 그루브 3」) 그녀. 하지만 "자기 십자가"를 다시 짊어지려고 하는 시인은 일종의 죄의식도 떠안게 되는데, 이것은 법과 윤리에 기초한 사회적 의무에 묶인 양심에게는 어쩌면 불가피한 일인지 모른다. 일탈의 세계에 몸을 의탁한 그런 도발적 선택에 대한 반대급부인가? 그녀는 벌충이라도 하려는 듯 이번에는 죄의식을 자아내는 양심에 기대어 충동과 욕망, 그리고 리비도의 세계를 오히려 경계한다. 신앙을 가지기라도 한 듯.

실제로 박광숙은 시적 화자의 위치를 무의식적 욕망에서 종교적 양심으로 급격히 이동시킨다. 그리고 이 양심은 크게 두 가지 방향을 취하는데, 우선 그것은 시인 자신을 향한다. 그녀는 "영원한 삼십삼 세 청년" 예수의 말씀을 가슴 깊이 받아들이고서 "죄를 해결하지 못한 자들의" "아우성"(「뱀의 목에다 방울을 달아 주자」)을 보고 "썩는 냄새 나는" '나', "허물이 많은 나"(「경계장애」)를 되돌아본다. 좀 더 구체적으로는 "누구의 발을 씻긴 적 없고/제물이 되려 한 적 더더욱 없"(「오이도」)는 이기적인 '나'를. 이어서 시인은 "하늘을 보지 못하는" 과거의 "내 혼"(「오이도」)을 닮은 세상을 향해 경고의 메시지를 보낸다. "순간의 향락이 알약처럼 넘쳐나는"(「난장 같은 말들이」) 세상은 기어이 "최후의 심판"(「뱀의 목에다 방울을 달아 주자」)과 함께 "죽을 희망이 없는 곳/뒤돌아 나올 수 없는 길", 즉 "암흑의 공간"(「어두운 글씨로 쓰여진」)에 떨어지게 될 것이라고. "배가불러도먹고, 채색옷을입고또입고, 머리깃털달은,"(「어두운 글씨로 쓰여진」) 이기적인 탐욕과 허영의 타락한 세계에 대한 시인의 묵시록적 경고는 약간 세속적인 방향을 취해 생태학적 묵시록으로 귀결될 때도 있다. "빙하 나이테, 시간을 지운다고 경고문이 떠 있네요"(「난장 같은 말들이」), 또는 "뜨거워진 바다가 대지를 흔들고/화석림 되었다고 텔레비전 전하고 있습니다"(「경계장애」)처럼. 이런 맥락에서 박광숙의 「강남역디자인거리」와 같은 시작은 그녀의 시법에 비추어 다소 이질적으로 보이지만 거의 필연적이라고 할 수 있다.

얼굴에 맞는 배역은 찾을 수 없습니다

지방 이식을 잘하는 얼굴성형외과 가슴 굴곡 잘 만드는 미스코리아 성형외과 갈비뼈를 하나쯤 빼고 라인을 만드는 스타성형외과

젖을 먹이는 여자 더 이상 필요하지 않습니다
창조는 하나님만 하시는 게 아니잖아요

치료하는 의사 일거리 필요하지 않아요 새로운 턱선과 삼삼한 코 반

짝반짝한 피부를 만들어야 해요 수억이 들면 최상의 상품을 만들어 드
립니다

명품 킬 힐 신고 구두 굽만 한 치마 입고 시선은 자연스러워야 세련
되었다는 소리를 듣죠

희로애락은 예술가들에게 맡기세요

디자인거리 광고판 3초에 한 번씩 변합니다 눈 깜짝할 사이 사람들
도 변하고 거리 변해요
상품도 진열대에서 사라져요

어디선가 북소리 들립니다 불씨를 살려야 합니다 디자인거리에서
밀려난 노점상, 구호를 외칩니다 절규로 변해 목이 쉬지만 메아리 잦
아들어 아무도 듣지 않습니다

서로 알아보지 못해야 정글거리에서 살아 낼 수 있어요

마네킹, 모조품 넘쳐나고 처녀 재생산한다잖아요
진품 증명서 어디서 발급하나요

이 시에서 들려오는 "북소리"는 "진품 증명서"를 간구하는 양심의
소리를 의미한다. 따라서 앞서 「소울 그루브 2」에 나왔던 "북소리"와
는 그 종류가 다른 것이다. 어쨌든 '초자아의 시'들은 종교적인 것이
든 이데올로기적인 것이든 참과 거짓에 대한 기준(라캉의 용어를 빌리

자면 일종의 상징적 대타자)을 내면화하고 있기에 일정한 분류 체계와 결합된 반성과 비판을 수행하게 된다.

박광숙 시인에게 초자아의 시와 무의식의 시와 자아의 시 모두는 자신이 처한 현실의 완강함에 의해 야기된 고통스러운 심리의 결과물들이다. 그녀의 '양심'과 '욕망'과 '갈등'이 진실한 울림을 갖는 것은 틀림없이 그 때문일 것이다. 물론 양심의 시들은 일상의 거짓됨을 두고 볼 수 없다는 종교적 '신념'으로 인해 세상 전체를 판단과 배제의 대상으로 삼는 중세적 결의론의 답답한 오류를 보여 주고, 욕망의 시들은 고통의 소극적 수용을 넘어가겠다는 일탈적 '실행' 때문에 일상의 지속성을 희생하는 포스트-모던적 허무주의의 막막한 측면을 드러낸다. 여기서는 심지어 존재가 향유하는 기쁨은 죽음의 공포와 뒤섞이기도 한다. 그러나 자아의 시와 초자아의 시와 무의식의 시 모두 일상적 요구와 의무들로 구축된 현실의 근거를 되묻고 그 토대에 저항하려는 미학적 시도들이라는 점에서 가치 있는 형상물임은 의심의 여지가 없다. 그렇지만 박광숙의 시에서 내가 이끌리게 되는 것은 아무래도 '신념'과 '실행' 사이에서 머뭇거리는 갈등의 시들인데, 이 시들에서는 무엇보다도 도덕주의와 허무주의 사이에서 삶을 정직하게 대면하려는 진실한 현실주의자의 풍모가 엿보였기 때문이다.

그렇더라도 '자아'의 시편들이 특별히 잘 쓴 시라거나 좋은 시라 말하기는 어렵다고 생각한다. 하지만 그 시들에는 분명 행간 사이에 붙박인 채 한참을 서성거릴 수 있는 공간들이 있다. 사실 나는 한 사람의 독자로서 그 시편들을 읽어 나가며 진실한 한 사람을 만난 느낌뿐만 아니라 서로 친숙해지면서 삶의 어떤 경험들을 공유한 느낌 또한 가졌다. "나비 무덤"으로 피어난 박광숙 시인의 문운을 빈다.

어느 문학 교실의 풍경

위험에 노출된 영혼, 혹은 기록 1

저의 꿈은 '책을 잘 읽는 사람'이 되는 겁니다. 흔히들 '비평'이라고 말하는 그런 것을 해 보고 싶은 것이죠. 그런데 이렇게 얘기를 하고 나면, 종종 상대방은 제가 비평에 대해 갖고 있는 열망의 크기를 확인하려 듭니다. 그때마다 저는 이렇게 말하고는 합니다. "지금 저를 괴롭히는 게 있습니다. 그건 비평에 대한 저의 열망을 당신에게 증명해 보일 수 없다는 사실입니다."

여러분도 알다시피, 열망이나 고뇌와 같은 것은 지극히 섬세한 실존의 움직임이어서 결단코 비교될 수 없는 것입니다. 물론 그것을 비교한다고 해서, 예의 그 사람이 딱 떨어지는 수학적 산술치를 바란 것은 아니었겠지요. 기껏 해 봐야 상대편이 갖고 있는 열망의 강도를 가늠하고자 하는 정도였을 겁니다.

그런데 진짜 문제는 그게 아닙니다. 정말로 저를 당혹스럽게 하는 것은 상대방이 "시나 소설을 쓰지 왜 굳이 비평입니까?"라는 의문을 표시해 올 때입니다. 대답은 하지 않습니다. 그때부터 저는 그 자리를 속히 벗어나기 위한 온갖 구실을 찾아내기에 혈안이 됩니다. 그것에 대꾸할 수 없어서가 아닙니다. 대꾸할 필요가 전혀 없기 때문이죠. 지금껏 그 누구도 비평이라는 장르를 이해해 보겠다는 진지함을 보여 주지 않았기 때문입니다. 그들은 대부분 어떤 대답을 기대하고 묻지 않습니다. 비평은 시나 소설과 같은 보편 장르에 기생하는 문학적 서자(庶子)쯤에 해당하리라는, 얼토당토않은 편견을 다시 한번 확인하는 자리로 질문을 핑계 삼을 뿐입니다. 환장할 노릇이지요.

심지어 비평을 하시는 어떤 선배님마저도 안타깝게 이런 말씀을 하시더군요. "창작에의 좌절이 나를 비평으로 이끌었지. 어쩔 수 없었던 거야." 저는 그 자리에서 힐난하듯이 그를 야유했습니다. "선배님은 마치 사랑하는 여자에게 실연당하자, 젊은 날의 욕정을 풀어버리기 위해 아무 여자하고나 결혼한 바보 같은 남자인 셈이군요." 그 선배님은 쓸쓸하게 웃어 보이며 술이나 한잔하자 하시더군요. 그날은 지독히도 취했습니다. 처음으로 필름이 끊겼죠.

대학 입학 후 저는 '비평이란 무엇인가?'라는 질문을 화두 삼아 정처 없는 지적 편력을 시작했습니다. 주로 독서에 한정된 방황이었는데, 닥치는 대로 읽어 댔었죠. 그러나 한 권 한 권의 책이 저에겐 극복할 수 없는 높다란 벽이었습니다. 그럴 땐 할 수 없이 교수님들이 계시는 강의실로 미끄러져 들어갔습니다. 하지만 소용없는 일이었습니다. 학교 어디에서도 비평이 이야기되는 곳은 없었습니다. 아니 정확히 말한다면, 비평 강의가 없었던 게 아니라 비평을 예술이라 가르치는 곳이 없었던 것이죠.

대학 2년이라는 세월은 너무도 빨리 지나갔고, 저는 곧 군에 입대하게 되었습니다. 군에서의 3년이라는 시간은 저에겐 끊임없는 공전

(空轉)의 시간이었습니다. 볼품은 없었지만 얼기설기 이어져 가던 제 사유의 그물은 그만 형편없이 망가지고, 저는 거의 바보가 되어 제 대를 하게 되었습니다. 1992년 5월 24일 18시 30분이었습니다. 책을 통해서만 사사(師事)했던, 제가 존경하던 비평가 한 분은 그때 이미 이 세상엔 없었습니다. 저는 몸도 마음도 황폐해져 갔습니다. 낮과 밤이 뒤바뀌어 있었죠. 그러다가 뜻밖에 예의 그 비평가의 전집이 기획되었고 또 몇 권은 벌써 출간된 상태라는 걸 알게 되었습니다. 그것들을 탐독하며 저는 비로소 다시 비평가의 꿈을 불태우기 시작했습니다.

이번에는 좀 더 왕성한 독서력을 발휘했습니다. 얼마 안 있어, 저는 루카치의 『영혼과 형식』(심설당, 1988)이라는 책을 입수하게 되었고, 그 책 속에서 운명처럼 「에세이의 본질과 형식」이라는 글을 읽게 되었습니다. 그런데 이 책은 제가 대학에 입학하던 바로 그해에 번역·출간되었던 책이더군요. 그 사실을 알고 얼마나 분통이 터지든지, 하여간 루카치의 그 논문은 명료한 의미로 파악이 되진 않았지만, 비평(에세이)이라는 형식의 예술적 가치를 드러내기 위해 문학이나 철학과는 다른 비평 예술만의 형식적 독특성을 섬세하게 조명하고 있었습니다.

루카치에 의하면, 관습화된 형식들인 시, 소설, 희곡 등은 그 형식이 지니는 역사성과 보편성에 파묻혀서는, 쇄신이 아닌 향유를 그 형식의 본질로 삼게 되었으며, 게다가 실존의 발가벗은 풍경마저도 퍼스나(persona)라는 가면으로 위장하는, 그 형식들이 떠들어 대는 것과는 달리, 비초월적인 장르들이라는 것이었습니다. 그 형식들은 자기가 갖는 보편성이라는 특권에 안주하여 이 세계와 대결하려는 치열한 정신을 보여 주지 못한다는 것이었습니다. 그러나 그와 반대로, 비평(에세이)은 스스로가 이 세계의 음험함 속에 알몸을 그대로 노출시키는 것과 다르지 않다는 것이었습니다.

김윤식 선생에 의하면, 루카치는 비평을 "위험에 노출된 영혼"이 선택하는 문학적 형식이라 이해한다는 것이었습니다. "고독한 정신의 움직임"을 자신의 운명으로 받아들이는 사람이 비평가라는 것이었죠. 이 "위험에 노출된 영혼"이 잠깐만이라도 한눈을 판다면, 아마도 그가 쓴 글은 진솔한 영혼의 울림은커녕 지리멸렬한 자기 노출이나 역겨운 자기 과시로 떨어질 운명을 맞이하게 될 거라는 그런 말이었습니다. 이 얼마나 위험한 형식입니까? 그야말로 글쓰기 그 자체가 하나의 모험이자 그 모험의 성공과 실패에 거는 내깃돈 같은 것이었죠. 루카치가 '영혼의 형식'으로서의 비평(에세이)에 대해 갖고 있던 사념들은, 제대 이후, 저를 매혹하던 모든 것이었습니다.

1993년 3월. 마침내 복학과 함께, 저는 비평가의 꿈을 구체화하기 위한 모색을 본격적으로 하기 시작했습니다. 그런 모색의 하나로 제일 먼저 생각하게 된 것은 실제의 작품들과 부딪쳐야 하겠다는 필요성이었습니다. 작품들을 읽기 시작했습니다. 대학 3학년 때는 주로 소설 강의(송하춘, 김성렬 선생)를 통해 이런저런 소설 작품들을 읽었습니다. '이거 또 작품에 종속되는 것은 아닌가' 하는 열등감 밴 비평 의식 특유의 대타 의식이 문득문득 고개를 들기도 했지만, 인정할 건 인정해야 했습니다. 문학작품(시, 소설, 희곡 등)의 대상과 비평(에세이) 대상의 차이, 이를테면 두 형식의 질료 차이는 엄연한 것이었고, 그래서 그것들의 차이를 수락하지 않을 도리는 없었습니다. 제가 해야 될 일은 그 형식들의 '차이'에 대한 부정이 아니라 부당한 '차별'에 대한 비판이라는 것을 곧 알아차렸으니까요.

그리고 대학 4학년 졸업반이 된 지금에 와서는 오탁번 선생의 시

강의(시의 이해)를 듣게 된 것입니다. 1년씩을 소설과 시에 각각 할당했지만, 4학년 1학기까지 소설 강의를 들었으니까, 시를 조금 소홀히 한 셈이죠. 그런 데다가 이제 졸업을 얼마 남겨 두지 않은 상태이다 보니까, 대학 생활 중의 마지막 문학 강의인데도 진지하게 임한다는 것이 여간 힘겨운 일이 아닙니다. 하지만 어쩌겠습니까? 이렇게 발표까지, 그것도 제일 먼저 하게 된 것을. 하지만 이 강의는 그런 것들을 다 무마하고도 남을 감동적인 시 하나를 저에게 발견토록 합니다. 그 감동적인 시란 다름 아닌 윤동주의 「팔복(八福)」을 말합니다. 유난히도 힘에 부치는 이 마지막 학기에, 내적·외적 악재로 빚어진 제 자신의 고뇌를 그 시는 따뜻한 힘으로 위로합니다. 「팔복」은 지금 제 정신의 혼란과 고통을 수습할 만한 힘을 가진 것이 분명합니다. 그래서 언어는, 아니 시(詩)는 위대한가 봅니다. 「팔복」을 통한 윤동주와의 교감은 그렇게 시작됩니다. 물론 망국민으로서 괴로워하는 '역사적 개인'으로서의 동주가 아니라 문학청년으로서 문학적 고뇌에 빠진 한 '실존적 개인'으로서의 동주와 말입니다.

시와의 마주침, 혹은 기록 2

언젠가 김인환 선생은 시에 대한 글을 쓰려면 그 시가 만만해질 때까지 읽어야 한다고 말씀하신 적이 있었습니다. 저는 그 말에 깊이 공감했습니다. '시를 이해하기 위한 왕도는 어디에도 없다, 끊임없이 읽어야 한다, 물론 시적 심의(深意)를 포착하는 일에는 어떤 선천적인 직관력 같은 것이 필요하겠지만 말이다'라는 평소의 제 생각을 다시 한번 확인시켜 주는 말씀이었습니다. 그런데 이건 어떻게 된 일인지, 「팔복」이라는 시는 읽으면 읽을수록 미궁 그 자체였습니다. 답답했죠.

처음 오탁번 선생께서 기말 리포트로 제출하게 될 시 분석에 대한 글의 아웃라인을 작성해서 제출하라는 요구를 하셨을 때, 저는 벌써 나름대로 「팔복」에 대한 어떤 이해의 틀을 마련해 두고 있었습니다. 이 시는 '역설'과 '패러디'라는 수사적 범주에서 논의될 수 있으리라는 것과 이 시를 틀 지우고 있는 역설의 구조는 세 가지 층위의 역설의 소구조가 복합적으로 작용한 결과라는 것이 그것이었습니다. 그리고 바로 '슬픈 역설'이라는 멋진(?) 리포트 제목도 생각해 냈습니다. '슬픈 역설'이 무엇을 뜻하게 될지는 몰랐지만, 아무튼 꽤 마음에 드는 제목이자 테마였습니다. 제 현학 취미가 또다시 발동이 걸린 것이었죠. 구체적인 것들은 실제 리포트에서 드러내기로 하고, 일단은 다음과 같이 간단히 적어 냈습니다.

기말 리포트는 '슬픈 역설'이라는 제목으로 쓰여질 것이다. '슬픈'이라는 관형어가 들어갔다고 해서 이 제목이 무슨 특별한 역설의 종류를 말하고 있는 것은 아니다. 서양의 어떤 미학자가 이런 말을 한 일이 있다. "아름다움에 종류는 없다. 다만 아름다움의 변종이 있을 뿐이다." 이 말을 굳이 빌려 본다면 '슬픈 역설'이란 역설의 어떤 변종을 얘기하고 있을 뿐이다.

하지만 얼마 있다가 곧 선생께서는 각자의 개요 작성이 구체적이지 못하다는 지적과 함께 그것들을 전부 돌려주시면서 다시 작성해 제출하도록 요구하셨습니다. 그때 저는 바로 그날로 컴퓨터 앞에 앉아 제 자신의 구상을 조금 더 구체화했습니다. 다음처럼 말이죠.(얼마 전 이 가운데 일부분은 여러분들에게 읽어 드리기도 했습니다.)

I. 서론—연구의 의도와 목적. 지금은 이 세상에 없는 어느 비평가 한 분은 책 읽기, 독서, 비평, 이런 행위들을 '두 의식의 마주침의 자리'로 파악하고 "마주치지 않고는 시를 읽을 수 없다"라고 어떤 지면을 통해 고백한 적이 있다. 내가 「팔복」이라는 시를 처음 '마주치게' 된 것은 서우석 교수의 『시와 리듬』(문학과지성사, 1981)이라는 조금은 오래된 시론서를 읽다가였다. 서우석 교수는, 「팔복」이라는 시가 윤동주의 리듬에 대한 의식을 반영하기는 하지만, 그 리듬의 반복은 자칫 장난스럽게 보여질 수도 있다라는 단서를 단다. 서우석 교수가 여러 시인들의 '리듬에 대한 계획'을 알아보는 자리에서 윤동주의 「팔복」이라는 시를 다루어 주고 있기는 하지만, 그는 「팔복」을 제대로 읽어 내지 못한다. 시인의 리듬에 대한 의식을 비교적 가시적으로 드러내고 있는 증거물로서만 「팔복」을 다루려 했지, 「팔복」을 통해 윤동주의 의식과 마주치려 하지 않았기 때문이다. 「팔복」이 언급되고 있는 또 다른 연구물들에서도 마찬가지이다. 역시 다른 명편들로부터 추론된 시인의 의식을 확증하는 데 있어, 「팔복」은 보조적인 증거물로 인용되고 있을 따름이다.

지금껏 여러 평자들의 논의는 윤동주의 명편이라 일컬어지는 시 몇 편에 한정된 것이었다. 비록 포괄적으로 윤동주의 시를 다루려는 연구자들일지라도 「팔복」이라는 시가 눈에 뜨일 일은 만무했다. 왜냐하면 그 시는 반복에 의한 단순성이 으레 평자들에 의해 선호되게 마련인, 시를 궁글려 보는 재미를 반감시키기 때문이었다. 물론 「팔복」을 선택하지 않았다는 것이 그 연구들의 무슨 결정적인 흠이 된다는 말을 하려는 것은 아니다. 하지만 모든 시는 그것이 잘 만들어진 시이거나 형편없는 시이거나 간에 다 시인의 의식에로 다가갈 수 있는 통로들이다. 그 통로들의 주변은 각기 다른 풍경들을 하고 있다. 그렇기 때문에 어떤 통로 하나도 소홀히 할 수가 없는 것이다. 하나라도 빠뜨리면 그만큼 시인의 의식을 온전하게 재구성해 낼 수가 없다. 그 온전함을 위해 여태껏 아무도 돌보지 않던 허름한 통로 하나를 나는 이제 선택하려 한다. 「팔복」을.

Ⅱ. 본론─「팔복」에 대한 미시 분석. 「팔복」을 미시적으로 분석하기 위해서는 몇 가지 곁텍스트들을 더 참조해야 한다. 특히 이 시는 마태복음이라는 성경 복음서를 참조하는 것이 가장 중요한 일일 것이다. 이 시가 기독교적인 맥락에서 다루어지지 않으면 별로 말할 것이 없는 시가 되어 버린다.(왜 말할 것이 없는지는 나중에 실제 분석에서 밝혀질 것이다). 왠지는 모르지만, 윤동주는 「팔복」이라는 제목 밑에 부제 같은 것을 달아 논다. 아마도 이 시가 이해받지 못하면 어떻게 하나, 하는 노파심에서가 아니었을까? 뭐 그런 게 아니라도 좋다. 하지만 그래도 나는 그 노파심을 존중해 마태복음을 펼쳐 보기로 했다. 그리고는 이리저리 뒤적이다가, 「팔복」은 마태복음과 겹쳐 읽지 않으면 안 되리라는 생각을 하게 되었다. 이렇게 종교적인 문맥을 고려하다 보면 자연스럽게 '숫자의 신비주의'라는 것도 염두에 두지 않을 수가 없다. 윤동주가 '팔(8)'이라는 숫자에 별 의미를 부여하지 않았더라도 상관없다. 시인의 의도가 독자의 독서에 반드시 반영되는 것은 아니기 때문이다. 아무튼 이런 모든 것들이 「팔복」에 나타나는 역설의 양상을 설명하는데 기여하게 될 것이다.

Ⅲ. 결론. 윤동주의 역설이 슬픈 이유? 아직 잘 모르겠다. 어쩌면 윤동주에게서는 '슬픈'이라는 형용사가 '운명적'이라는 관형어로 사용되고 있는지도 모르겠다.

여기서 한 가지를 고백해야 하겠군요. 위에 인용한 글 가운데 '서론'에서 기술되고 있는 내용은 실증적인 근거 없이 주관적인 인상만을 위주로, 그것도 서슴없이 진술되고 있다는 사실입니다. 특히 "여러 평자들의 논의", "또 다른 연구물들", 어쩌구저쩌구 하는 것은 제가 윤동주에 관한 연구서 및 논문들을 그렇게 많이 읽지 않은 상황이었기 때문에 함부로 할 수 없는 말이었습니다. 그럼에도 불구하고 그렇게 쓸 수밖에 없었던 것은, 짐작입니다만, 제 자신의 강력한 주관적 회원 때문이었습니다. 아무도 이 시를 건드려 놓지 않았으면 하는 간절함이 바로 그것이었습니다. 「팔복」은 저만의 시이어야 했습니다.

그러나 주관적인 회원을 객관화해 보겠다는 지나친 의욕이 박사 학위 논문들을 비롯해 꽤 많은 자료들을 검토하게 한 결과는 참담함이었습니다. 마광수 선생의 박사 학위 논문 『윤동주 연구』(연세대 대학원, 1983)를 읽다가였습니다. 그는 윤동주의 거의 모든 시에 분석의 칼날을 들이대고는 시들이 하고 싶어 할 말을 고스란히 다 하도록 했습니다. 「팔복」마저도 두 페이지에 걸쳐 분석이 되어 있더군요. 제가 독후감(讀後感)으로 가지고 있던 것을 거의 다 말해 놓고 있는 듯했습니다. 맥 빠지는 일이었죠. 그런데 설상가상으로 이남호 선생의 박사 학위 논문 『윤동주 시의 의도 연구』(고려대 대학원, 1986) 가운데 한 구절은 그나마 유지하고 있던 저의 해석학적 욕망을 완전히 고갈시켜 버리고 맙니다. 그 논문의 한 구절입니다.

많은 자료를 성실하게 다루는 일이 곧 윤동주 시 세계의 전모 파악을 보장하는 것은 아닐 것이다. 중요한 점은 윤동주 시 세계의 전모를 빈틈없이 해명할 수 있는 논리를 세우는 일이다.

이남호 선생은 아주 섬세한 비평가로 알려져 있는 데다가, 저의 주변에 늘 계시는 분이라서 그런지 그분의 말씀은 저에겐 언제나 압도적이었습니다. 이남호 선생의 위의 서술은 "하나라도 빠뜨리면 그만큼 시인의 의식을 온전하게 재구성해 낼 수가 없다"는 앞서의 제 진술에 대한 직접적인 반박이었고, 그래서 저는 한동안 아무것도 할 수 없었습니다.

하지만 그대로 주저앉을 수는 없었습니다. 그래 잠시 머리도 식힐 겸 김인환 선생이 젊은 시절에 쓴 『문학과 문학사상』(열화당, 1978)이라는 책을 읽다가, 선생이 인용하고 계시는 미국의 철학자, 윌리엄 제임스의 말을 발견하고는 다시 용기를 얻었습니다. "이론이나 논리로 환원할 수 없는 완강한 사실"이 있게 마련이라는 말이었죠. 그렇게 가까스로 이남호 선생의 사유의 범람을 김인환 선생이 소개한 윌리엄 제임스의 사유로 막아 놓고 나서, 다시 「팔복」을 들여다보았습니다.

그러나 여전히 마광수 선생의 분석이 머릿속을 떠나지 않았습니다. 도저히 극복할 수 있을 것 같지 않았습니다. 그래서 궁여지책으로 생각해 낸 것이 이런 글쓰기 방식이었습니다. 「팔복」과 마주친 이후 지금까지 그 시의 주위로 모여들기도 하고 흩어지기도 하던 제 사유의 흔적을 그대로 기술(記述)하자는 것이었죠.

슬픈 역설과 운명의 초극, 혹은 기록 3

이제 '기술(記述)'이 하나의 '해석(解釋)'으로 응결되어야 할 시간이 왔군요. 이 글은 제 내면의 요구로서 자발적으로 쓰여지는 것이기도 하지만, 며칠 내로 완결하지 않으면(기말 리포트로 작성되는 것이거든요), 사적인 해석 체험에 머물고 말(물론 이 글의 독자는 이 글을 평가하게 될 오탁번 선생 한 분으로 한정될 것이지만 그래서 더욱 반드시 쓰지 않으면 안 될) 끄적거림에 지나지 않을 겁니다. 왜냐하면 그 어떤 사람보다도 오탁번 선생은 이 글을 제대로 평가하게 될 '강력한' 독자임에 분명하기 때문에 이 글은 피할 수 없는, 아니 피해서는 안 되는 의무와 같은 것이기도 합니다.

의무적인 글쓰기는 언제나 상상력을 제한하고 편협한 사고를 하게 합니다만, 끊임없이 뻗어 가는 방만한 상상력에 제동을 거는 썩 괜찮은 여건이 되어 주기도 합니다. 뭉뚱그려져 있는 생각의 언어로의 분절은 이렇게 가능하게 되는 거죠. 언어의 몸을 입기 전의 상상력은 형상(形象)을 얻기 전의 진흙 덩어리처럼 다만 하나의 질료(質料)에 불과할 뿐입니다. 질료는 공유할 수 없는 체험입니다. 형상만이 공유가 가능한 체험이죠. 그 형상을 철학에서는 '의미'라 부르고 문학에서는 '이미지'라 부른다고 알고 있습니다만, 어쨌든 함께 나누는 것이 가능한 체험인 '형상'을 통해서만이 보편적 체험은 가능한 것입니다.

저는 그래서 「팔복」의 분석을 서두르지 않을 수 없습니다. 저의 개인적인 해석 체험을 어떻게든 여러분과 공유하고 싶으니까요. 말을 바꿔, 한 가지를 덧붙이자면, 이 글은 윤동주의 「팔복」 한 편에 한정된 분석이니까, 윤동주의 시 세계를 해명하는 데에는 전연 이르지 못할 것이라는 겁니다. 그렇다고 시 한 편의 분석을 통해 지금까지 윤동주 시에 대한 모든 분석이나 해석을 백지화하겠다는 해체적인 야심을 가지고 있지도 않고요. 단지 윤동주의 시 「팔복」과만 마주하고 싶은 것입니다. 왜냐구 묻지는 마세요. 여러분들이 묻지 않는다면 저는 그 이유를 분명히 알고 있겠지만, 어떻게든 알아야겠다고 고집을 피운다면, 저는 모른다고 대답할 수밖에 없습니다. 아니 모릅니다. 그러니까 제발.

「팔복」이라는 한 짤막한 시를 위해 여태 너무 먼 길을 에둘러 왔군요. 기름진 먹이를 앞에 두고 요리조리 침만 묻히고 있는 잔인한 승냥이처럼, 제 자신 「팔복」을 너무 잔인하게 다루고 있는 것은 아닌가 하는 느낌도 드는군요. 아무튼 이제 여기 「팔복」의 전문을 인용합니다. 많이 궁금하셨죠?

슬퍼 하는자는 복이 있나니
슬퍼 하는자는 복이 있나니
슬퍼 하는자는 복이 있나니
슬퍼 하는자는 복이 있나니
슬퍼 하는자는 복이 있나니
슬퍼 하는자는 복이 있나니
슬퍼 하는자는 복이 있나니
슬퍼 하는자는 복이 있나니

저희가 永遠히 슬플 것이오.
—「팔복(八福)」(『하늘과 바람과 별과 시』, 정음사, 1975)

「팔복」의 시적 주제는 한마디로 '운명의 초극'입니다. 이때의 '운명'이란 윤동주 자신을 포함한 모든 인간의 실존 조건으로서의, 인간 보편의 운명을 가리키는 것이기도 하고, 아울러 역사적인 문맥을 염두에 둘 때의, 일제 하 망국민인 한민족 전체의 운명을 가리키는 것이기도 합니다. 이를테면 그 운명은 개체의 운명과 집단의 운명을 동시에 내포하는 것이죠. 그런데 시적 화자가 바라보는 그 운명은 그렇게 순탄하고 행복한 운명이 못 됩니다. 운명의 설움과 비애를 "슬퍼 하는"이라는 어휘로 압축하는 것에서 충분히 암시받을 수 있는 것이죠.

그러나 「팔복」은 운명의 설움과 비애를 드러내는 선에서 그치지 않습니다. 그것을 극복하고자 합니다. 그 극복의 방법론으로서 「팔복」이 수용하고자 하는 것은 현실의 폭로도 아니고 문학적 기교의 실험도 아닌 '말 없는 내면의 응시', 바로 그것입니다. 그런 점에서 윤동주의 시 「팔복」은 '노래'되고 있지만 이미 노래가 아닙니다. 그것은 벌써부터 일종의 '독백' 같은 것입니다. 더 정확히 말한다면, 발화 이전의 심정적 언어체, 이른바 내적 독백이라 부르는 그런 것입니다.

내적 독백이란 언어화되기 이전의, 아직은 감성의 영역에서의 옹얼거림 같은 것으로, 현실을 객관적이고 냉철하게 관찰하고 분석하겠다는 의지와는 거리가 먼 것입니다. 다만 정체를 알 수 없는 덩어리진 감정만을 끊임없이 곱씹을 뿐이죠. 이런 수준에서 발해지는 언어란 '영탄'에 머물 수밖에 없습니다. 그렇다면 "슬퍼"와 "하는"을 띄어 쓰고 "하는"과 "자는"을 붙여 쓰는, 일상적인 의미 분절에서의 일탈은, 그렇기 때문에 아마도 "슬퍼"를 독립적으로 강조함으로써 영탄적 의미의 고조 효과를 자아내도록 하는, 그렇게 의식적이지 않게(?) 의도된 띄어쓰기가 아닌가 생각하지 않을 수 없습니다. 말하자면 이 시의 방법론으로써 활용되고 있는 '내면의 응시'라는 시적 태도가, 어쩌면 인쇄상의 잘못일지도 모르지만 직접적으로든 혹은 간접적으로든 평범하지 않은 일탈적인 띄어쓰기를 가능하게 했다는 말입니다. 시적 방법론과 리듬 의식이 일치하고 있는 형국인 셈이죠.

그러나 「팔복」의 방법론을 추동시켜 주제(theme)에로 심화하는 역동성은 이 시를 지탱시키고 있는 '역설(paradox)'의 구조에 힘입고 있습니다. 그것이 결국은 설움과 비애로서의 운명이 초극되는 밑자리가 되는 것이기도 하구요. 비로소 내면의 응시라는 소박한 방법론(어떤 면에서 모든 시는, 화자가 표면적으로 드러나 있거나 숨어 있거나 간에 일인칭 화자를 주어로 하는 것이므로, 내면의 응시라는 방법론과 어떻게든 결부되어 있다고 볼 수 있습니다. 그렇기 때문에 '소박한'이라는 말은 '일반적'이라는 말과 한가지입니다)이 형식적인 기교를 얻습니다.

기교가 없는 내면의 응시란 지극히 사적인 체험으로 시적 보편성을 획득하기 어렵습니다. 넓게 보면 기교란 형식에 다름 아닌데, 형식은 주제를 보편화시키는 힘이기 때문입니다. 앞서 말했던 것처럼, 기교 없는 내면이란 형상을 갖추지 못한 질료에 불과한 것입니다. 공유할 수 없는 체험인 것이죠. 그런데 공유할 수 있는 체험으로서의 기교는 이미 기교가 아닙니다. 기교를 훨씬 넘어서게 되죠. 주제의 심화에 기여하는 기교는 그 자체가 벌써 하나의 주제입니다. 「팔복」의 형식적 기교인 '역설'은, 그래서 하나의 기교이자 이미 하나의 주제인 것입니다.

한 가지 더 덧붙이자면, 그렇기 때문에 이 글의 제목으로 정한 '슬픈 역설'은 과히 이상하게 여겨질 이유가 없는 듯합니다. 역설이라는 수사적 기교는 시적 화자의 내면의 응시라는 시적 방법론과 연계되어 있어서, '슬픈'이라는 의인적 에피세트(epithet)가 그다지 어색해 보이지 않기 때문입니다.

한편 부제에서도 암시하고 있듯이, 「팔복」은 마태복음이라는 성경의 5장 1절로부터 12절까지에 대한 '패러디(parody)'로 읽을 수도 있습니다. 그렇지만 패러디가 역설과 독립적으로 수행되고 있는 것은 아닙니다. 오히려 역설에 시적 긴장을 부여하는, 역설과의 상관 구조로써 기능합니다. 패러디가 배경에 깔려 있다면, 역설은 그 배경을 등지고 전경화(foregrounding)되어 있는 것이, 말하자면 「팔복」의 시적 골격이 되고 있는 것이죠. 비유컨대 이 시에서 '패러디'는 넓게 펼쳐진 바닷가 모래밭에 해당하고, '역설'은 그 모래밭을 기는 아기 거북과 같은 존재입니다. 이 정경을 상상해 보세요. 이제 아기 거북이 기어간 자국을 따라가 볼까요?

역설은, 좀 전에 아기 거북이라 비유한 그것은, 언어에 한정해서 본다면, 일종의 '언어의 질병'에 다름 아닙니다. 이를테면 언어를 파괴함으로써 언어를 성취하는 자기부정적인 수사인 것이죠. 동서양을 막론하고 이루어져 온 언어에 대한 사유의 공통된 결론은, 언어가 삶의 진실을 드러내는 일에 도움을 주기는커녕 오히려 장애가 된다는 것이었습니다. 장애가 되는 언어는 삶의 진실을 위해서라면, 그렇기에 포기되어야 하며, '언어가 아닌 언어'를 통해, 요컨대 의미를 매개하는 언어가 아닌 의미를 어지럽히고 파괴하는 '엉뚱한 언어'를 통해, 의미의 저편에 있는 삶의 진실에로 직핍해 들어가는, 이른바 '시의 언어'를 선택해야 한다는 것이었습니다.

『시의 본질(Das Wesen der Dichtung)』이라는 책을 썼던 하이데거가 철학의 '사고'와 시의 '사유'를 구분하고, 철학적 사고 체계의 주요 범주인 논리, 문법, 이론 등이 은폐한 참된 '존재성'을 회복하기 위해서 시의 사유가 필요하다고 역설하는 것은 바로 그와 같은 이유에서이기도 합니다.

「팔복」은 그런 역설의 언어로 구조화되어 있지만, 또 다른 상관 구조로서의 패러디와 겹쳐 있어서 그 윤곽이 뚜렷하지는 않습니다. 서로가 서로의 구조를 가리고 있는 셈입니다. 그래서 자세히 읽지 않으면, 역설의 비유로서의 아기 거북이 기어간 자국을 놓치지 않고 따라간다는 것은 실제로 어려운 일입니다. 앞서 마광수 선생의 「팔복」에 대한 분석이 저의 해석학적 욕망에 타격을 가했다는 말을 한 적이 있는데, 어쩌면 그것은 '타격'이 아니라 '자극'이었는지도 모릅니다. 그는 역설과 패러디를 「팔복」의 중요한 시적 원리로 언급하고는 있지만, 그것은 하나의 직관으로서뿐, 역설의 구조를 꼼꼼하게 검토하고 있지는 않거든요. 다시 말해서 「팔복」의 시적 원리에 대한 섬세한 사유를 유보해 두고 있는 것입니다.

"슬퍼 하는자는 복이 있나니"라는 「팔복」에서의 최초의 읊조림은 얼핏 '이게 무슨 역설인가?'라는 의구심을 자아내게도 하지만, 엄연히 역설적인 울림을 주고 있습니다. 물론 여리고 미세한 울림이어서 허약한 역설이라는 혐의가 없는 것은 아니지만, 역설적이게도 그 허약함이 「팔복」의 시적 주조음(主潮音)인 '슬픔'이라는 감정체를 손상시키거나 압도하지 않고, 오히려 그 감정체를 더욱 단단하게 하는 긍정적 효과를 발휘하고 있습니다. 허약한 역설이 곧 강한 역설이라는 역설이 성립하고 있는 것이죠.

그런데 특이한 것은 그 역설이 "슬퍼 하는자는 복이 있나니"라는 시적 명제 자체에서뿐만 아니라 그 명제를 읽는 독자의 의식에서도 생겨난다는 것입니다. 엄밀히 말해서 모든 역설은 독자의 의식에서 구성되는 것이기는 하지만, 다른 문맥의 참조 없이 시적 명제 그 자체만으로도 역설(표층적 역설)이 가능함을 알고 있으므로, 독자의 의식에서 구성된 역설(심층적 역설)이란 독자의 의식이 아니면 제공할 수 없는 어떤 새로운 문맥이 제공되었음을 짐작하게 하는 것입니다. 「팔복」은 성경의 마태복음에 대한 지식을 갖고 있는 독자에 의해 읽혔을 때 시적 명제상의 역설 이외의 역설을 발견하는 것이 가능합니다.

'슬픔=복'이라는 언어적 명제상의 '기본적인 역설'은 독자가 "있나니"까지를 발음하는 순간 독자의 의식을 모순된 양가감정으로 분화하면서 보다 '심층적인 역설'로 전이해 갑니다. "있나니"를 '있다'라는 사실 진술로 읽으면, 속으로는 슬픔을 불행한 것이라고 생각하고 있을 시적 화자의 '방어적인 자존(自尊)'을 느낄 수 있지만, 이와 달리 성경적 어조를 그대로 인정해 "있나니"를 '있을지어다'라는 감탄적 축복사로 읽는다면, '슬퍼하는 자는 복이 있다'라는 '자존'에 대해 회의를 표명하기 시작하면서 '있었으면 좋겠다'라는 안타까운 기원(祈願)으로 서서히 변모되어 가는 시적 화자의 심정 변화를 감지하는 것이 가능하게 됩니다.

여기서 '서서히'라고 한 말은 1연에서의 똑같은 행의 반복이 가져오는 감정의 추이를 가리키는 말로써 사용하고 있습니다. 하여 1연에서 똑같은 행을 일곱 번을 반복하고 나면, 갑작스럽게 감정의 파국을 목도하게 됩니다. 7행에서의 "있나니"라는 어휘는 체념의 냄새가 짙게 배어 있는, 어느새 '공격적인 자조(自嘲)'로 변모되어 있는 것입니다.

이로써 독자가 얻은 '자존'과 '자조'라는 모순된 감정은 '슬픔=복'이라는 명제상의 표층적인 역설에 동시에 대응함으로써 또 하나의 역설을 만들어 내는데, 저는 이것을 '이중의 역설'이라 부르고자 합니다. 물론 이 '이중의 역설'은 「팔복」이라는 시의 1연에서 역설이 완결되는 장면이기는 하지만 진정한 의미에서의 극복이라 말할 수는 없습니다. 그것의 완전한 극복을 위해서는 또 하나의 연(聯)을 기다려야 합니다.

1연은 전체가 8행으로 이루어져 있는데, 7행째에서 두 개의 역설이 겹침으로써 그 역설이 완결되는 것이라면, 나머지 한 행은 왜 필요했을까요? 게다가 완전한 극복을 위해서는 또 하나의 연을 기다려야 한다니, 그건 또 무슨 말일까요? 저는 다분히 종교적인 문맥을 고려하지 않을 수 없는, '칠(7)'이라는 숫자가 하나의 상징으로서 시의 행이 반복되면서 변모를 겪는 감정과 교묘하게 맞물리고 있다고 보고 싶습니다.

하느님이 태초에 세상을 창조하기 시작하여 그것을 끝낼 때까지의 시간이 성경에서는 '칠(7)' 일로 계산되고 있다는 사실이 우선은 주목되어야 하겠습니다. 말하자면 '칠(7)'은 어떤 일의 끝, 혹은 완결의 의미를 갖는 것입니다. 그리고 세상의 창조가 완결되는 순간은 곧 운명의 굴레가 인간에게 들씌워지는, 가슴 아픈 기점이 되는 순간이기도 합니다. 완결이 어떤 문제의 시작이라면, 그것은 말의 바른 의미에서, 완결일 수 없습니다. 여전히 어떤 문제의 해결 과제가 남아 있는 것이죠. 완결된 것은 운명의 설움과 비애가 확실히 이 세상에 존재한다는 사실의 확인일 뿐이며, 그것의 극복에 대한 시적 천착은 아직 수행되고 있지 않습니다.

극복의 노력이 처음으로 보이는 것은 1연의 마지막 8행에서인데, 지금까지 일곱 번을 반복해 온 행의 동일한 반복임에도 불구하고 독자에게 단절적인 정감을 일으키고 있습니다. 자존과 자조 사이에서 동요하던 시적 어조는 8행에서는 마침내 한 가닥 자존마저 포기하고 자조에로 기울어지며, 깊은 체념, 혹은 절망만을 끌어안습니다. 시시포스적 운명에의 예감 때문일까요? 이때 시적 화자의 어조는 참을 수 없이 무거워지면서, 더 이상 행을 잇지 못하고 주저앉고 맙니다. 1연과 2연을 구분하고 있는 1행 정도의 여백이 가슴 저리도록 슬프게 보이는 것은 그래서 그런 걸까요? 그 여백은 하나의 '공간'이기도 하지만 동시에 시적 자아의 성찰이 이루어지고 있는 고독한 '시간'이기도 합니다. 말하자면 체념, 혹은 절망은 성찰의 터전이 되는 것입니다.

「팔복」은 이제 내면 응시의 고독한 시간을 거쳐 인간의 운명에 대한 직관적 인식, 혹은 깨달음으로 완성됩니다. "저희가 永遠히 슬플 것이오."라는 단 1행으로만 이루어진 2연에서 말입니다. 지금껏 불행한 것이어서 극복의 대상으로만 인식되던 설움과 비애로서의 운명의 '슬픔'은, "永遠히"라는 부사성에 감싸여져 그 울결된 명사성을 몸 풀면서, 그 슬픔을 과감하게 껴안아 버립니다. "것이오"라는 어휘가 단순한 사실 진술이 아니라 여기서는 선언적인 의지로서 읽히는 것도 그것 때문입니다. 다시 말해 그 껴안음은, 운명은 인간의 힘으로는 도저히 어쩔 수 없는 것이니까 할 수 없다는 체념에 가까운 '운명론적 인식'이 아니라 슬픔은 슬픔으로 인식해야 한다는 '비극적인 현실 인식'의 행위입니다.

윤동주는 인간 운명의 초극은 바로 그 운명에 대한 '인식'에 의해 가능하다는 점을 「팔복」을 통해 보여 주려 했던 것입니다. 윤동주에게 진정 운명을 극복하는 길은, 아마도 운명은 극복될 수 있는 것이라고 자신하면서, 오히려 그 운명은 거역할 수 없는 것이라는 체념에 머무는 것이 아니라, 반대로 운명은 거역할 수 없는 것이라는 현실 인식에서 벗어나 있지 못하면서도, 그 운명을 깜박 잊어버리는 것이 아니었을까요? 그래서 윤동주는 무슨 주문(呪文)처럼 슬픈 운명을 동어 반복하지 않았을까요? "슬퍼 하는자는 복이 있나니", "슬퍼 하는자는 복이……", "슬퍼 하는자는…………", "슬퍼 하는…………" "슬퍼…………", "…………".

마지막으로 윤동주의 운명에 대한 태도와 유사한 태도를 보여 주고 있는 정현종 시인의 잠언적 성격의 시편 가운데 하나를 인용하면서 글을 맺도록 하겠습니다.

제 몫으로 지고 있는 짐이 너무 무겁다고 느껴질 때 생각하라, 얼마나 무거워야 가벼워지는지를. 내가 아직 자유로운 영혼, 새처럼 날으는 영혼의 힘으로 살지 못한다면, 그것은 내 짐이 아직 충분히 무겁지 못하기 때문이다.

나를 문학으로 이끌어 문학의 이유들을 알게 하고
내가 그 문학의 힘으로 거칠고 험한 세상을
헤쳐 나갈 수 있도록 해 주셨던
나의 스승 오탁번 시인을 감사한 마음으로 추모하며